무장난감

무종도담 2
소지음 新무협 판타지 소설

초판 1쇄 찍은 날 § 2004년 1월 15일
초판 1쇄 펴낸 날 § 2004년 1월 25일

지은이 § 소지음
펴낸이 § 서경석

편집장 § 문혜영
편집책임 § 유경화
편집 § 장상수 · 서지현
마케팅 § 정필 · 강양원 · 이선구 · 김규진

펴낸곳 § 도서출판 청어람
등록번호 § 제1081-1-89호
등록일자 § 1999. 5. 31
어람번호 § 제2-0317호

주소 § 경기도 부천시 원미구 심곡1동 350-1 남성B/D 3F (우) 420-011
전화 § 032-656-4452 팩스 § 032-656-4453
http://www.chungeoram.com
E-mail § eoram99@chollian.net

ⓒ 소지음, 2004

값 8,000원

ISBN 89-5505-962-0 (SET)
ISBN 89-5505-964-7 04810

무종도담

2

Fantastic Oriental Heroes

소지음 新무협 판타지 소설

도서출판 청어람

목 차

제7장

혈전(血戰)

혈전(血戰)

덕주현의 산동반점(山東飯店)은 해산물 요리로 인근에서 유명한 반점이었다. 일개 식당치고는 상당히 큰 반점이었다. 2층이나 되는 큰 건물에 유명한 만큼 손님도 많아 점심 무렵이 되자 1층은 이미 손님이 가득 차 있었다.

시끌벅적한 1층과 달리 2층은 고급 손님만 받는 곳이어서 붐비지는 않았지만 2층에도 적지 않은 손님들이 있었다.

"팽 공자, 그럼 패도라는 사람이 그렇게 강한 고수라는 건가요? 강호의 소문은 믿을 게 없다고 하지만 팽 공자는 직접 보셨으니……."

2층의 전망 좋은 탁자에는 지금 영기 발랄한 20대 초반의 이남 이녀가 앉아 있었다. 한눈에 보기에도 유명 무가의 자제가 분명해 보이는 출중한 기상의 청년 두 명과 자색이 빼어난 두 명의 아가씨였다.

그중 홍의를 입은 낭자 한 명이 우람한 체구를 지닌 청년에게 말을 걸고 있었다.

"예, 언(彦) 낭자. 큰형님과 막상막하의 승부를 펼쳤습니다."

우람한 체구를 지닌 청년이 생긴 것답게 우직한 말투로 사실이라고
말했다.

"다혜 언니, 사실이에요. 저도 당시에 얼마나 놀랐다고요."

우람한 체구의 청년 옆에 앉아 있던 깜찍하게 생긴 화의의 아가씨가
무척 놀랐다는 듯 커다란 눈을 동그랗게 뜨고 말했다.

언 낭자는 진지하게 묻고 대답하다 팽여주의 귀여운 얼굴을 보고선
깨물어주고 싶다는 표정을 지으면서 웃었다.

"풋! 그래, 여주야. 알았어. 그런데 언니는 네 눈만 보면 자꾸 웃음
이 나와서 못 견디겠다."

그들은 강호의 신성들로 후기지수로 불리는 팽가와 언가의 자녀들
이었다.

우직하게 생긴 청년은 팽무린의 사촌 동생 진령도(進靈刀) 팽무석이
었고 그 옆에 앉아 있는 귀여운 아가씨는 팽무석의 하나밖에 없는 동
생 다정소옥(多情小玉) 팽여주였다.

맞은편의 홍의아가씨는 진주언가의 홍의서시(紅衣西施) 언다혜(彦多
慧)였으며 언다혜의 옆에 과묵하게 앉아 있는 청년은 언다혜의 오빠인
운룡권(雲龍拳) 언강(彦强)이었다.

하북의 팽가와 산서의 진주언가는 위치도 가까웠고 가문들끼리 교
류도 많았다. 가장 가까운 이웃이 가장 큰 적이라고 팽가와 언가는 계
속적으로 대립 관계를 오랫동안 이어왔다.

그러나 그것도 실력이 비슷할 때야 대립 관계가 형성되지 일방의 실
력이 현저히 모자라면 가장 가까운 이웃에게 종속당하지 않을 수 없는

노릇. 근래의 상황은 팽가의 위세에 언가가 완전히 눌려 언가는 명함도 못 내밀 지경이었다.

그러나 그것은 윗대의 상황이었고 젊은이들은 그런 상황을 별로 상관하지 않았다. 젊은이들은 자주 만나서 어울려 다녔다. 그러다 보니 정도 들고 친해지기도 했다. 나이가 들면서 상황이 그리 녹록하지 않다는 것을 알기 전까지는 계속 그런 관계가 유지될 것이다.

지금 이들 네 명도 나이가 서로 비슷하고 또 자주 만나다 보니 친해져서 이번에 같이 산동으로 유람을 온 것이다.

“팽 공자, 창천신룡은 어떻게 생겼어요?”

대화의 주제는 2년 전 팽가에서 있었던 비무였다. 언다혜가 그에 대한 질문을 계속하고 있는 것이다.

“다혜야, 팽 공자가 난처해하시지 않느냐? 그 이야기는 이제 그만해라.”

언다혜가 호기심에 팽가의 상처를 건드리고 있다고 생각한 언강이 언다혜에게 주의를 주었다. 팽가는 2년 전의 비무에서 다음 대 가주가 될 것이 확실한 팽무린이 패했고 절세고수이자 지금은 구주의 한 사람인 노가주가 젊은 무인과의 비무에서 비겼다. 결과는 비겼지만 명성을 놓고 생각할 때 패한 것이나 마찬가지였다. 남의 아픈 곳을 물고늘어지는 것은 사람이 할 짓이 아닌 것이다.

“아니오, 언 형. 난처하지 않소이다. 우리 팽가의 위세가 그 일로 오히려 올랐다는 것을 언 형도 잘 아시지 않습니까? 마음 쓰지 마십시오.”

생긴 것과는 다르게 팽무석은 머리가 비상했다. 그래서 단번에 언강의 마음을 읽어내고 괜찮다는 듯이 말했다.

실제로 팽가의 위세는 그날의 비무 이후 오히려 올라갔다고 보는 사람이 많았다. 팽가는 비무의 결과와는 상관없이 남들이 보일 수 없는 대범함을 보여서 많은 이들의 칭송을 받았던 것이다. 또 백 년 만에 이 기어도술을 재현한 팽조혁의 이름은 신주이십사인으로 대변되는 당금 천하의 고수들 중 명의 구주(九柱)에서 수위를 다툴 지경이었고 십영의 첫 손가락에 꼽히는 패도와 거의 대등한 무위를 보인 팽무린도 십영의 둘째, 셋째를 다투는 실정이다. 더군다나 그날의 비무로 팽가에는 숭무(崇武)의 경향이 더욱 강해져 폐관수련을 하는 사람이 늘어났고 끊임 없이 수련에 수련을 거듭하여 팽가의 전체적인 전력이 많이 올라갔다.

"그 봐요? 오빠는 괜히 난리야. 쳇!"

언다혜가 언강을 한 번 흘겨보더니 뾰로통한 표정으로 투덜거리자 팽여주가 생글거리며 말했다.

"언니, 오빠 대신 내가 대답할게요."

"응, 고마워."

"저는 그때 아버지 뒤에 숨어서 봤는데요, 장 대협은 나이는 20대 중반? 하여간 긴 머리는 뒤로 빗어 넘기고 키는 울 오빠보다 더 커서 6척도 넘어 보였어요."

팽여주는 눈빛이 몽롱해지면서 그날의 일을 회상했다. 언다혜도 덩달아 마음속으로 멋진 미공자의 모습을 상상하면서 연신 질문을 던졌다.

"20대 중반? 그때의 나이가 서른 살이었다고 들었는데 내가 잘못 들었니?"

"아녜요, 언니. 무공이 너무 높아 실제 나이보다 적어 보인다고 하더라고요."

"어쩜, 그렇구나. 키도 훤칠하니 크고, 아이고, 부러워라! 나도 그 자리에 가볼걸."

"헤헤, 언니는 그때 보타암에서 수련하고 있었잖아요?"

"응. 그렇지만 내가 그 소식을 들었으면 당장에 달려갔을 거야. 절세미공자란 소문이 있던데 사실이야?"

언다혜가 생긴 것답지 않게 부끄러운 줄도 모르고 말을 함부로 하자 언강이 얼굴을 찌푸렸다. 그렇지만 뭐라 말을 하진 않았다. 몰래 팽무석의 얼굴을 한번 살펴보고 장내를 슬쩍 한번 훑어보기는 했지만.

"잘생긴 것은 사실이지만 절세미공자라고 하기보단… 음… 뭐랄까?"

팽여주가 어떻게 표현을 할까 생각하고 있는데 옆에 있던 팽무석이 한마디 한다.

"사나이 대장부!"

팽여주가 바로 그거라는 듯 손뼉을 쳤다.

"맞아요! 사나이 대장부의 모습이었어요. 정말 멋졌다니까요."

팽여주의 반응이 조금 과한 듯했지만 팽무석은 나무라지 않고 그냥 있었다. 팽무석도 창천신룡의 모습을 생각하면 아직도 가슴이 뛰었다. 평생 동안 잊지 못할 것이다. 그가 바라던 영웅의 모습이 바로 창천신룡의 모습이었다.

흑의를 입고 현천도라는 검은 도를 들고 창공을 노니는 신룡처럼 무공을 펼치던 신비한 모습. 바람처럼 물러나며 수십 번의 칼질로 이기어도술을 막아내던 도법. 뛰어난 무공에도 교만함이 전혀 보이지 않는 겸손함. 한마디로 창천신룡은 팽무석의 우상이 될 정도였다. 해동인만 아니었다면 자신의 우상이라고 말하고 다녔을지도 모른다.

  언강은 약간 벙찐 표정을 한 팽무석의 모습을 보곤 당혹감이 이는 것을 느꼈다. 평소 팽무석의 얼굴에서 볼 수 있는 표정이 아니었다.

  '팽 공자는 왜 창천신룡의 이야기만 하면 저런 모양이 되는 걸까? 보기 흉하군.'

  실제 머리가 얼마나 비상하든지 간에 생긴 것은 우람하게 생긴 팽무석이 팽여주와 같은 표정을 짓고 있는 것은 볼 만한 장면이 아니다. 팽여주야 '꿈꾸는 아가씨!' 라고 할 만큼 멍한 표정이 귀엽게 보였지만 팽무석은 '영 아니올시다' 였던 것이다. 그러나 곧 언다혜의 남부끄러운 줄 모르는 언행이 계속되자 언강은 팽무석에 대한 생각을 접어버리고 다시 언다혜가 무슨 추태나 벌이지 않을까 걱정하기 시작했다.

  "무공도 세고 외모도 그렇게 멋지고, 딱 내가 꿈꾸던 그런 공자야! 결혼은 했는지 몰라?"

  "언니, 장 대협에 대해서는 개방의 황 방주가 가장 많이 알고 있잖아요. 금도문의 송 낭자가 자꾸 찾아가서 개방의 제자들에게 장 대협의 이야기를 물어보자 황 방주가 말씀하시길 창천신룡은 '미혼임이 분명하다' 고 하셨대요."

  뛰어난 무공에 사나이답게 생긴 장무위에 대해서 강호의 여인들 사이에도 소문이 자자했다. 팽가의 비무에는 여강호(女江湖)들도 적지 않게 구경을 왔던 것이다. 비록 나이가 많다고는 하지만 겉으로 보기에는 나이가 들어 보이지 않으니 여인들 사이에서 관심이 일어나는 것도 당연한 일일 것이다. 만약 장무위가 명나라 사람이었다면 적극적으로 구애를 표현하는 여인들도 있었을지 몰랐다. 조선에서 여자가 칼 차고 돌아다니면 욕먹기 딱 좋았지만 명에서는 여강호라고 취급을 해준다. 그래서 명나라 무림의 여인들은 조선의 여인들에 비해서 상당히 적극적인 성향이 있었다.

"금도문의 송 낭자? 흥! 오르지 못할 나무는 쳐다보지도 말아야 한다는 말도 모른다니까. 흥!"

언다혜가 연신 코웃음을 쳤다. 남들이 들을까 봐 큰 소리로 말을 하지는 않았지만 불쾌하단 기색이 역력했다. 그렇지만 옆에서 그런 모습을 지켜보는 다른 사람들의 눈빛은 '언다혜, 네가 더 가소롭다'고 말하는 듯했다. 심지어 언다혜의 친오빠인 언강마저 그런 눈빛이었다. 언다혜의 미모는 무슨 말을 하든 이해가 될 법도 하지만 교만한 기색이 잔뜩 어려 있는 표정을 보고 누가 좋은 생각을 하겠는가.

언강은 언다혜가 추태를 부리는 꼴이 보기 싫어 시선을 돌렸다. 뭐라고 한소리 해주고 싶었지만 언가의 금지옥엽으로 자라나 하늘 높은 줄 모르고 땅 넓은 줄 모르는 언다혜였다. 건드리면 건드릴수록 후환이 두려웠다.

예전에 언다혜가 아무 죄 없는 시녀를 장난 삼아 괴롭히고 있는 것을 보고 따귀를 한 대 때렸다가 언강은 가문에서 쫓겨날 뻔했던 일이 있었다. 언다혜라면 눈에 넣어도 아프지 않을 만큼 귀여워하는 아버지가 식음을 전폐하고 누워 있는 사랑스러운 딸의 볼에 손도장을 찍고 눈에 눈물이 흐르게 한 것이 언강임을 알고 대노(大怒)해서 부자지연을 끊으려고 하는 것을 할아버지와 숙부들이 뜯어말려서 간신히 진정된 일이 있었던 것이다. 그날 이후로 언강은 언다혜를 은근히 두려워하는 실정이었다.

시선을 돌린 언강의 눈에 막 반점의 문을 들어서는 두 사람이 보였다. 가을 날씨라고는 하지만 아직도 기후는 상당히 더웠다. 그런데 방금 들어선 두 사람은 모두 흑의를 입고 있었고 땀 한 방울 흘린 흔적이 없었다. 언강은 그들이 칼을 소지하고 있는 것을 보고는 무림인임을 알고 자세히 지켜보았다.

허리에 얼핏 보기에도 비범해 보이는 칼을 찬 사람은 키가 6척 반의 늘씬한 체구에 피부가 유난히 깨끗하고 눈에는 현기가 어려 있어 보통 사람이 아님을 짐작케 했다. 나이는 이제 20대 중반으로 보였는데 당당한 기상이 뿜어져 나오고 있었다. 늘씬한 몸에 걸친 흑의와 허리에 찬 칼이 그렇게 잘 어울려 보일 수가 없었다.

그리고 그 사람의 뒤에 공손히 따르고 있는 사람은 키가 앞 사람보다 더욱 커서 7척에 이르고 있었고 순박한 인상이었다. 등에는 사람 키만한 대도를 메고 있었다. 두 사람은 반점이 복잡하다 여긴 듯 들어서다 말고 돌아 나가려 하다가 날렵한 점소이에게 걸려 2층으로 안내되고 있었다.

"여주야, 근데 그 창천신룡이라는 분은 2년 동안 어디 가셨대?"

"그건 저도 몰라요. 우리 가문을 떠나서 산동으로 갔다고 하는데 그 이후로 그분의 행적은 아무도 몰라요."

"그렇구나."

언강은 그 소리를 듣고 있다가 방금 2층으로 올라온 사람들을 보고 한마디 했다.

"장 대협이 사나이 대장부의 기상이 넘쳐흐른다지만 저 사람도 그에 못지않군."

언강이 무슨 뚱딴지 같은 소리를 하나 싶어서 고개를 돌려 보던 팽여주와 팽무석은 점소이의 안내를 받아 자신들의 탁자에서 좀 떨어진 곳에 막 앉는 두 사람을 보고는 몸이 굳어버렸다.

"헉!"

이건 팽무석의 입에서 나온 소리고,

"악!"

이건 팽여주의 입에서 나온 소리였다.

잠시 후 팽여주가 아직도 놀라 둥그레진 눈으로 팽무석을 보고 속삭였다. 2년 동안 소식이 없던 사람이 자신들이 마침 그 사람에 대한 말을 하고 있는데 눈앞에 나타났으니 놀랄 만도 했다.

"오빠, 저분 장 대협 맞죠?"

팽무석은 평소 남모르게 존경하던 사람을 보자 당장 달려가서 인사를 하고 싶었으나 자신은 장무위와 조일봉을 알아도 장무위와 조일봉은 그를 모른다. 2년 전 비무에서 장무위와 인사를 나눈 사람은 팽가의 주요 인물들뿐이었다. 당시 열아홉 살의 팽무석이 끼어서 같이 인사를 나눌 자리는 아니었던 것이다.

"그래, 여주야. 맞는 것 같아."

"오빠, 가서 인사라도 드려야 하지 않겠어요?"

팽무석은 어떻게 인사를 할 기회를 만들까 내심 생각해 보았다. 인사를 하는 것은 어렵지 않겠으나 상대편은 자신을 모르므로 어떻게 말을 걸어야 하는가가 문제였다.

"나도 그러고는 싶다만……."

두 사람의 말을 가만히 들으면서 장무위의 얼굴을 보고 있던 언다혜의 눈이 반짝였다. 그리고 계속해서 뚫어지게 장무위를 보았다.

장무위는 심상치 않은 기색을 느끼고 고개를 돌려 보았다. 건너편 탁자에 한 묘령의 아가씨가 자신을 뚫어져라 쳐다보고 있었다. 하지만 안면이 없는 아가씨였다. 장무위는 조금 이상한 느낌이 들기는 하였으나 그냥 고개를 돌려 버렸다. 하지만 주문한 음식이 나오길 기다리며 현천도를 쓰다듬고 있던 장무위는 그 다음에 어떤 일이 벌어질지 상상도 못하고 있었다.

"쳇!"

장무위가 언다혜의 얼굴을 보고도 고개를 돌려 버리자 언다혜의 얼굴이 팍 일그러졌다. 자신을 보고서 아무런 표정의 변화도 없이 그냥 얼굴을 돌려 버리는 남자는 처음 봤던 것이다. 여인들이야 언다혜가 신경을 안 써서 모르겠지만 남자들은 언다혜의 얼굴을 보면 얼핏 감탄의 표정을 짓거나 아니면 한 번 더 돌아보는 예의를 갖추었는데 장무위에겐 그런 예의가 없었다. 언다혜의 눈이 불을 뿜기 시작했다.

옆에서 언다혜를 주시하던 언강은 언다혜의 눈빛이 의미하는 바를 알 수 있었다. 예전에 자기가 언다혜의 따귀를 한 대 때렸다가 본 바로 그 눈빛이었다. 상대편에게 화가 났다란 뜻이었다. 언다혜는 화가 나면 눈에 보이는 것이 없다는 것을 누구보다 잘 아는 언강은 상대가 누구인지를 생각하고 잔뜩 긴장해서 언다혜를 말렸다.

"다혜야, 저분은 절대고수야. 네가 왜 그러는지 모르겠지만 괜히 시비를 걸면 이 오빠도 책임 못 져."

잘못하다가 시비라도 붙는다면 창천신룡에게 어찌 상대가 될 것인가? 잔뜩 긴장해 소곤거리는 언강이었다. 그러나 언다혜는 언강의 말을 듣자 괜히 화가 더 났다.

'무공이 강하면 나의 얼굴을 보고 아무런 예의를 차리지 않아도 된다는 것인가? 그래, 내가 우습게 보이나 본데 내가 가진 비장의 수에도 버티나 보자.'

누가 언다혜의 속을 보았다면 언강 대신 따귀를 한 대 때렸을 것이지만 사정을 모르는 팽씨 오누이와 언강은 언다혜의 눈에 독한 빛이 떠오르자 영문을 몰라 당황했다. 그래서 걱정스럽게 지켜보고 있는 가운데 언다혜가 갑자기 무슨 생각이 들었는지 벌떡 일어나서는 장무위를 향해 걸어갔다.

언강은 언다혜가 벌떡 일어나자 왜 일어나는지 몰라 눈을 둥그렇게 뜨고 보고 있다가 언다혜가 장무위를 향해 걸어가자 속으로 '이거 큰일 났구나' 하고 외치며 서둘러 따라가서 말리려고 했다.

장무위는 좀 전에 눈이 마주친 아가씨가 눈물이 그렁그렁 맺힌 얼굴로 자신의 탁자 앞에 와서 자신을 빤히 바라보자 자신이 무슨 실수라도 했나 싶어서 태산에서 내려온 이후의 일을 생각해 보았다. 하지만 맹세코 지금 탁자 앞에 있는 아가씨는 처음 보는 아가씨였다. 그 아가씨의 뒤에는 역시 처음 보는 남자가 아가씨의 어깨를 잡고 돌아가자고 사정하고 있었다.

장무위는 혹시 조일봉이 자신이 수련하는 동안 산을 내려가 인연을 만든 아가씨인가 생각하고 물어보았다.

"이보게, 일봉이, 자네가 아는 낭자인가?"

조일봉이 장무위 시선을 따라 등 뒤로 얼굴을 돌려 보자 생전 처음 보는 낭자가 울고 있는 것이 아닌가? 그리고 그 뒤에는 어디서 본 듯한 얼굴의 오누이처럼 보이는 두 사람과 한 명의 훤칠하게 생긴 청년이 울고 있는 낭자 뒤에서 안절부절못하는 모습이 보였다.

"형님, 저기 귀엽게 생긴 낭자는 어디서 안면이 있는 듯합니다."

장무위는 조일봉이 울고 있는 낭자가 아니고 그 뒤에 있는 낭자와 안면이 있다고 하자 지금 앞에 서서 자신을 빤히 보며 울고 있는 낭자가 도대체 왜 그러는지 알 수가 없어서 일단 자리에서 일어나며 말했다.

"낭자는 저에게 무슨 볼일이라도 있는 것이오?"

장무위가 일어나자 자리에 앉아 있을 수 없어 조일봉도 덩달아 일어나고 조일봉이 일어나자 그 큰 덩치에 가려 언다혜의 얼굴이 보이지 않았다 싶은 순간 언다혜가 조일봉을 돌아 나오며 탁자의 비어 있는 곳에 앉았다.

"앉으세요."

장무위와 조일봉은 생전 처음 보는 낭자가 자신들의 식탁에 허락도 없이 앉아서 주인 노릇을 하자 일순 할 말을 잃어버리고 뒤에서 안절부절못하는 인상의 세 젊은이를 보며 눈으로 '이게 무슨 일이오?' 했다.

건장하게 생긴 청년이 급히 다가와 포권했다.

"안녕하십니까, 장 대협, 조 대협?"

장무위와 조일봉도 덩달아 포권을 할 수밖에 없었다.

"예. 그런데 처음 뵙는 분 같습니다만?"

처음 보는 청년이 자신들을 알아보고 인사를 건네자 장무위는 다시 한 번 앞에 앉아 있는 아가씨의 얼굴을 쳐다보았지만 처음 보는 얼굴이 확실했다.

"저는 팽가의 팽무석이라 합니다. 2년 전에 팽가에서 두 분을 먼발치에서나마 뵌 일이 있습니다."

조일봉이 그 말에 기억이 났다는 듯 탄성을 터뜨렸다.

"아, 그랬구나! 어째 안면이 있다 했습니다."

장무위는 조일봉이 안면이 있다 해서 자신도 자세히 봤지만 우직하게 생긴 청년이나 그 뒤에 훤칠하게 생긴 청년, 그리고 우직하게 생긴 청년의 뒤에서 얼굴을 발갛게 물들이고 몰래 자신을 보고 있는 귀엽게 생긴 낭자 모두 처음 보는 얼굴이었다. 하지만 일단은 인사를 나눴으니 모른 척할 수 없어서 먼저 자리를 권했다.

"모르는 사이도 아닌데 자리에 앉으시지요."

"감사합니다."

팽무석이 다시 포권을 하고 언강과 팽여주도 따라서 인사를 한 후 자리에 합석했다.

"저는 언강이라 합니다."

"저는 팽여주라고 해요."

"예, 반갑습니다. 장무위라고 합니다. 그리고 이쪽은 조일봉입니다. 그런데 여기 계신 낭자는 누구신지⋯⋯?"

서로 인사를 나누고 있는 와중에도 태연히 앉아 있는 언다혜를 보며 언강의 얼굴이 벌겋게 달아올랐다.

"제 동생 언다혜입니다."

"아, 그렇군요. 그런데 저에게 무슨 하실 말씀이라도?"

그 순간 귀청이 떨어지는 듯한 소리가 빽 울려 퍼졌다.

"아니, 저는 사람도 아닌가요? 왜 저는 무시하는 거죠?"

인사를 나누던 조일봉, 팽씨 오누이, 언강, 그리고 반점 내에 있던 모든 사람들이 갑자기 울려 퍼지는 찢어지는 소리에 깜짝 놀랐다. 장무위의 절세의 무공으로도 놀람은 막을 수 없었다. 갑자기 소릴 지르니 어찌 놀라지 않겠는가? 절세의 무공고수라고 간에다 쇠줄을 묶고 다니는 것은 아니니 장무위도 하마터면 간이 떨어질 뻔했다.

"아니, 낭자? 언제 무시했다고 그런 말씀을 하는 것이오?"

"제가 찾아왔으면 저에게 먼저 말을 하셔야지 왜 뒤따라온 사람들에게 먼저 말을 하시는 것이죠?"

자기가 먼저 예의없이 행동해 놓고서 그렇게 몰아붙이니 황당해서 할 말을 잃은 장무위는 불쾌해지는 기분을 간신히 꾹 눌러 참았다.

"내 사과하리다. 그런데 언 낭자는 저에게 무슨 볼일이라도 있으신지?"

"볼일있죠. 왜 아까 저랑 눈이 마주쳤을 때 시선을 그냥 돌리셨죠?"

"……?"

무슨 말인지 뜻을 해석 못한 장무위가 어안이 벙벙해서 언다혜를 쳐다보자,

"저랑 눈이 마주쳤을 때 왜 시선을 돌렸냐구요?"

언다혜가 추궁하듯이 다시 말을 한다. 장무위는 속으로 '모르는 아가씨의 얼굴을 그럼 빤히 지켜봐야 하느냐?' 하고 묻고 싶었지만 차마 그럴 수는 없는지라 정중히 말했다.

"낭자, 나에게 무슨 하실 말씀이 있다면 하시오. 아가씨의 말씀을 이해하지 못하겠소."

"이제까지 내 얼굴을 보고 그냥 눈을 돌린 사람은 없었다고요. 그런데 그대가… 혹……."

이 무슨 황당한 일이란 말인가? 장무위는 절세무공도 이럴 때는 아무 소용이 없음을 알고 답답해했다. 장무위는 어린 나이에 산속에 들어가 수련만 했다. 여인과 길게 대화를 나눈 적도 없는데 어찌 공주병에 걸린 여자의 심리를 알 수 있겠는가. 뭐라 말도 못하고 그냥 입만 벙긋거릴 수밖에 없었다.

그렇지만 이 장소에는 상대가 어떤 식의 마음으로 어떤 식의 행동을 한다는 것보다 그냥 단순하게 눈에 보이는 것만을 중시하는 조일봉이 앉아 있었다. 더욱이 조일봉은 남이 자신에게 잘해주면 자신도 잘해주

지만 남이 자신에게 잘못 대하면 자신은 남에게 더 나쁘게 대할 마음
의 자세가 되어 있는 사람이었다. 조일봉은 아름다운 낭자가 찾아오자
처음에는 뭔가 좋은 일이라도 일어나는 줄 알고 잔뜩 기대하고 있다가
그 아름다운 낭자가 되지도 않는 말을 해서 존경하는 형님을 곤경에
처하게 하자 그만 노화가 만장이나 치솟아 버렸다. 대노한 조일봉이
자리에서 벌떡 일어나며 크게 소리쳤다.

"아니, 이 무슨 황당한 짓이야! 너, 한번 맞아볼래?"

가만히 있을 때는 순박해 보이던 조일봉이 화를 내자 전신에서 패도
적인 기세가 뭉클뭉클 피어올랐다. 장무위도 평상시 같으면 조일봉을
말렸을 것이나 워낙 황당하고 기분이 상해 있던 터라 그냥 가만히 내
버려 뒀다. 그러자 은근히 장무위의 안색을 살피던 조일봉이 기세가
더욱 치솟아올라 언다혜를 한 대 칠 듯이 주먹을 불끈 쥔다.

팽씨 오누이와 언강은 조일봉의 기세에 숨이 막혔다.

상황이 이렇게 되자 언강은 그만 다급해져서 어쩔 줄을 몰라 했다.
세상에 아무리 공주병이 심각하다고 해도 이렇게 하는 경우도 있단 말
인가? 언강은 자신의 동생이지만 언다혜를 도저히 이해할 수 없었다.

"조 대협, 장 대협, 용서하십시오. 제 동생이 워낙 금지옥엽으로 귀
여움만 받고 커서 철이 없어 이런 무례를 저질렀습니다."

언다혜는 좀 전에는 장무위가 자신의 미모를 제대로 알아차리지 못
하였으나 자신이 이렇게 나서면 자신의 빼어난 미모가 힘을 발휘해 장
무위나 조일봉이 자신을 좋게 볼지 모른다고 생각하고 일을 저질렀다.

사내들은 당돌한 미녀를 좋아한다고 하지 않던가? 언다혜의 비장의
수는 바로 이것이었다. 당돌함을 무기로 미처 인식을 못하는 상대방에
게 강한 인상을 주는 것.

실제로 언다혜는 이 방법을 써서 성공하는 사람을 봤고 남들은 모르지만 몇 번 성공해서 효과가 있음을 자부하고 있었다.

그러나 무표정한 장무위나 노기충천해서 손을 쓸 듯한 조일봉 두 사람에게서 전혀 자신의 미모에 반한 기색이 없자 언다혜는 현실을 인식하지 않을 수 없었다. 두 사람의 반응은 전혀 예상 밖의 반응인 것이다.

언다혜는 그제야 자신이 시비를 걸다시피 한 상대가 누구인지를 자각하고 덜컥 겁이 나버렸다. 처음의 기세는 씻은 듯이 다 사라져 버리고 언다혜는 그만 와앙! 하고 울음을 터뜨렸다.

"남자들은 당돌한 여자를 좋아한다고 언니가 그랬단 말이에요. 흑."

이건 또 무슨 뚱딴지 같은 소린가 하며 모두들 궁금한 얼굴로 언다혜를 지켜보자 언강이 대충 어떻게 된 일인지 짐작하고 급히 변명을 했다. 빨리 어떻게라도 사정을 이해시키지 않으면 조일봉이 손을 쓸 것 같았다.

"저… 아무래도 큰형수님이 다혜에게 그런 소릴 하신 듯합니다. 다혜가 워낙 철이 없어서 죄, 죄송합니다."

하면서 큰형수란 사람이 도대체 어떤 사람인가에 대해서 설명했다.

언강의 큰형이자 진주언가의 장손인 언창(彦創)은 아름다운 여인 도홍선자(桃紅仙子) 유홍련(劉紅蓮)과 결혼을 했다. 언강의 형수가 된 유홍련은 빼어난 미모도 미모지만 왈가닥 기질로 더 유명했던 화산파의 제자였다. 화산파 장문인도 쩔쩔매게 만들었다는 그녀의 기질은 미모를 보고 그녀 옆으로 모여들던 강호의 영재들을 단 한 번에 떨쳐 버릴 정도로 가공스러웠다.

　연왕이 일으킨 정난의 변에 고아가 되어서 어릴 때 화산에 의탁하고 있던 그녀는 외로움을 그런 식으로 표출했던 것이다.

　그런데 유독 도홍선자의 그런 면을 좋아했던 이가 있었으니 바로 언강의 큰형인 언창이었다. 언창은 유홍련이 왈가닥 기질을 발휘하면 발휘할수록 더욱 그 모습이 예뻐서 어쩔 줄을 몰라 했다. 결국 혼기가 찬 유홍련의 곁에 남아 있는 젊은이는 언창밖에 없었고 유홍련에게 학을 뗀 화산 장문인이 거의 강제로 유홍련을 언가에 시집보내 버린 것이다.

　그렇지만 유홍련이 시집을 갔다고 해서 평상시의 기질이 없어지는 것은 아니었다. 그런 유홍련의 모습에 쩔쩔매면서도 좋아서 어쩔 줄 모르는 언창을 보고 언다혜가 '여자들이 저렇게 하면 무심한 남자들도 어쩔 수 없구나' 하고 배우게 된 것이다.

　평상시에 무뚝뚝하고 고집스러워 언가의 어른들도 함부로 대하지 못하는 언창이 유독 유홍련에게는 전혀 힘을 쓰지 못하는 것이다. 언다혜가 언가에서 함부로 하지 못하는 유일한 인물이 바로 언창이었다. 장손의 신분이라서 자신을 눈에 넣어도 아파하지 않을 아버지도 함부로 대하지 않는 언창이어서 하늘 높은 줄 모르는 언다혜도 언창만큼은 두려워했던 것이다. 그러나 장무위의 무심함이 언창과 같다고 생각하자마자 떠오른 언다혜의 비장의 무기는 결국 실패했다.

　사정을 알게 된 장무위와 조일봉은 화를 낼 수도 웃을 수도 없었다.

　일행이란 죄로 팽씨 오누이도 얼굴을 못 들고 있었고 언강은 예쁜(?) 동생을 둔 죄로 어디 쥐구멍이라도 있으면 당장 들어가고 싶은 심정이었다. 장내에는 한동안 찬바람이 휘몰아쳤다. 결국 이런 상황을 좋게 해결하는 것은 연장자인 장무위의 몫이었다.

　"하하하, 언 낭자가 나쁜 뜻으로 그런 것도 아니니 더 이상 말해 무엇 하겠습니까. 술이나 한잔하십시다.”

장무위는 겉 다르고 속 다르게 억지로 호탕한 웃음을 터뜨리며 남들에겐 술을 권하고 자기는 차를 마셨다. 어찌어찌 수습이 된 장내는 그러나 시간이 지나자 동그란 눈을 반짝반짝 하며 수줍게 얘기를 하는 팽여주의 귀여움이 빛을 발해 화기애애해졌고 즐거운 분위기에서 많은 얘기들이 오갔다.

장무위는 연장자로서 책임을 지고 분위기 전환을 위해 처음에 적지 않은 말을 했지만 원래 조용한 성격이고 혼자서 지낸 시간이 길어 말이 많은 편이 아니었다. 시간이 흐르자 장무위는 조용히 미소 지으며 얘기를 듣는 편이었고 ‘패도 조대협!’ 하면서 깍듯이 모시는 후배들의 언행에 사뭇 기꺼워진 조일봉과 팽씨 오누이가 이야기를 주도해 나가기 시작했다.

언강과 언다혜는 아직도 얼굴을 붉히고 제대로 앉아 있지도 못했다. 언강은 이번에 집으로 돌아가면 다시는 언다혜와 여행을 같이하지 않겠다는 맹세를 속으로 수십 번도 더 했다.

팽씨 오누이는 장무위의 위명에 눌려서 제대로 말 한마디 걸지도 못했지만 대단히 만족스러웠다. 장무위와 조일봉은 자신들과 나이는 그렇게 큰 차이가 나지 않지만 자신들과는 격이 다른 사람들이었다. 당대의 이름 높은 고수이자 생긴 것도 멋진 창천신룡과 한자리에 앉아 이야기를 주고받았다면 누가 부러워하지 않겠는가? 거기다 패도 조일봉도 십영의 첫 손가락에 꼽히는 절세고수이다.

식사를 마치고 나자 장무위의 일행은 수가 불어났다. 산동 유람을 마치고 집으로 돌아가려던 팽씨 오누이가 동행을 자처했던 것이다. 물론 언씨 오누이는 반점을 나오자마자 급히 인사를 하고 다른 길로 갔지만.

장무위와 조일봉은 팽무석과는 전혀 닮지 않은 자그마한 체구의 아가씨가 귀여워 흔쾌히 동행을 허락했다. 재잘대면서도 시끄럽지 않고 예의도 발라서 장무위와 조일봉이 아닌 누구라도 예뻐할 아가씨가 팽여주인 것이다. 열여덟 살이라고 했는데 더 어려 보였다. 특히 조일봉은 만난 지 하루가 되지 않아서 팽여주를 친동생 보듯이 귀여워했다. 팽무석도 덩달아 동생 소릴 들었다.

장무위가 앞장서서 천천히 말을 몰고 있고 바로 뒤에서 조일봉과 팽씨 오누이가 나란히 말을 몰아가면서 얘기꽃을 피웠다. 이렇게 여행을 하니 조금 시끌벅적한 감은 있었지만 웃으며 하는 여행이었다. 조용한 것을 좋아하는 장무위로서도 즐거워 나쁘다 할 상황은 아니었다.

장무위는 다음의 비무 상대로 무당(武當)의 검선(劍仙)이라는 자인(慈認) 도장을 찾아가는 중이었다. 개방의 황초 방주가 얘기해 준 바에 의하면 자인 도장은 수행을 하는 도사답게 무림에 나서는 일이 거의 없어서 그렇지 무공만큼은 당금의 명나라 고수 중에 최고수라 인정받고 있는 인물이라고 했다.

명의 무림은 지금 무당파가 독주하고 있다시피 했다. 영락제가 무당의 장삼봉 진인의 이야기를 듣고 추모해서 많이 밀어주고 있는 것이다. 명의 황제가 많은 땅을 하사하고 큰 도관을 지어주니 무당은 가만히 앉아 있어도 명성이 올라가고 명성이 올라가니 영재들이 찾아들었다.

찾아든 영재들이 빈손으로 오는 것도 아니었다. 자신을 의탁하기 위해 바리바리 돈을 싸 지고 오는 것이다.

무당의 재산은 시간이 지날수록 자꾸 불어났다. 그리고 그렇게 무당의 제자가 된 영재들은 일정한 수련 이후에 다시 세상으로 나가서 자신의 사업을 일으켰다. 그리곤 무당의 도움으로 그렇게 됐다 생각하고 다시 무당의 힘이 되어주었다.

실제로 무당이란 같은 사문을 가진 제자들이 서로 도와주니 무당의 도움이랄 수도 있었다. 이런 순환이 계속되다 보니 당금 명의 무림은 무당이 독주를 하게 되는 것이었다.

무당과 함께 무림의 양대 거두라고 칭해지던 소림도, 천하제일세가라 자부하는 남궁가도, 남궁가를 위협하는 팽가도 모두 무당에는 한 수 접을 수밖에 없었다.

그런 무당의 제일고수이자 무당의 검선이라는 자인 도장이라 남궁세가의 남궁산도 자인 도장에게는 한 수 접고 들어간다고 한다. 팽가의 혼원벽력도 팽조혁 또한 마찬가지라고 했다. 실제로 어떤 고수일지는 접해보지 못했으니 모르겠지만 장무위가 보기에 혼원벽력도 팽조혁은 문파의 위세 때문에 약세를 드러낼 인물은 아니었다. 그러니 최소한 팽조혁보다 더 강한 고수일 것이라 생각하고 이번의 비무를 계획한 것이었다.

장무위 일행은 무당으로 가는 길에 하남성(河南省)을 지나치게 되었다. 조일봉이 그 유명한 소림이 목전에 있자 호기심이 이는 듯 장무위를 보고 말했다.

"형님, 우리 명의 무파들 중 태산북두(泰山北斗)라고 불리는 소림(少林)이 여기 있습니다. 한번 들러서 구경이나 하고 가시는 게 어떻겠습니까?"

당금의 위세는 많이 꺾였지만 이름 값은 하고 있는 곳이 소림이었다. 세력이 약해졌다고 전승되어 오는 무공들이 사라지는 것은 아니다. 소림의 권, 각술은 천하에 이름을 떨치고 있었고 조선이나 요동에서도 소림의 권, 각술은 인정하고 있는 형편이었다.

"그거 좋지. 구경이나 하고 가자."

소림에 한번 들러볼까 했던 일행은 그러나 팽무석의 말에 그런 마음을 바로 접을 수밖에 없었다. 팽무석의 말에 의하면 지금 소림은 초상집 분위기라고 한다. 광명교주와의 비무에서 패한 불허 선사가 그 높은 내공에도 불구하고 나이가 너무 많은 탓인지 상태가 다시 악화되어 오늘 내일 한다는 것이다.

절이라고는 하나 소림은 세사에 많이 관여하는 절이다. 일반의 절이라고 볼 수는 없었다. 소림사라고 하기보다 소림파라고 하는 게 더 맞을지도 몰랐다. 지금 찾아가는 무당도 마찬가지였지만 이미 사람을 상해하기 위한 병장기를 다루는 사람들을 구도를 위해 수행하는 사람으로 보기에는 무리가 있었다.

그런 까닭에 명의 구대문파는 수행을 위한 도량이라기보다 도량의 형식을 띤 무림문파의 속성을 지니고 있었다. 완전히 일반의 무림문파들처럼 드러내 놓고 잇속을 추구하진 않지만 무림인들이 지니는 많은 속성을 가지고 있으니 다르다 할 수도 없는 것이다. 자신들의 이권이나 명예를 위해선 피를 보는 것을 마다하지 않는 것이 명나라의 유명 무파인 구대문파였다.

남의 집에 큰 우환이 있는데 구경한다고 찾아갈 수는 없는 법. 일찍이 소림과 안면이 있던 인물들이라면 찾아가서 문병도 하고 위로도 하고 해야겠지만 전혀 낯선 장무위 일행이 우환이 있는 소림에 찾아가기는 꺼려질 수밖에 없었다.

장무위 일행은 소림을 지나쳐 호북성(湖北省)의 균현(均縣)으로 말을 몰았다. 멀리 무당산이 보이는 곳까지 오자 벌써부터 도시를 방불케 하는 거대한 성읍이 보였다. 무당산의 초입인 균현이었다. 얼마나 많은 사람들이 무당을 찾아오고 얼마나 많은 돈이 무당의 주변에서 오가는지 이 균현만 보더라도 충분히 짐작할 수 있을 정도였다.

유명한 도량의 주변에는 그 도량을 방문하는 사람들을 위한 사하촌(寺下村)이 형성된다. 무당산의 주변도 그와 다르지 않았다. 무당산으로 올라가는 산의 입구에서 시작된 마을은 점점 커져서 이제는 명의 어느 곳에 내놓더라도 뒤지지 않을 큰 시진으로 발전했던 것이다.

그러나 균현이 커짐으로 해서 무당의 위세는 덩달아 올라갔지만 한 가지는 희생해야 했다. 바로 청정도량의 위상이 깨어져 버린 것이다.

장무위는 시끌벅적한 균현의 모습에 놀랐다. 조선을 여행하면서 적지 않은 사찰을 둘러본 장무위였다. 조선의 사하촌은 대부분 작고 조용했다. 이곳과는 아예 차원이 다른 것이다.

균현엔 간혹 관복을 입은 관리도 보였고 도복을 입은 도사들도 보였다. 그리고 칼을 찬 무인들도 적지 않았다.

관리들이 있는 곳에 칼을 찬 무인들이 돌아다니는 광경은 쉽게 볼 수 있는 광경이 아니었다. 아무리 무법천지라 해도 관리가 있으면 칼을 숨기는 게 정석이다. 무인들은 칼밥을 먹고 사는 인물들이라 칼이 없으면 안 된다. 그러나 관리들은 그것을 막아야 한다. 충돌이 일어나면 결국은 무인들이 잡히겠지만 무인 한 사람을 잡기 위해서는 많은 희생이 필요하다. 도망치려고 하면 잡는 것도 여의치 않는 것이다. 관에서도 무인들이 은연중 칼을 숨기면 모르는 척 넘어가 주지만 훤히 드러내 놓고 칼을 차고 다니면 백성들을 생각해서라도 어찌 막지 않을 수 있겠는가.

그래서 장무위나 조일봉도 여행을 다닐 때는 칼을 천에 싸서 말에 걸쳐 두었다. 그렇지만 이곳 균현에서는 그런 상식이 통하지 않았다. 어떤 관리가 무당의 위세를 무시할 수 있겠는가.

일행은 감탄인지 탄식인지 모를 탄성을 발하며 무당산(武當山)을 올랐다.

무당산은 모두 72봉과 36암, 24간으로 구성되어 있었다. 멀리 보이는 산봉우리들에도 도관들이 점점이 들어서 있는 것이 보였다. 온갖 참배객들이나 향화객들이 넘쳐 났고 또 산의 이곳저곳에 얼마나 많은 도관이 있는지 셀 수조차 없었다.

점점 무당파가 가까워지자 조금씩 청청도량의 분위기가 풍기기 시작했다. 그러나 영락제(永樂帝)가 군인과 인부 30만 명을 동원해 1412년부터 12년간에 걸쳐 건립했다는 무당산 여덟 개 궁(宮) 중 하나로 실질적인 무당파가 있는 우진궁(遇眞宮) 근처에 이르자 다시 사람들이 많아지고 많은 도사들이 왔다 갔다 하는 것이 보였다.

도량의 분위기는 희석됐지만 그것은 다시 말하면 무당의 힘과 위세가 얼마나 대단하고 또 무당의 시조인 장삼봉 진인의 위명이 얼마나 대단한가를 역설적으로 드러내는 것이기도 했다. 새로 지은 건물에선 고풍스런 분위기는 없지만 산뜻함과 위풍이 넘쳐흘렀다.

팽무석도 무당에 대한 소문은 많이 들었지만 직접 올라와 보는 것은 처음이라 어디가 어딘지 몰랐다. 이제까지 일행을 선도하던 입장에서 한발 후퇴하면서 장무위에게 일행을 이끌 본래의 위치를 넘겨주어야겠다고 생각했다.

"장 대협, 저도 이곳은 처음이라 어디로 찾아가야 할지 모르겠습니다."

장무위는 사양하고 싶었지만 자신의 볼일을 보러 온 것이라 어쩔 수 없었다.

"예, 알겠습니다."

하고 대답은 했지만 어디로 찾아가서 비무첩을 전해야 할지 몰라서 두리번거리고 있다가 모르면 물어보면 되지 하고 속 편하게 생각하고 지나는 도인 중 한 사람을 붙잡고 물어보았다. 약 15~6세 정도 되어 보이는 어린 도사였다.

"도장, 실례하겠습니다."

그러자 어린 도사가 아주 공손하게 말을 받는데 내용은 조금 이상했다.

"예, 실례하시지요."

'이렇게 대답을 받는 수도 있구나?' 하며 일행이 어린 도장을 슬쩍 째려보는 사이에 장무위가 다시 정중히 용건을 이야기했다.

"비무를 신청하러 온 사람입니다. 귀 파(貴派)의 자인 도장께 서찰을 전해주실 수 있겠습니까?"

"우리는 무당파라 하옵고 귀 파는 처음 들어보는 곳이군요. 앞으로는 무당파라 하셔도 됩니다. 서찰을 전하는 것은 마땅히 제가 해야 할 일이나 지금 속이 불편하여 남들에게 알리지 못할 곳에 가서 무위(無爲)의 도(道)를 일 분이라도 깨달아야 하는 중요한 일이 있는 관계로……."

꼬마 도사의 말이 장황해지자 듣고 있던 조일봉이 결국 참지 못하고 언성을 높였다.

"이보시오, 어린 도사님! 그러니까 결국 서찰을 전해주시겠단 말씀이오, 못하겠단 말이오?"

"에… 전해 드려야 마땅하나……."

조일봉이 화가 나 얼굴이 붉으락푸르락해지자 옆에 있던 팽무석이 나서며 도사의 수중에 은밀히 은 한 냥을 쥐어준다.

"우리가 예에 어두워 미처 생각하지 못했습니다."

도사는 팽무석이 전해주는 돈이 예상외로 은 한 냥이나 되는 거금이자 순식간에 얼굴이 활짝 펴지며 씩씩한 목소리로 말했다.

"잠시만 기다리시지요. 제가 냉큼 달려가서 전해 올리겠습니다."

하고 뛰어가다가 무슨 생각이 들었는지 다시 일행 쪽으로 오면서 말했다.

"사조께 서찰을 전하는 일은 시간이 많이 걸립니다. 제가 안내해 드릴 테니 접객관(接客館)에서 기다리시지요."

장무위 일행은 어린 도사마저 돈에 맛이 가 있는 무당의 현실을 욕하며 또 돈의 위력에 감탄하며 도사를 따라가 접객관에서 시간을 보냈다.

한편 장무위의 비무첩을 받은 무당의 장문인은 어찌해야 하나 고민이 태산 같았다. 자신의 사형이자 무당제일고수인 자인 도장에게 비무를 청하러 오는 사람은 거의 없었다. 그 이유는 자인 도장이 젊은 시절 수행차 무림에 나가 비무를 하면서 상당한 악명을 얻었기 때문이다.

자인 도장은 비무만 하면 상대편을 병신을 만들어 버렸다. 한두 번도 아니고 계속해서 그런 일이 발생하자 당시 자인 도장의 악명은 무림을 진동했었다. 그냥 승부만 가를 수 있는 비무도 자인 도장은 쉽게 넘어가는 법이 없었다. 반드시 상대방을 중태로 만들어놓고야 비무를 마쳤던 것이다.

자신이 무당의 고수라는 것을 알고 도전하는 무림인들이 귀찮아서 아예 도전을 못하게 하려는 것이었지만 독수를 자꾸 펼치니 악명이 높아지는 것은 당연한 일. 결국 사부인 진류(塵瀏) 장문인이 자인 도장을 사문으로 다시 불러들여 감금하다시피 하셨다.

그러나 자인 도장은 사문에 감금되다시피 하였으면서도 반성하는 기색도 없었다. 차라리 잘됐다는 식으로 무공에만 전념하니 나이 60이 넘었을 때는 무당에서 상대할 사람이 없게 되었고 무당제일고수라는 칭호마저 얻었다.

그러자 무당의 위세와 더불어 자인 도장의 명성도 올라가고 소문도 점점 미화돼서 나중에는 독수를 쓴 사실도 너무 강한 무공을 시전한 탓에 미처 통제를 못해서라는 소문이 돌기 시작했다. 또 무림에 나가지도 않았는데 불구하고 무당의 검선(劍仙)이라 불리며 천하구대고수 중에서도 최고수라는 소문까지 퍼졌다.

그렇지만 다른 사람들은 다 몰라도 자인 도장의 사제이자 당금의 무당 장문인인 자혜(慈慧) 도장은 사형인 자인 도장이 무공은 어떨지 몰라도 성격은 더 괴팍해져 검선이란 칭호가 가당치 않다는 것을 잘 알고 있었다.

비무첩이 자신에게 먼저 들어왔다면 거절을 해도 무방하겠으나 자인 도장에게 직접 전해진 비무첩이었고 자인 도장이 자신에게 이런 비무첩이 들어왔으니 비무를 받아들일 수 있게 해달라며 다시 자혜 도장에게 통보하듯이 전해준 비무첩이다.

무당은 도관이라 수행을 하는 도사들이 있는 곳이다. 수행을 하는 도사들이 비무를 거절해도 욕먹을 일은 없었다. 더군다나 당금 무당의 위세는 비무를 받아들이고 말고를 신경 쓸 것조차 없었다.

자인 도장의 무예가 이미 심검의 경지에 들었음을 알고 있는 자혜 도장이었다. 소문에 창천신룡이 절세고수라고 하지만 심검지경에 들었다는 소리는 못 들었다. 심검을 이룬 사형이 질 리는 없을 것이다. 또 창천신룡의 내공이 뛰어나다고는 하나 자인 도장의 내공은 이미 3갑자를 넘어서 4갑자 가까이 되는 가공스런 경지였다. 내공만 봐도 내공 천하제일이라는 소림의 불허 선사보다 조금도 못하지 않았다.

단지 걱정되는 것은 자인 도장이 또 독수를 쓰면 어쩌나 하는 것이었다. 상대편에게 독수를 쓰는 것은 이미 비무가 아니고 생사결(生死決)이다. 자인 도장이 무림에 나서지 않아 옛날 독수를 쓴 사실이 묻혀버려 잠잠해지고 있는 터, 이제는 검선의 칭호를 받고 있는 자인 도장이 창천신룡과 비무를 벌여 상대를 해치기라도 하면 또다시 악명을 얻을 수밖에 없을 것이다. 무당의 위명이 손상되는 것이다.

다행히 상대가 조선 사람이라 해를 끼친다 해도 누가 뭐랄 사람은 없겠지만 조선 사람이라고 해서 도를 수행하는 사람이 독수를 써서 해치는 것은 올바른 일이 아니었다.

자혜 도장이 생각에 잠겨서 어찌해야 하나 고민하고 있는데 자신의 제자이자 접객관을 담당하는 청하(淸夏)가 급히 와서 이야기를 전했다.

"장문인, 자인 사백(師佰)께서 비무를 하러 가신다며 접객관에 머물고 계신 손님들을 이끌고 나가셨습니다."

"뭣이라?! 사형이 산문을 나서?!"

사형이 스승의 금족령(禁足令)에 묶여 산문 밖을 못 나선 지가 벌써 오래다. 스승이 돌아가시고 나서 사형이 자신을 은근히 깔보고 있다는 것은 알았지만 이렇게까지 무시할 줄이야? 자혜 도장은 기가 막혔다.

"어디로 간다고 하시더냐?"

“저도 모르겠습니다. 막무가내로 손님들을 이끌고 나가셨습니다.”

“음, 당장 제자들을 풀어 사형이 간 곳을 찾아내도록 해라! 그리고 청우(淸憂)를 불러 만약의 상황에 대비하고!”

“예, 장문인.”

청하가 급히 명을 받들고 나갔다. 청우는 무당에서 의술이 가장 높은 도사다. 자인 도장이 또 독수를 쓰면 상대방의 목숨이라도 부지하도록 치료를 해야 할 것이다.

‘사형도 나이가 들었으니 옛날처럼 독수를 쓰지는 않으실 거야.’

자인 도장은 수행을 접은 지 오래였다. 남들이 보기에는 수행을 하는 것처럼 보였겠지만 조용히 앉아 있을 때는 내공을 수련했고 왔다 갔다 할 때는 머리 속으로 검리(劍理)를 연구했다. 특별한 기연(奇緣)이 없다면 아무리 절세의 무공을 단련한 사람이라고 해도 150세 이상은 살지 못한다. 내공 수련을 통해 수명이 늘어나는 것은 가능하지만 어찌 천수를 거역할 수 있겠는가.

무성 이외의 사람들은 탈태환골을 하지 못했다. 자인 도장도 어린 나이에 사문의 사랑을 듬뿍 받아 태청신단(太淸神丹)을 무려 세 알이나 복용하면서 내공을 쌓았다. 그러니 탈태환골은 접은 지 오래였고 자신에게 남은 시간은 점점 짧아지기만 했다.

사람의 짧은 생애에 한 가지를 해도 제대로 못할 것인데 무공과 수행을 병행한다는 것이 자인 도장에게는 씨도 먹히지 않는 소리였다.

금족령에 의해서 어쩔 수 없이 사문에 얽매인 채로 최선을 다해서 무공만 수련하다 보니 사문에선 더 이상의 적수가 없었고 강호에도 그런 소문이 나서 도전하는 사람이 없었다. 젊은 시절에는 하수들이 자

꾸 도전해서 독수를 썼지만 고수를 만나서 비무를 하면 그도 승부와
배움만을 생각했지 독수 쓸 생각은 하지 않았다.

하지만 사문은 그런 그의 사정은 인정하지 않고 오직 독수 쓴 사실
만을 가지고 그에게 금족령을 내렸다. 좀 봐줄 걸 하고 얼마나 많이 후
회했는지 모른다.

그러는 와중 정말 오랜만에 자신에게 비무 신청이 들어오자 자인 도
장은 반갑기도 하였고 비무를 신청한 사람이 명의 무인이 아니고 조선
의 무인이란 소릴 듣자 실망감도 들었다. 왜 명의 무인이 아니고 조선
의 무인이란 말인가? 명에는 사람이 없단 말인가? 그렇다고 비무를 거
절할 생각은 없었지만 안타까운 현실이었다.

그리고 조선의 무인이 도전했다는 것은 봐주지 않아도 아무도 뭐랄
사람이 없다는 것을 의미하는 것이기도 했으니 또 역설적으로 통쾌하
게 한번 박살을 내주잔 생각도 들었다. 아무리 자신이 막나가는 사람
이라 해도 장문인이 명을 내리면 거역할 수는 없다. 그래서 자인 도장
은 사제가 자신을 말릴까 저어해 아예 선수를 쳐 버렸다. 접객관으로
찾아가서 어리둥절해하는 장무위 일행을 끌고 나간 것이다.

장무위는 자인 도장이 급하게 자신을 산문 밖으로 이끌자 당황했지
만 어차피 형식이야 어떻게 되든 상관없었다. 무당의 분위기가 너무
산만해 만약 비무를 벌이게 되면 또 많은 사람들 앞에서 광대 노릇을
해야 하는가 걱정하고 있었는데 차라리 잘됐다고 생각했다. 자인 도장
이 도동(道童) 하나만 데리고 장무위를 인도해 간 곳은 무당산의 가장
높은 봉우리인 자소봉이었다.

자소봉은 무당이 신성시하는 곳이어서 항상 고요하고 사람들이 없

었다. 향화객들의 발걸음도 통제되는 곳이었다. 자소봉의 사면에 넓은 공터가 있었다. 자인 도장이 그 공터로 일행을 안내했다.

"여기는 사문의 존장들이 수련하던 곳이었지만 지금은 나 혼자만 쓰고 있소. 다른 사람들이 방해하지 않을 것이니 마음 놓고 서로의 실력을 겨루어보도록 합시다."

"비무를 받아주셔서 감사합니다. 실망시켜 드리지 않도록 최선을 다하겠습니다."

자인 도장은 장무위의 외모도 출중하고 특히 기상이 뛰어나 비범해 보이자 명을 위해서라도 저런 인물은 그냥 둘 수 없다고 생각했다. 그리고 장무위의 기도를 보건대 자신과 차이가 날 것 같지도 않았다. 이래저래 쉽게 넘어갈 문제가 아니었다. 그래서 나중에 다른 소리가 나와 또 자신이 독수를 썼느니 마느니 하는 문제가 생기지 않도록 미리 못을 박았다.

"허허허, 강호에 위명이 쟁쟁한 창천신룡 장 소협을 보니 노도(老道)도 자칫 잘못하다간 망신당할 것 같소이다. 나도 최선을 다할 테니 혹여 불상사가 생긴다 하더라도 서로 운이 없었다고 생각합시다."

"당연히 그렇게 생각해야지요. 그럼 제가 먼저 선공을 하겠습니다."

장무위가 읍을 하면서 현천도를 빼 들고 예를 취한 다음 뇌전교격의 기수식을 취했다. 왼쪽 다리는 앞으로 내밀어 살짝 굽히고 오른쪽 다리는 뒤로 곧게 뻗었고 현천도를 오른쪽 다리의 선과 일치시킨 채 왼손을 현천도의 도수에 살짝 가져다 대었다.

"그렇게 하시오."

자인 도장도 검신에 소나무가 새겨진 고풍스런 송문검(松紋劍)을 빼어 들었다. 전대 장문인이자 자인 도장의 사부였던 진류(塵瀏) 도장이 쓰던 물건으로 자인 도장이 물려받은 것이다. 사부가 쓰던 물건이니 아끼고 귀히 여기는 마음은 이루 말할 수 없었다.

사부가 우화등선(羽化登仙)할 당시에 '무당의 검(劍)은 너에게 잇게 하고 무당의 영(令)은 자혜가 잇게 하리라' 하시며 준 검이다. 바로 무당제일고수를 상징하는 물건인 것이다.

번쩍!

장무위가 뒤로 빼고 있던 현천도를 앞으로 쏘아내면서 도첨에 슬쩍 가져다 대고 있던 왼손으로 도병을 확 움켜잡으며 폭발적인 일도를 시전했다. '뇌전교격'이었다.

자인 도장은 이미 전신 가득 무당구양공(武當九陽功)을 끌어올리고 있었다. 송문검을 마치 버드나무가 흔들리듯, 회초리를 휘두르듯 움직이자 뇌전교격이 그야말로 완벽하게 막혀 버렸다. 무당의 유명한 요지유검(繞指柔劍)이었다. 자인 도장이 뇌전교격을 막은 기세 그대로 장무위에게 덮쳐 가려는 순간 자인 도장의 머리 위로 힘을 잃고 흘러가던 현천도가 출천일기의 도로(刀路)를 따라 아래로 방향을 바꾸며 벼락 같은 기세로 내리쳐졌다.

쐐에엑!

그러나 무당제일고수인 자인 도장의 위명은 명불허전이었다. 자인 도장은 출천일기의 벼락이 자인 도장을 덮쳐도 공세를 전혀 늦추지 않았다. 왼손으로 대솔비수(大摔碑手)를 시전해 이제까지 장무위를 상대한 그 누구보다 간단하게 벼락을 흘려 버리고는 여전히 요지유검을 시전해 장무위를 덮쳐 갔다. 검과 장의 운용이 실로 기가 막히게 조화를 이루어 선공을 취한 장무위가 단 한 수 만에 수세에 몰려 버렸다.

장무위는 내심 저절로 탄성을 발했다.

‘과연 무당검선이다.’

계속해서 유연하게 덮쳐 오는 자인 도장의 공세를 해소하려면 물러나거나 맞받아치는 수밖에 없는데 대술비수를 시전하는 자인 도장의 내공을 보자 장무위는 감히 맞받아칠 생각을 할 수가 없었다. 출천일기를 막던 대술비수에 깃든 내공은 가공할 수준이어서 현천도가 아직도 진동하고 있는 것이다. 장무위는 어쩔 수 없이 선공의 이점을 포기하고 계속해서 뒤로 물러서며 수세를 취할 수밖에 없었다.

자인 도장은 물러나는 장무위를 따라 쇄도하며 요지유검을 유운검(柔雲劍)으로 변화시켰다. 부드러운 구름이 장무위를 슬쩍 따라붙었다.

장무위가 조화구법을 펼쳐 신형을 움직이자 구름은 장무위의 몸에 이는 경풍을 따라가듯이 전혀 무리함이 없이 이리 가면 이리로, 저리 가면 저리로 따라붙었다.

장무위는 부드러워 보이는 구름을 떨쳐 버릴 수 없음을 알고 무상구도의 제4초 선풍소무를 펼쳤다. 구름과 회오리바람이 얽힌다 싶은 순간,

콰르르릉! 쾅!

폭음이 터져 나오며 현천도가 뒤로 확 젖혀지며 장무위의 몸도 덩달아 뒤로 죽 밀려났다. 장무위는 밀려오는 힘에 반발하지 않고 오히려 조화구법을 펼쳐 밀려오는 힘에 몸을 맡기며 신형을 뒤로 띄워 버렸다. 압도적인 내공의 차이로 인해 버텼으면 내상을 크게 입었을 것이다. 그러나 신형을 뒤로 물려서 힘을 분산시키기는 했지만 수세에 몰린 상황을 벗어날 수는 없었다. 구경을 하던 조일봉과 팽씨 오누이의 안색이 절로 흐려졌다. 장무위가 일방적으로 밀리는 기색이 역력했던 것이다.

장무위는 힘의 차이가 너무 크자 무상구도의 전 6초로는 상대가 되지 않음을 알고 방법을 바꾸지 않을 수 없었다. 무상구도의 전 6초의 완성도가 높다고 하지만 자인 도장의 검법도 빈틈이 없어 초식의 이점을 찾을 수 없었기 때문이다.

물러나던 기세를 가속해서 마치 도망치듯 신형을 뒤로 물린 장무위는 자인 도장이 계속해서 유운검을 펼치며 끈질기게 따라붙자 입술을 질끈 깨물고 두 손으로 손등에 힘줄이 확 솟아오를 정도로 현천도의 도병을 강하게 콱 움켜잡았다. 그리고 다가오는 자인 도장을 향해 현천도를 수평으로 천천히 그었다.

아무런 소리도 없었지만 마치 스윽! 하는 소리가 들리는 듯했다. 현천도가 그리는 선을 따라 대기가 나뉘었다. 현천도의 도배를 따라 검은 천이 공간에 수평으로 펼쳐졌다. 도가 지나간 곳에도 검은색의 기운이 사라지지 않고 머물러 있었다. 마치 하늘과 땅이 현천도가 지나는 길을 따라 아래위로 나뉘어 있는 것처럼 보였다.

"헛! 심검?!"

계속해서 유운검을 펼쳐 다가오던 자인 도장은 장무위의 도에서 가공할 기세가 죽 뻗어 나오자 대경실색했다. 그것이 어떤 것인지 너무 잘 알고 있었기 때문이다. 심검이었다. 아니, 심도라고 해야 옳을 것이다.

자인 도장은 그제야 장무위가 자신이 생각하던 것보다 훨씬 더 높은 경지의 고수라는 것을 알았다. 자인 도장의 입에서 한소리 기합성이 터져 나왔다.

"하앗!"

휘릭!

자인 도장은 현천도에서 뻗어 나오는 기세가 이르기도 전에 쇄도하던 몸을 뒤로 바로 뽑아 올리며 송문검으로 원(圓)을 그렸다. 바람보다 더 빠른 속도로 앞으로 쏘아가던 몸을 일순간에 뒤로 죽 물러나게 만드는 가공할 운신법이었다.

그러나 운신법도 운신법이었지만 더 무서운 것은 검법이었다. 송문검이 원을 그리자 심도로 펼쳐진 검은 천이 원의 반경 속으로 말려드는 듯했다. 가공할 검법이 펼쳐진 것이다. 무당의 수많은 검법 중 당당히 수위를 차지하고 있는 태극혜검(太極慧劍)이 마침내 시전된 것이다.

파팟! 파팟!

현천도에서 펼쳐지는 검은 천이 송문검이 그리는 원을 파괴하고 그 원이 파괴되자마자 즉시 송문검이 새로운 원을 만들어 검은 천을 가두려는 대립이 한동안 계속되었다. 무형의 기파가 끊임없이 솟아나 주위로 쏜살같이 퍼져 나갔다.

좌—좌—좌—좌악!

"헉!"

두 절대고수의 대결을 넋 놓고 보고 있던 조일봉은 경호성을 발하며 팽씨 오누이의 뒷덜미를 잡고 신형을 급히 5장이나 뒤로 물려 위험을 피했다.

조일봉과 팽씨 오누이가 있던 자리의 수목들이 모조리 잘려 나가고 공중에서 산산이 부서지고 있었다. 조일봉은 급히 시선을 돌려 자인 도장이 데려온 도동이 있는 곳을 보았다. 다행히 멀리 떨어진 곳에서 구경하고 있어서 위험하지는 않은 듯했다.

"휴우~ 두 분 다 정말 대단하구나. 심검(心劍) 대 심도(心刀)의 대결을 직접 볼 수 있을 줄이야!"

　장무위는 처음으로 시전한 천지획분으로도 자인 도장을 꺾을 수 없자 최후의 승부수를 던졌다. 현천도가 수평의 움직임을 멈추고 장무위의 가슴 앞에 수직으로 세워졌다.

　그러자 송문검이 그리는 원의 넓이가 확 넓어지면서 순식간에 검은 천을 집어삼키고 이내 장무위의 키만큼 커져 덮쳐들었다. 절체절명의 순간 장무위의 가슴 앞에 수직으로 곧추세운 현천도가 천천히 아래로 내려오자 상황이 바뀌어 버렸다.

　우우웅!

　송문검이 그리는 원이 현천도의 도신이 있는 쪽으로 쏠리며 찌그러져 축소되었다. 자인 도장이 사력을 다해서 원을 유지시키려 했지만 이미 송문검도 현천도의 도신 쪽으로 누가 잡아당기듯이 끌려 들어가고 있었다.

　검이 자신의 의지를 거스르며 현천도로 부딪쳐 가자 자인 도장은 막강한 내공을 검에 실을 수가 없었다. 상황이 그렇게 되자 송문검이 아무리 보검이라 해도 초현(初顯)된 무상구도의 후 2초 백두지명(白頭之鳴)의 위력을 막을 수는 없었다.

　쾅!

　"으아악!"

　폭음과 함께 송문검이 산산조각이 났다. 자인 도장은 입에서 선홍빛의 피를 한 사발이 넘게 뿜어내면서 뒤로 훨훨 날려갔다.

　"사조님!"

　어린 도동이 소리 지르며 자인 도장을 좇아갔다. 거의 십여 장을 날려간 자인 도장의 몸이 땅에 떨어지려는 순간 한 인영이 바람처럼 나타나더니 자인 도장을 받아 들었다.

"음……."

나타난 인영은 나이가 얼마나 되는지 알아보기 힘든 노도인이었다.

노도인은 침음성을 터뜨리며 자인 도장을 살펴보았다. 그러다 자인 도장의 입에서 멈추지 않고 계속해서 피가 나오자 안색이 새하얗게 변하더니 자인 도장을 억지로 가부좌를 틀게 해서 앉혔다. 그리곤 즉시 품에서 한 알의 단약을 꺼내 자인 도장의 입에 넣었다. 그제야 노도인은 한시름 놓은 듯 뒤를 돌아보며 말했다.

"청우는 사형을 돌봐 드려라."

그러자 노도인을 따라 나타난 두 명의 인물들 중 50대의 도인이 나서며 즉시 복명했다.

"예, 장문인."

처음 나타난 노도인은 무당 장문인 자혜 도장이었다. 뒤를 따라 나타난 두 도인은 무당제일의 의술을 지닌 청우 도장과 접객관을 맡고 있는 청하 도장이었다.

자혜 도장은 불현듯 생각나는 바가 있어 둘을 데리고 자소봉으로 왔다. 아니나 다를까, 사형인 자인 도장과 창천신룡이 벌써 비무를 벌이고 있었다.

자혜 도장은 즉시 비무를 중지시키려 했으나 두 사람이 모두 심검의 경지에 이른 무공을 사용하는 것을 보고는 감히 끼어들지 못하고 지켜볼 수밖에 없었다. 그 상태에서 자신이 끼어들면 마음이 흐트러진 자가 바로 죽음을 당할 것이다.

심검의 경지에선 절대로 마음이 흔들리면 안 된다. 그래서 조마조마하게 지켜보았지만 설마 하니 자신의 사형이 피를 토하고 날아갈 줄이야 꿈에도 생각 못했다. 급히 달려나와 의식을 잃고 날아가는 사형을 받아보니 이미 기식이 엄엄했다. 무당의 진산지보인 태청신단을 먹이고서야 겨우 안심할 수 있었다.

이 순간 장무위도 무리한 공격으로 탈진지경에 빠져 있었다. 아무리 끊임없이 솟아나는 혼원기라 해도 엄연히 한계가 있었다. 장무위가 체내의 혼원기를 모조리 끌어내서 백두지명을 시전하자 순간적인 탈진지경만큼은 모면하지 못했던 것이다. 급속히 혼원기가 다시 모이고 있지만 지금 상태에서 누가 공격한다면 위험할 것이다.

"시주는 어떠시오? 내상을 입은 듯한데……."

자혜 도장은 장무위가 내상을 입은 듯한데 운기조식을 하지 않고 버티고 있자 이상해서 물어보았다.

장무위는 좀 전에 한 도인이 장문인이라 하는 것을 들었으므로 눈앞의 노도인이 당금 무당의 장문임을 알고 읍을 하면서 말했다.

"저는 괜찮습니다. 너무 위급지경이라 힘을 조절 못하고 자인 도장을 위험에 빠뜨렸으니 뭐라 드릴 말씀이 없습니다. 죄송합니다."

"우리 무당이 비무에 졌다 해서 내상을 입은 사람을 암습하는 일은 없을 것이오. 먼저 내상부터 치료하시오."

자혜 도장은 장무위가 자신들을 꺼려해서 내상을 숨기고 있다고 생각하고 일단 치료부터 하라고 했다.

"괜찮습니다. 이제 거의 회복이 됐습니다."

장무위가 다시 읍을 하면서 말했다. 아무리 칼을 들고 하는 비무라지만 상대의 부상이 저렇게 심각하니 미안해서 좌불안석이었다. 장무위는 연신 읍을 하면서 미안한 마음을 드러냈다.

자혜 도장이 장무위의 얼굴을 살펴보자 과연 좀 전의 탈진했던 기색이 서서히 사라지고 있었다. 한 올의 진기까지 모조리 끌어올려 무공을 시전해서 탈진지경까지 갔다면 내상을 입었을 가능성이 높았다. 그런데 보고 있는 사이에도 장무위의 얼굴은 점점 회복되더니 멀쩡하게 변했다.

'기사(奇事)로다! 어찌 저렇게 빨리 회복될 수 있단 말인가? 목소리도 정기가 가득한 것이 진정 멀쩡한 상태가 맞는 것 같구나.'

"창천신룡 장 시주의 위명은 이미 들어 알고 있었소이다. 그런데 오늘 보니 소문이 많이 모자란 듯하군요."

"부끄럽습니다. 2년 동안 산속에서 수련하다 일정한 성취를 이뤘다 생각하고 오늘 비무를 신청하였습니다만 힘의 조절이 되지 않아 심려를 끼치게 됐습니다. 다시 한 번 사과드리겠습니다."

"아니오. 내 두 분의 비무 광경을 조금 보았소이다. 상황이 부득이했다는 것을 알고 있소이다."

"……."

비록 말은 그렇게 하고 있었으나 부서진 송문검을 바라보는 무당 장문인의 얼굴은 침중하기 그지없었다. 그런 장문인의 뒤에 시립하고 있는 한 중년 도인의 눈에서는 살기마저 비치고 있었다. 또 한쪽에는 중상을 입고 쓰러진 자인 도장이 있는지라 자리가 불편하기 그지없었다. 장무위는 품에서 삼왕으로 만든 마지막 하나의 단약을 꺼내 자혜 도장에게 주면서 말했다.

"이것은 제가 만든 단약인데 삼왕으로 만들었으니 내상에 도움이 될 것 같습니다. 자인 도장께서 복용하시면 내상을 가라앉히고 내력 증진에도 효과가 있을 겁니다. 그러고자 하는 뜻은 없었습니다만 상황이 좋지 못하니 저는 이만 물러나야겠습니다. 양해해 주십시오."

자혜 도장도 이 상황에서 상대를 붙잡고 있어봐야 도움이 될 것이 없다고 생각했다.

"알겠소이다. 영단은 잘 받겠소이다. 그리고 다음에는 장 시주와 좋은 인연으로 만났으면 좋겠소이다."

이내 장무위 일행은 인사를 하고 무당산을 내려갔다. 그 모습을 바라보고 있던 청하 도장이 아무래도 분을 못 참겠는지 자혜 도장에게 말했다.

"장문인, 무단히 청청도량에 찾아들어 피를 부른 저들을 이 상태로 고이 보내시면 무당의 위명에 손상이 가지 않을까 두렵습니다."

자혜 도장은 청하의 말에 숨겨진 의도를 파악하고 대노해서 소리쳤다.

"뭣이라?! 그럼 암습이라도 하잔 말이냐?"

"헛! 그, 그게 아니오라……."

"됐다. 더 이상 말하지 마라. 사부님이 사형께 물려주신 송문검이 부서졌다. 나라고 어찌 마음이 편하겠느냐? 그러나 우리 무당의 위명을 지키는 것은 자중하는 모습을 보이는 것이지 쫓아가서 복수를 하는 것이 아니다."

괜히 말을 꺼내서 본전도 못 찾은 청하 도장은 고개를 푹 숙였다.

무당산을 내려온 장무위의 얼굴은 활짝 펴진 조일봉과 대조적으로 밝지 못했다. 연신 장무위의 무공에 대해 존경의 말을 하는 팽씨 오누이와 마치 자신이 장무위라도 된 듯 팽씨 오누이의 말에 어깨를 으쓱거리는 조일봉은 미처 보질 못했지만.

"하하하하!"

일행이 무당파의 권역을 벗어나자 조일봉은 흐뭇함을 참지 못하겠는지 길을 가다가도 연신 대소를 터뜨리며 목에 힘을 주고 팽씨 오누이를 스윽 한 번씩 훑어본다. 그러자 팽씨 오누이가 조일봉의 의도를 파악하고 이내 장단을 맞춘다.

"정말 장 대협의 무공은 천하에 대적할 사람이 없겠습니다."

팽무석이 조일봉의 의도에 맞추어, 그러나 자신의 진심을 가득 담아 그렇게 말했다.

"오빠, 저도 그렇게 생각해요. 자인 도장은 당금 명나라 고수들 중에서 가장 뛰어나다고 알려진 분이신데 장 대협의 무공에는 상대가 안 되잖아요."

팽여주가 귀여운 말투로 말하자 조일봉이 또 대소를 터뜨렸다.

"하하하! 형님은 천하무적이야. 감히 누가 형님의 일도를 받아내겠어? 그렇잖습니까, 형님?"

"……."

조일봉은 장무위가 혼자 생각에 잠겨 자신의 말을 듣지 못한 것 같아 다시 큰 소리로 말했다.

"엥? 형님! 무슨 생각을 그렇게 깊이 하십니까?"

장무위는 조일봉이 다시 큰 소리로 말을 하자 그제야 퍼뜩 생각에서 깨어나 조일봉의 말을 받았다.

"아, 미안하네. 내 잠시 생각할 게 좀 있어서 말이야."

하면서 다시 생각에 잠긴다.

'비무는 이제 그만두어야겠다. 자인 도장의 경지가 나보다 못함을 보았으니 이제 명의 무인들과 비무하는 것은 무의미한 일인 것 같구나. 자인 도장의 부상이 깊지 않아야 할 텐데…….'

장무위는 명나라 무림의 최고수라고 믿어지는 자인 도장의 무공이 심검을 거의 완성한 단계에 있다고는 하나 아직 심검의 극에는 이르지 못했다는 것을 알게 되었다. 앞으로 몇 걸음만 더 나가면 자인 도장도 심검의 극에 이를 수 있을 것이다. 그러나 그 몇 걸음은 자인 도장의 평생에 도달할 수 있을지 장담을 못할 커다란 벽일 것이다.

장무위가 태산의 수련을 통해서 깨우친 두 초식은 심도를 완성하는 경지였다. 아니, 후 2초 백두지명은 심도를 넘어서는 경지라 해도 과언이 아니었다. 무공의 운용이 뜻한 바대로 이루어지는 것은 아니지만 장무위의 무공 경지는 이미 지고한 것이었다. 다만 백두지명도 무상도가 아니란 것은 본능적으로 알 수 있었지만.

지금 명나라 무림고수들의 수준을 볼 때 더 이상의 비무는 상대에게 모욕만을 줄 것 같았다. 자신의 실력을 검증하고자 뻔히 상대가 안 될 사람들을 찾아가서 모욕을 줄 수는 없었다. 태산에서 수련하기 전에는 새로운 상대에게서 새로운 것을 배울 수 있었으나 이제는 명에서 일 대 일로 자신의 상대가 될 인물은 없을 것이다. 약간의 자만심이 섞인 생각이었지만 장무위는 미처 자만심일 거란 생각은 못했다.

"형님, 다음은 누구를 상대로 비무할 계획이십니까?"

"일봉이, 다음의 비무는 이제 없을 것이네. 그보다 자네는 이번의 비무를 어떻게 생각하나?"

조일봉이 어리둥절하여 물었다.

"어떻게 생각하다니요?"

"내가 이제까지 비무를 통해서 누굴 해친 것은 처음이야. 팽씨 오누이가 있으니 하는 말이네만, 팽 노가주와 비무할 때만 해도 내가 팽 노가주께 상처를 입힌 것은 아니었어."

팽여주가 장무위의 말을 받아 대답했.

"장 대협의 말씀이 맞습니다. 할아버님께서 무리한 내력의 운용으로 내상을 입으셨다고 했어요."

"그렇소, 팽 낭자. 당시에 팽 노가주께서 칼을 멈추지 않으셨다면 나는 큰 부상을 입었을 것이오. 어쩌면 목숨이 잃었을지도 모르고."

조일봉은 장무위가 말하고자 하는 바를 전혀 짐작하지 못하고 속 시원히 말 좀 하라는 듯 투덜거렸다.

"아이고, 형님. 저는 형님이 무슨 말씀을 하시고 싶어하는지 당최 모르겠습니다."

"음, 이번의 수련을 통해서 내 실력이 많이 올라간 것 같아. 그렇지만 새로이 익힌 경지를 내 마음대로 완벽하게 조절할 수는 없어. 실력의 차이가 크지 않다면 상대를 해하지 않을 자신이 없네."

"그럼 형님의 말씀은 앞으로 비무를 하더라도 하수를 찾아다니면서 하시겠다… 는 아니겠고, 더 경지가 높아지시기 전까지는 비무를 하지 않으시겠다… 는 것도 아니고 비무를 하지 않으시겠다는 뜻입니까?"

조일봉이 장무위의 표정을 살펴가면서 말을 몇 번씩 바꾸어 간신히 장무위의 속내를 맞추자 장무위가 얼핏 미소를 지으며 대답했다.

"그래, 앞으로는 비무보단 내가 익힌 것을 완벽하게 내 것으로 만들기 위해서 수련이 좀 더 필요할 것 같아. 그리고 그 수련이 끝나면 더 이상 무인들을 찾아다니며 비무할 이유는 없어질 거야. 앞으로 비무는 중지해야겠어. 왕정문 노인께서 부탁하신 대로 왕청기님을 찾아 도움을 드릴 수 있으면 드리고 백두산으로 돌아가야겠어."

이번에 자인 도장이 피를 뿜으며 날아가는 모습은 장무위에게 비무의 목적을 상실케 하기에 충분했다. 자신의 실력을 좀 더 쌓고 검증하고자 남을 해칠 수는 없지 않은가.

그리고 이제까지 비무란 미명 하에 자신보다 실력이 못한 사람들을 좌절케 한 기억들이 떠오르자 그만 비무란 것이 싫어지고 말았다. 모용세가의 비무장에서 넋을 놓고 있던 모용득, 수치감을 참지 못하고 벌게진 얼굴로 도망치듯이 사라지던 금도문주 송강, 땀에 흠뻑 젖은 채로 허망한 표정을 짓던 팽 노가주, 그리고 이번에 피를 뿜어내며 뒤로 날아간 자인 도장의 모습을 생각하자 자신이 못할 짓을 했다는 생각이 자꾸 들었다.

남들이 자신을 해하지 못하게 강해지고 싶다는 일념 하에 무상대능력을 수련한 장무위였다. 그러나 이제 자신이 강함으로 인해 남을 해치고 있다고 생각되자 백두산에서 스승의 슬하에서 수련하던 때가 그리워지는 것이었다.

'그래, 왕정문 노인의 부탁을 들어드린 이후에는 백두산으로 돌아가야겠어. 그리고 나의 길을 정립하기 전까지는 다시 세상에 나오지 말아야겠다.'

조일봉과 팽씨 오누이는 장무위의 표정이 심각하자 차마 말을 걸지 못하고 그냥 묵묵히 걸음을 떼어놓았다. 그러나 세상의 일이란 사람 마음먹은 대로 흘러가는 것이 아닌 법. 천하에 대적할 자가 없는 절세무공을 지닌 무적의 고수라 해도 그러한 이치에서 벗어나지는 못했다.

장무위와 조일봉은 다시 호남성을 벗어나 하북의 천진으로 걸음을 옮겼다. 개방의 총타에 들러 왕청기에 대한 청탁을 하려는 것이다. 길을 가는 사이에 분위기가 호전돼 무당으로 갈 때처럼 일행은 즐거운 여행을 할 수 있었다.

여전히 장무위가 앞에서 혼자 말을 몰아가고 있었고 조일봉과 팽씨 오누이가 장무위의 뒤를 따랐다. 넓은 길이 나오면 횡으로, 좁은 길이 나오면 일렬로 따라오면서 즐거운 대화가 오고 갔고 장무위도 그들의 이야기를 들으면서 자인 도장과의 비무로 인한 자책감을 덜 수 있었다.

그들이 황하를 건너기 위해 소평진(小平津:창주(滄州) 염산현(鹽山縣)의 경계에 있는 천자의 사냥터. 하남성 맹진의 북쪽 황하와 면한 나루터 두 곳이 있다)으로 가는 길을 따라 말을 몰고 있을 때, 장무위는 피부에 소름이 돋을 정도로 진득하게 밀려오는 살기에 말을 멈추고 급히 살기의 출처를 찾았다.

30여 장 앞으로 굽이 돌아 나오는 열 명의 사람들이 보였다. 하나같이 청의를 입은 인물들은 장무위 일행이 무슨 철천지원수라도 되는 양 진한 살기를 쏘아내고 있었다. 그들은 대략 30대 후반에서 40대 초반으로 보이는 인물들로 오랜 여행을 한 듯 옷에는 먼지가 앉아 있고 얼굴은 초췌했다. 그들 중 대략 40은 되어 보이는 장년인 한 명이 장무위 일행의 앞으로 와서 말했다.

"창천신룡 장무위가 누구냐?"

장무위가 앞으로 나섰다.

"내가 장무위요. 귀하는 누구시오?"

"네가 장무위라 이거지? 뿌드득! 우리는 너 때문에 2년을 허송세월한 사람들이다! 오늘 운이 나쁘다고 생각하거라. 쳐랏!"

청의인이 이를 뿌드득 갈더니 이내 싸늘한 미소를 지으며 검을 뽑아 들고 공격을 지시했다. 그러자 3장 뒤에 늘어서 있던 아홉 명의 인물들이 즉시 검을 뽑아 들며 일행을 덮쳐들었다. 한마디 말도 제대로 하지 않고 무작정 공격하는 모습이 악에 받친 모습들이었다.

그러자 장무위의 명을 기다리지 않고 조일봉이 먼저 나서서 청의인들을 맞아갔다.

이 즈음 조일봉의 화후도 어느 정도 경지에 다달아 있었다. 예상보다 길어진 2년의 태산 수련에서 조일봉은 약력을 흡수하며 생긴 2갑자의 내력을 모조리 자신의 내력으로 쓸 수 있을 만큼 구전심법의 내공 수련을 많이 했고 수라구류도는 거의 대성해 11성의 화후가 되었다. 이제는 도강을 이끌어내어 수라구류도를 몇 번이나 연속으로 시전할 수도 있게 되었다. 가히 절세고수라 할 수 있는 것이다.

조일봉이 청의인들을 죽 훑어보더니 버럭 소리를 질렀다.

"이런 버르장머리없는 놈들을 봤나! 네놈들이 감히 장 형님께 검을 뽑아? 오늘 한번 죽어봐라!"

상대가 예가 없으면 완전히 깔아뭉개는 조일봉이었다. 상대가 예로 자신을 대하면 자신도 예로 대하지만 상대가 예로 자신을 대하지 않을 때는 나이고 뭐고 없었다. 청의인들이 다들 자신보다 나이는 많아 보이지만 언행이 건방지기 이를 데 없었다. 자신도 아니고 장 형님에게 함부로 말하다니! 조일봉의 대도가 푸른 불꽃에 휩싸인 채 청의인들을 쳐갔다.

청의인들은 조일봉을 지나쳐 장무위를 공격하려 했지만 조일봉의 공격은 자신들이 그냥 돌아서 넘어갈 수 있는 수준이 아니었다. 무시했다가는 모조리 명년 오늘이 제삿날이 될 것임을 알고 세 명의 인물이 조일봉을 막아서며 동료들의 길을 열어주었다.

쾅! 콰르릉! 쾅!

도검이 부딪치고 강기가 부딪쳤다. 놀랍게도 청의인 하나하나가 검강을 뿜어내는 고수였다. 조일봉도 더 이상 다른 인물들은 신경 쓰지 못하고 세 명을 맞아 전력으로 수라구류도를 전개했다. 그리고 세 명이 조일봉을 막는 사이에 조일봉을 돌아 나온 나머지 인물들이 장무위를 덮쳐들었다.

장무위도 즉시 앞으로 나서며 현천도를 뽑아 들었다. 장무위도 상대가 살기를 띠고 공격해 오자 예로 상대할 생각이 없어졌다. 불과 얼마 전까지만 해도 자인 도장과 한 비무의 영향으로 무공을 펼치는 것을 자제할 생각이었지만, 청의인들의 살기 띤 모습은 마치 아버지를 해친 춰범의 모습과 같았다. 남을 해하기 싫었지만 앉아서 상대의 칼을 몸으로 받을 생각은 털끝만치도 없는 장무위였다.

분노가 확 일어나며 장무위의 전신으로 가공할 기세가 어리기 시작했다. 단지 칼을 뽑아 들었을 뿐인데 산악 같은 위엄과 폭풍 같은 기세가 줄기줄기 뿜어져 나와 장내를 뒤덮었다.

청의인들을 이끌고 장무위를 덮치던 40대의 장년인은 장무위의 기세에 섬뜩함을 느꼈으나 물러설 마음은 추호도 없었다. 장년인은 움츠러드는 마음을 떨치려 처음보다 더 큰 소리로 재차 공격을 지시했다.

"쳐랏!"

순간 주춤하던 청의인들이 일제히 장무위에게 다시 덮쳐들었다. 일곱 자루의 강기를 뿜어내는 검들이 장무위에게 짓쳐들며 지독한 살기가 덮쳐들었다.

"이얍!"

장무위의 입에서 커다란 기합성이 울린다 싶은 순간 무상구도의 제1초 뇌전교격이 불을 뿜었고 이내 현천도에서 무상구도의 전 6초가 풍차 돌아가듯 연속해서 뿜어져 나왔다.

콰르릉! 쾅! 쾅!

청의인들과 장무위, 조일봉이 부딪치며 폭음이 마구 터져 나오고 경기가 소용돌이쳤다. 팽씨 오누이는 자신들이 아무런 도움이 되지 못할 것을 알고는 바로 10여 장을 물러나 일신의 안위를 지켰다.

청의인들은 남궁가에서 30년 동안 만금을 투자해서 양성한 집행자들이었다. 남궁가가 당금의 천하제일가로 불리는 이유는 남궁산이 집행자들을 양성해서 자신과 대립하던 상대방을 처리하면서부터였다. 그렇게 양성한 일대 집행자들은 남궁가가 천하제일가가 되는 동안 모두 소진되었고 이제 새로이 양성한 이대 집행자들이 최초의 임무를 띠고 나섰던 것이다.

그러나 장무위를 척살하려고 나섰던 집행자 천살단은 홀연 장무위가 사라져 버리자 닭 쫓던 개 꼴이 되어 거의 2년 동안 산동 지방을 헤집고 다녀야 했다.

천살단은 임무를 띠고 남궁세가를 나서는 순간부터 남궁세가와는 완전히 연락을 끊는다. 그리고 임무를 완수한 이후에 잠시 잠적하여 있다가 세가로 복귀한다. 임무가 임무이다 보니 절대로 자신들의 정체를 노출해서는 안 되는 것이다. 정체가 노출되면 자진하도록 세뇌까지 되어 있었다.

천살단은 2년 동안 헛다리품만 팔다가 산동 진미반점의 일을 전해 듣고서 장무위의 행적을 추적하였다. 그러나 장무위가 무당으로 간 것을 알고는 차마 따라가지 못하고 무당을 벗어나가만을 기다리고 있었다.

무당산 앞에서 일을 벌였다가는 자신들의 정체가 드러날지도 모르는 일이었다. 결국 이를 갈며 장무위가 무당산을 내려오기만 기다리던 천살단은 장무위 일행의 길을 앞질러 인적이 없는 이곳에서 길을 막아선 것이었다.

천살단의 대주 살검일호(殺劍一號)는 자신들의 능력을 잘 알고 있었다. 자신들을 키운 남궁가의 전대 가주 창궁검왕 남궁산이라 하더라도 자신들 5인 이상의 합공을 막을 수는 없다. 자신들은 모두가 검강을 뿜어내는 고수이며 수비는 도외시한 전문적인 살초를 익혀 실력 이상의 위력을 발휘하고 있었다. 더욱이 검진(劍陣)을 익혀서 합공에도 능했다. 장무위가 절대고수지만 남궁산보다 크게 강하지는 않을 것이다.

장내의 상황은 살검일호의 예상대로 진행되는 듯했다. 조일봉이 비록 청의인 세 명을 압도하고 있었지만 검진에 휘말려 단시간 내에 빠져나오기는 불가능해 보였고 장무위는 이미 전신에 검상을 입고 피를 흘리고 있었다.

장무위는 일곱 명의 청의인을 맞아 최선을 다해 무상구도의 전 6초식을 시전하고 있었으나 일방적으로 밀리고 있었다. 상대가 고수들이기도 하고 검진으로 협공을 한 까닭도 있었지만 장무위의 수준이라면 이렇게 사정없이 밀릴 이유는 없어야 했다. 그러나 장무위는 자신이 생각지도 못했던 무상구도의 허점이 드러나며 일방적으로 밀리고 있었다. 조화구법이 아니었다면 이미 결판이 났을지도 몰랐다.

장무위는 이제까지 모든 비무를 일 대 일로 해왔다. 그리고 비무를 통해서 배운 것도 모두 일 대 일의 상황에서 대적하는 방법들이었다. 그러다가 이렇게 일곱 명이나 되는 수에게 협공을 받게 되자 혼란스러워 제대로 대처하지 못하는 것이었다.

한 사람을 제압하는 것은 쉬운 일이었으나 그 한 사람을 제압하려고 하면 옆에서 다른 사람이 자신을 위협했다. 다시 옆의 사람을 막으면 또 그 옆에 있는 사람이 공격했다.

이렇게 되니 무상구도의 한 초식을 제대로 펼쳐 보지도 못하고 일방적으로 밀리게 되었다. 조화구법이 워낙 현묘해서 큰 부상은 입지 않았으나 이대로 시간이 흐르면 사경에 처할 것이 분명했다. 위험을 감수하고 수를 내지 않으면 안 되었다. 그렇게 느낀 순간 장무위의 동작에 급격한 변화가 일었다.

장무위는 조화구법을 펼쳐 뒤로 와락 물러났다가 급히 앞으로 나서 검진을 뒤흔든 다음 무상구도의 전 6초식을 연환결(連環缺)로 죽 펼쳤다.

콰르릉! 콰! 콰!

강기와 강기가 맞부딪치며 터져 나오는 굉음이 장내를 진동하였다. 청의인들이 검진의 이점으로 충격을 분산하면서 다시 덮쳐드는 순간 장무위가 그 짧은 순간을 이용해 무상구도의 후 1초인 천지획분을 펼쳤다.

스윽!

현천도를 따라서 검은 천이 허공에 죽 펼쳐지자 청의인들은 피할 수 없음을 느끼고 전력을 다해 검강을 펼쳐 검은 천을 쪼개어왔다. 그러나 검은 천은 가공할 위력을 발하며 허무하리만치 쉽게 청의인들의 검강을 베어버렸다. 단전을 베인 청의인 둘이 쓰러지는 순간 남은 청의인들이 모조리 동귀어진의 식으로 아직 수평으로 현천도를 긋고 있는 장무위를 덮쳤다.

"헉!"

장무위는 계속해서 천지획분을 시전하면 모든 청의인들을 죽일 순 있으나 자신도 그들의 검강에 당할 것이라는 것을 알고 뒤로 물러서지 않을 수 없었다. 그러나 그것은 판단 착오였다. 장무위가 대경실색해 뒤로 물러서자마자 허공에 펼쳐지던 검은 천이 사라져 버렸고 청의인들의 검강은 여전히 장무위를 덮쳐들었다.

“크흑! 악!”

아무리 조화구법이 대단하다고 해도 당황해서 뒷걸음을 치는 상황에서는 앞만 보며 전력으로 쇄도하는 청의인들을 떨쳐 버릴 수 없었다. 장무위는 무상대능력을 전신으로 돌려 몸을 보호하는 동시에 전력으로 신형을 뒤로 물렸으나 상대의 공격을 다 흘려 버릴 수는 없었다. 옆구리에 검강이 실린 일검을 맞아 구멍이 뻥 뚫려 버렸고 왼쪽 어깨에도 검강이 실린 일격을 맞아 아예 왼팔을 못 쓸 만큼 큰 부상을 입어버렸던 것이다. 그 와중에 뇌전교격을 펼쳐 청의인 한 명을 아예 두 동강 낼 수는 있었지만 지독한 고통으로 정신이 가물가물했다.

청의인들은 이제 네 명밖에 남지 않았지만 독기는 더욱 강해진 듯 여전히 공세를 늦추지 않고 중상을 입어 비틀거리는 장무위에게 쇄도하며 검을 휘둘렀다. 반드시 목을 치고 말겠다는 필살의 의지가 가득 담겨 있는 검식이었다.

장무위는 남과 대적해서 상대의 공격을 몸으로 직접 받은 것은 처음이었다. 커다란 고통에 정신을 잃을 지경이었지만 이건 비무가 아니었다. 생사결의 실전(實戰)인 것이다. 여기서 정신을 잃는다면 바로 죽음이다. 장무위는 억지로 고통을 참으며 전력을 다해 몸을 피했다.

그러나 계속 수세에 몰려 상대의 공격을 막기만 하는 것도 벅찼다. 결국 청의인들의 공세에 밀리면서 처음의 격전장에서 수십 장이나 뒷걸음을 친 상태인지라 조일봉이 청의인들과 싸우고 있는 곳에서 이미 한참을 멀어졌다. 조일봉이 어떻게 되었는지 돌아볼 겨를도 없었다.

청의인들의 검식(劍式)은 실로 악독한 의지를 가득 담고 있었다. 자신이 어떻게 되든 전혀 신경을 안 쓰고 상대방을 해치려는 의도 하에서 만들어진 검식이었다. 생사결의 실전과 비무는 너무 달랐다.

장무위가 청의인 한 명을 두 쪽으로 만들어 버렸지만 핍박을 당하는 와중에 어쩔 수 없이 그렇게 된 것이지 의도한 것은 아니었다. 장무위는 단전만을 베어버리려 했으나 상대는 전혀 방비를 하지 않고 공격만을 감행하다가 두 쪽이 난 것이다. 장무위의 옆구리에 일검을 가한 것도 바로 두 쪽이 나서 죽은 청의인이었다.

장무위는 생전 처음 합공을 당하는 것이었고 또 생전 처음 생사결을 치르는 것이었다. 여러 명을 동시에 상대하는 방법도 서툴렀고 살기도 없었다. 단전을 베는 독수를 썼지만 살수를 펼치지는 못해 생사결을 치르는 무인의 자세라 할 수 없었다. 처음에 입었던 얕은 검상들은 이제 아물기 시작하고 있었으나 옆구리와 어깨의 부상은 너무 깊어 몸을 격렬하게 움직이자 상처가 더 벌어졌다. 그리고 새로이 깊은 검상들이 자꾸 생기자 도저히 버틸 수가 없었다.

서서히 독기가 생기기 시작했다. 극도의 고통과 죽음에 대한 두려움이 오히려 적에 대한 반발을 일으켜 생전 처음 지독한 살기를 일으키기 시작했던 것이다. 장무위의 입에서 천둥 같은 고함이 터졌다.

"이놈들! 좋다! 누가 누구의 목을 딸 수 있나 해보자!"

이미 심검의 단계를 완성한 장무위가 극단의 상황에서 살기를 일으키자 무형지기(無形之氣)가 폭발적으로 치솟아 쇄도하던 청의인들을 일순 주춤하게 했다. 호랑이를 눈앞에 둔 토끼의 그것과 같은, 의식하지 못하는 본능적인 두려움이 청의인들을 주춤하게 만든 것이다.

그것이 청의인들의 패착이었다. 이내 실기(失機)했음을 느끼고 청의인들이 다시 장무위를 덮치는 순간 장무위가 청의인들이 일순 주춤하는 틈을 타서 젖 먹던 힘까지 다 짜내어 무상구도의 후 2초 백두지명을 펼쳤다.

장무위의 가슴 앞에 곧추세운 현천도가 강렬한 울음을 토하기 시작
했다.

우—웅!

심혼을 울리는 기이한 울음소리와 함께 현천도가 전방을 향해 내려
쳐지자 청의인들은 시야가 확 좁아지는 것을 느꼈다. 청의인들의 손에
서 살기를 발하고 있던 네 개의 검이 모조리 현천도가 그리고 있는 선
을 따라 끌려갔다. 세상 가득 오직 현천도의 검은 도신만이 보이는 듯
했고, 그것은 어찌 항거할 수 없는 신의 칼날처럼 허공을 가득 덮으며
청의인들을 덮쳐 가기 시작했다.

"으—아—악!"

청의인들의 검이 모조리 산산조각이 나는 순간 네 명의 몸도 장무위
를 덮치던 그 상태 그대로 공중에서 주춤하더니 이내 모조리 머리에서
발끝까지 두 조각으로 나뉘며 뒤로 날아갔다. 날아가는 청의인들의 조
각난 몸에서는 내부의 압력을 이기지 못하고 장기들이 쏟아져 나와 펼
쳐졌다.

추아악!

허공에서 뿜어지는 피를 피할 여력이 없어 고스란히 뒤집어쓰고 있
던 장무위는 현천도를 지면까지 내려친 상태로 미동도 안 하고 서 있
었다.

"형님!"

조일봉이 세 명의 청의인들을 간신히 물리치고 팽씨 오누이와 함께
뛰어왔을 때 장무위는 피바다 속에 쓰러져 있었다.

조일봉과 팽씨 오누이는 장무위의 부상이 너무 심각해 자리도 옮기

지 못하고, 그렇다고 또 어떤 적이 새로 나타날지 모르니 그 자리에 있을 수도 없고 해서 의식을 잃고 쓰러진 장무위를 관도 옆으로 200장 정도 옮겨 그곳에다 차양을 치고 장무위를 간호했다.

팽무석이 소평진까지 말을 달려가서 깨끗한 물과 붕대를 잔뜩 사가지고 오는 사이 팽여주는 손을 덜덜 떨면서도 피로 얼룩 진 장무위의 몸을 닦아주었다.

조일봉은 잔뜩 긴장해서 경계를 늦추지 않았지만 속은 시커멓게 타들어가는 듯했다. 팽여주가 옷을 찢어 장무위의 상처난 부위를 닦아내자 보기에도 끔찍한 상처들이 온몸에 가득했던 것이다. 옆구리는 구멍이 뻥 뚫려 있었고 왼쪽 어깨도 반 이상이 베어져 있었다. 그 외에도 크고 작은 부상들이 전신에 가득했다. 이상한 것은 상처들에서 피가 더 이상 배어 나오지 않는다는 것이었지만 출혈이 너무 심해 그런가 보다 생각하니 더욱 속이 탔다. 팽여주가 상처를 닦아내고 팽가비전의 금창약을 듬뿍 바른 후 붕대를 감아주었다.

팽무석은 다시 의원을 찾으러 말을 달려갔고 팽여주는 너무 끔찍한 격전의 흔적과 장무위의 상처를 보고 충격을 받았는지 의원이 와서 장무위를 돌본 이후로도 하루를 꼬박 덜덜 떨었다.

그런데 의원이 머리를 절레절레 흔들면서도 능숙하게 감아놓고 간 붕대를 본 조일봉은 두려움에 사로잡혀 버렸다. 장무위의 온몸을 친친 감고 있는 붕대에서 피가 배어 나오지 않는 것이었다. 마치 온몸의 피가 다 새어 나가 버린 양. 그래서 조일봉을 꼬박 3일 동안 한시도 눈을 붙이지 못하고 장무위 옆을 지켰다.

눈을 뜬 장무위가 맨 처음 본 것은 초췌한 얼굴에 걱정 가득한 눈으로 자신을 보는 조일봉의 순진하게 생긴 얼굴이었다. 그 옆에는 팽여주와 팽무석이 역시 초췌한 얼굴로 자신을 보고 있었다.

"형님, 괜찮으십니까?"

조일봉이 눈을 뜬 장무위를 보고 죽었던 어머니가 살아 돌아온 듯 기쁜 표정으로, 그러나 감히 소리를 크게 내지 못하고 조용히 물었다.

"음, 내가 얼마 동안이나 이러고 있었는가?"

"3일 동안 의식을 잃고 계셨습니다."

"으음."

혼원기는 의식을 잃고 있는 장무위의 몸속에서 스스로 살아 움직이며 이틀 만에 몸을 완치시켜 놓았으나 정신은 치유할 수가 없었다. 탈태환골 이후에 느껴보지 못했던 극심한 고통과 상대의 검이 몸을 헤집을 때의 공포를 장무위의 정신이 이겨내지 못했던 탓에, 그리고 살생에 대한 두려움이 겹쳐서 3일이 지나서야 제정신을 차릴 수 있었던 것이다.

장무위는 말리는 조일봉과 팽씨 오누이를 진정시키며 몸을 일으켜 보았다. 몸에는 아무런 통증이 없었다. 그러나 온 전신에 붕대를 친친 감고 있었다. 쓴웃음을 지으며 조일봉을 보자 조일봉도 몸에 적지 않은 상처를 입은 듯 붕대를 친친 감고 있었다.

"자네, 부상이 심각한 듯한데 좀 쉬게."

장무위가 멀쩡해 보이자 조일봉은 안심이 되어서 몸에 힘이 쭉 빠졌다. 조일봉의 부상도 중상은 아니었지만 출혈이 많았다. 거기다가 거의 3일을 장무위 옆에서 잠 한숨 자지 못하고 버텼기 때문에 정상적인 상황이 아니었다. 조일봉은 단 3일 만에 얼굴이 반쪽이 되어 있었다.

"예, 형님. 무사해 보이시니 다… 해……."

말을 하던 조일봉이 그냥 풀썩 쓰러져 버렸다.

"헛!"

깜짝 놀란 장무위가 조일봉의 맥을 짚어보니 다행히 탈진으로 인해 의식을 잃었을 뿐이다. 장무위는 조심스레 조일봉을 자신이 누워 있던 자리에 눕히고 팽씨 오누이를 보았다. 그들도 며칠 사이에 맘 고생이 심했는지 얼굴이 많이 안 좋았다.

"두 분도 쉬도록 하시오. 안색이 너무 안 좋습니다."

"장 대협, 정말 괜찮으신 건가요? 부상이 그렇게 심했었는데……."

팽여주가 장무위의 안색이 멀쩡하고 조일봉의 맥을 잡아보는 동작이 전혀 아픈 사람처럼 보이지 않자 믿기지 않는다는 듯 물었다. 팽여주는 장무위의 상처를 닦으며 장무위가 얼마나 끔찍한 상처를 입었었는지 자세히 보았던 것이다.

"괜찮습니다. 제 걱정은 하지 마시고 두 분도 몸조리를 하십시오."

팽무석이 급히 예를 취하며 말을 받았다.

"장 대협, 저희 걱정은 하지 마시고 좀 더 휴식을 취하시는 게 좋겠습니다."

"난 이제 멀쩡합니다. 예전에 좋은 약을 많이 먹어서 부상이 빨리 회복되는 편입니다. 그러니 내 걱정은 하지 말고 두 분은 휴식을 취하도록 하시오."

팽씨 오누이가 보니 과연 장무위가 멀쩡해 보였다. 고개를 갸웃거리던 둘은 더 이상 사양하지 못하고 운기조식을 취했다. 아닌 게 아니라 그들도 정상은 아니었던 것이다. 팽무석은 청의인들의 공격을 받았을 때 자신이 아무런 도움이 되지 못했던 상황을 비관해서 마음이 불편했고 팽여주는 여린 마음으로 감당하기 어려운 광경을 보아서 마음이 안정되지 못했다. 그런 상황에서 부상을 입은 두 사람을 치료하기 위해 이리 뛰고 저리 뛰었으니 지칠 만도 했다.

그제야 장무위는 주위를 차근차근 둘러보았다. 멀리 관도가 보이는 것을 보니 소평진으로 가던 관도에서 조금 벗어난 지역임을 알 수가 있었다.

"휴!"

한숨을 토하고는 몸에 감긴 붕대를 하나하나 풀어내었다. 몸을 이리저리 살펴보았으나 부상을 입은 흔적조차 없었다. 의식을 잃기 전 자신이 입은 부상의 정도를 생각해 보던 장무위는 스스로 놀라 머리를 절레절레 내저었다. 무상대능력의 혼원기는 갈수록 더욱 위력을 발휘하고 있었다.

장무위는 자신이 타던 말이 주위에 있음을 보고 봇짐에서 옷을 꺼내 갈아입고는 잠시 생각에 잠겼다.

자신이 두 쪽을 내버렸던 청의인들에 대한 생각이 나기 시작했다. 목숨이 위태로운 지경이라 악에 받쳐서 살수를 썼지만 자신의 칼에 다섯 명의 몸이 두 조각 나는 광경을 보고는 의식을 잃었었다. 지금 생각하니 너무 끔찍하고 두려웠다. 사람의 목숨을 그렇게 끊었으니 죄가 크다.

'죽으면 귀신이 된다고 하던데……'

이렇게 생각하자 등골이 서늘해지며 금방이라도 뭔가가 튀어나올 듯했다.

"휴~"

다시 입에서 한숨이 절로 나왔다. 그렇지만 장무위는 곧 마음을 다잡았다. 자신이 강해지고자 그렇게 수련에 힘쓴 것은 세상의 누구도 자신을 해치지 못하게 하고자 함이다. 자신의 목숨을 노리는 자들은 그 누구도 용서치 않을 것이다. 장무위는 앞으로도 또 그런 상황이 된다면 주저치 않고 살수를 쓸 것이다. 속으로 다짐을 하고 또 했다. 죄책감을 잊으려는 듯 더 강하게.

원래 조일봉은 장무위의 현천도에 단전이 베어져 내공을 상실하고 폐인이 된 청의인 둘을 족쳐 누가 사주했는지 알아내고자 했었다. 그러나 심문은 아무나 하는 것이 아니었다. 입을 굳게 다물고 여차하면 자결할 기회만 엿보고 있는 청의인들에게 질려 혈도만 짚어놓고 장무위가 깨어나서 처리해 주기만을 기다렸었다.

그러나 장무위도 경험이 없기는 마찬가지. 또 자신의 칼에 폐인이 된 사람들을 어찌어찌 다그쳐서 자초지종을 털어놓게 만드는 것은 차마 사람으로서 못할 짓이었다. 고문이나 심문은 접어두고 오히려 그들이 동료들의 시신을 수습할 때 도와주기까지 했다.

장무위가 청의인들의 공세에 밀려 관도에서 한참 떨어진 곳까지 밀렸으므로 아직 관이나 행인들이 발견하지는 못한 듯했다. 조일봉과 팽무석이 도와주려고 왔다가 조각난 시신의 처참한 모습에 속이 뒤집혀 슬금슬금 물러섰고 장무위도 속이 뒤집히긴 마찬가지였지만 자신이 만들어놓은 시신들이라 미안한 마음에 끝까지 청의인들을 도와줬다.

청의인들은 장무위 일행을 떠날 때까지 복수를 다짐하며 저주를 퍼부으며 이를 갈았다. 자신들이 비록 목숨을 저당 잡히고 음지에서 악독한 행사를 담당하고는 있지만 처참하게 당하는 것은 상대편이어야지 자신들이어서는 안 된다. 조각난 동료들의 몸을 수습할 때 그 처참함에 이가 갈리고 원한이 사무쳤던 것이다. 그렇지만 그들은 자신들이 그렇게 충성을 다했던 남궁세가로 돌아가자마자 살인멸구(殺人滅口)를 당할 줄이야 꿈에도 몰랐으리라.

바람 잘 날 없는 강호가 다시 한 번 들썩거리기 시작했다. 2년 전에 돌연 사라져 젊은 나이에 은거를 했나 하는 의혹을 불러일으켰던 창천신룡이 또 다른 충격파를 몰고 나타났던 것이다. 명의 구주십영(九柱十英) 중 최강의 고수라고 믿어지던 무당검선 자인 도장이 창천신룡과의 비무에서 패하여 중상을 입고 구사일생했다는 것이다. 이 소문은 삽시간에 강호로 퍼져 나가며 도를 쓰는 무적의 고수 도제(刀帝)의 신화가 시작됨을 알리는 신호탄이 되었다.

자인 도장은 심검을 터득한 절대고수였다. 그런 자인 도장이 비무에서 중상을 입었다는 것은 창천신룡의 무위가 자인 도장을 능가한다는 이야기였다. 도대체 어떤 경지의 무공을 터득했기에 그럴 수 있는지 강호가 술렁거리기 시작했다.

거기에 팽가로 돌아온 팽무석, 팽여주 남매의 입을 통해 소평진의 혈전(血戰)이 전해졌다. 검강을 쓰는 고수가 한두 명도 아니고 무려 일곱 명이나 합공을 했는데 오히려 그들을 모조리 두 조각으로 만들어 버렸다는 사실은 창천신룡의 적수가 천하에 없음을 알리는 증거였다.

이제 창천신룡이 2년의 잠적 동안 절세신공을 터득한 무적의 고수가 되었음을 믿지 않는 사람이 없었다. 명나라의 강호인들은 창천신룡이란 별호대신에 순식간에 도제(刀帝)라는 위엄 가득한 칭호를 만드는 기민함을 보였다.

천하가 이렇게 도제의 등장에 들썩거릴 때 안휘의 남궁세가는 침묵에 휩싸여 있었다. 단 한 곳 근청전만 제외하고.

"이 무슨 황당한 경우란 말인가!"

남궁가의 근청전에는 전대 가주 남궁산과 현 가주 남궁인이 침통한 표정으로 마주 앉아 있었다. 남궁산은 도저히 참지 못하겠다는 듯 탁자를 쾅 두드리더니 자리에서 일어나 왔다 갔다 하며 안정하지 못했다.

"아버님, 아무래도… 증거를 없애야겠습니다."

남궁인이 조심스레 말을 건네자 남궁산은 침음성을 터뜨렸다.

"음… 당장 시행해라."

"예."

대답을 하자마자 서둘러 나가는 남궁인의 뒷모습을 보고 있던 남궁산은 간신히 진정하고 자리에 앉았다.

'이런 바보 같은 짓을 저지르다니! 잠자는 호랑이의 코털을 뽑은 꼴이 아닌가!'

연신 한숨을 내쉬는 남궁산이었다. 차 한 잔 마실 시간이 채 못 돼서 남궁인이 돌아왔다. 남궁산이 냉정한 표정으로 말했다.

"잘 처리했는가?"

"예, 다행히 어렵지 않게 처리했습니다."

"반항은 하지 않던가?"

"…예."

남궁인이 표정을 굳히며 간신히 대답했다. 가문을 위해 음지에서 노력하다 단전이 파괴된 채로 살아 돌아온 두 명의 천살단원을 입막음시키고 온 것이다. 어찌 마음이 편하겠는가?

"인정에 얽매일 일이 아닐세."

"잘 알고 있습니다, 아버님."

"휴우~ 그놈이 천살단 7인의 합격진 속에서도 살아 나올 줄이야!"

"아버님, 이미 심도의 경지를 넘어섰다는 소문이 파다합니다."

"음… 나이 서른두 살에 어찌 그런 진경(進境)이 가능하단 말인가! 도저히 믿을 수가 없구나."

그렇게 침음을 터뜨리고 있는 사이에 인기척이 느껴졌다. 잠시 후 밖에서 남궁세가의 숨겨진 조직 비첩단을 맡고 있는 가주의 동생 남궁태(南宮颱)의 아뢰는 소리가 들렸다.

"아버님, 소자이옵니다."

"들어오시게."

"새로운 소식이 들어왔습니다."

"무슨 소식인가?"

"창천신룡의 행적을 탐문하던 비첩단원에게서 연락이 왔는데 창천신룡은 지금 멀쩡하게 화북평원을 지나가고 있다고 합니다."

"뭣이라?! 멀쩡해?!"

"예, 상처 하나 없이 멀쩡하답니다."

남궁산은 기가 막힐 일이었으나 표를 낼 수는 없었다. 이 일은 가주와 그만이 아는 비밀인 것이다.

"음… 알았네. 자네는 물러가게."

"예, 아버님, 그리고 형님. 저는 이만 물러가겠습니다."

남궁태가 인사를 하고 물러가자 남궁인이 허망한 표정을 지으며 남궁산을 보고 말했다.

"도저히 믿을 수 없는 일이지만 아무래도 타초경사의 우를 범한 것 같습니다."

믿을 수 없기야 남궁산도 마찬가지였다. 자신이라고 해도 다섯 명의 천살단이 합공을 하면 빠져나올 자신이 없었다. 그만큼 천살단은 남궁세가에서 심혈을 기울여 키운 고수들이다. 지금 3대째의 천살단을 양성하고 있다고는 하지만 앞으로 몇 년은 더 있어야 써먹을 수 있을 것이다. 장무위가 비록 천살단의 합공을 빠져나갔다 하더라도 중상을 입어 운신이 불가능할 거라고 생각하고 추적을 지시했던 것인데 멀쩡하다면 건드릴 수 없었다.

"자네, 다시 한 번 이 비밀이 새어 나가지 않도록 천살단의 행로를 점검해 보고 흔적을 완벽하게 없애도록 하게. 이 일이 창천신룡의 귀에 들어가면 난처한 지경에 처할 것이야."

"예, 아버님. 즉시 조치를 취하도록 하겠습니다."

"음, 어쩌다 이 지경이 되었나. 차라리 비무를 해서 깨끗하게 지는 편이 좋았을 것을."

"……."

"이제 희망은 그 물건밖에 없다. 반드시 찾아내도록 해. 천하를 가진다면 창천신룡에 연연할 필요는 없어."

남궁인이 지그시 입술을 깨물며 다짐하듯 말했다.

"곧 찾아낼 수 있을 겁니다."

"음……."

침음성을 토하던 남궁산이 다시 말을 이었다.

"충(忠)아가 있는 곳은 어떤가? 이제 손을 떼야 하는 것이 아닐까?"

"아버님, 그곳에서 나오는 막대한 금이 우리 세가를 이렇게 키웠습니다. 최대한 버틸 수 있을 때까지 버티는 게 좋을 듯합니다."

"꼬리가 길면 밟히는 법이야. 자네가 잘 알아서 하겠지만 위험하다 싶으면 물러나도록 해."

“알겠습니다. 내년 여름의 대규모 토벌 이전에 철수시키겠습니다.”
남궁가의 밤이 깊어졌다.

영락제는 또다시 전쟁을 일으키려는지 병사들을 모집하고 세금을 올리며 군량미를 모으고 있었다. 매년 연례 행사처럼 몽골과 전쟁을 치르니 나라가 안정될 리 없었다. 나라가 어수선하니 덩달아 강호의 정세도 안정되지 못하고 상당히 복잡해졌다.

서장의 포달랍궁은 특별히 세력을 팽창시키지는 않았지만 현소 도장의 패배로 곤륜은 포달랍궁의 행사를 더 이상 간섭할 수 없는 지경에 처했고, 사천독왕이 이끄는 운남 오독문도 주춤하기는 했지만 완전히 물러선 것은 아니었다. 호시탐탐 사천으로의 진출을 노리고 있었고 광동으로 자신들의 보호를 받는 상인들의 세력을 확장하고 있는 상황이었다.

광명교주의 행사는 신비하기 이를 데 없어 신강 전체를 수중에 넣고 이제는 청해 쪽으로 세력권을 넓히고 있다고 하지만 행사가 워낙 은밀해서 소문은 무성하지만 흔적이 없었다. 한마디로 폭풍 전야의 고요함이 명의 무림을 뒤덮고 있었다.

금도문의 연인(戀人)

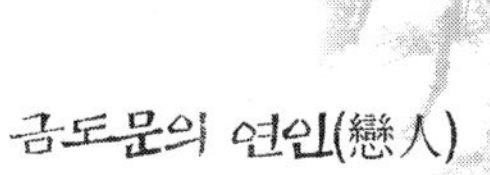

장무위와 조일봉은 하북에 들어와서 팽씨 오누이와 헤어졌다. 하북성의 성도인 천진과 팽가는 같은 하북성에 있다고는 하지만 상당히 거리가 멀어서 거의 하북성 동, 서의 끝과 끝이었다.

팽여주는 그동안 조일봉과 정이 많이 들었는지 헤어질 때 눈물을 감추지 못했다. 남들이 보면 낭군을 전쟁터에 보내는 아낙네로 착각할 정도로 많이 아쉬워했다. 팽무석도 아쉬움을 감추지 못했지만 마음속에 굳게 결심한 것이 있어 빨리 본가로 돌아가야 했기에 금세 아쉬움을 떨쳐 버릴 수 있었다.

팽무석은 소평진의 사건 이후 자괴감이 들어 이번에 본가로 돌아가면 폐관수련을 할 작정이었다. 최소한 일행에게 방해가 될까 봐 물러설 수밖에 없는 상황이 다시는 생기지 않도록 수련을 한 이후에야 나올 생각이었다.

장무위는 이제 살인에 대한 충격에서 완전히 벗어났고 조일봉도 부상이 회복되어 다시 생기를 찾았다.

장무위는 천진에 도착하자마자 가지고 있는 산삼을 다 팔았다. 여비도 이젠 떨어졌고 또 나중에 개방에 왕청기를 찾아달란 청탁을 위해선 돈이 필요했다. 천진은 해하(海河)의 오대지류가 합쳐지는 곳으로 내륙수운이 발달한 곳이라 금전의 흐름이 원활했다. 때문에 500년 근 두 뿌리를 팔자 거의 은 천 냥에 달하는 거금을 받을 수 있었다. 예전에 요동의 화북약초상에서 예상한 것보다 훨씬 많은 대금을 받을 수 있었던 것이다. 당시에는 500년 근 한 뿌리당 은 300냥을 줄 수 있다고 했는데 천진에선 훨씬 값이 좋았다.

대금을 받자마자 장무위는 조일봉과 같이 개방으로 향했다. 조일봉은 장무위가 그냥 가서 부탁해도 어지간하면 개방에서 거절하지 않을 것임을 알고 있었지만 장무위 앞에서 그런 소릴 할 수는 없었다. 장무위가 거지들에게 공짜로 일을 시킬 리도 없지만 그동안 장무위와 동행하면서 본 장무위의 성격은 힘 좀 있다고 그것을 가지고 남에게 피해를 주는 것을 아주 싫어했던 것이다. 그래서 조일봉은 아예 공짜로 청탁을 넣자는 말을 꺼내지도 못했다.

장무위는 명의 개방에 대한 인식이 일반의 강호인들과는 달랐다. 개방이고 뭐고 간에 어쨌든 먹고 살기 힘들어서 구걸하는 거지들인데 어찌 공짜로 일을 시킬 수 있겠는가? 일부러 찾아가서 도움을 줄 수는 없겠지만 일을 시키면서 공짜로 할 생각은 추호도 없었다.

"어서 오십시오, 장 대협, 조 대협."

개방의 황초 방주는 두 사람을 보자 얼굴 가득 웃음을 지으며 반갑게 맞았다.

“반갑습니다, 황 방주님.”

“그동안 두 분의 소식은 계속 듣고 있었습니다. 자, 자, 안으로 들어가서서 애기합시다.”

“감사합니다.”

장무위는 2년 만에 들른 개방 총타의 모습이 예전과 하나도 다름이 없자 무슨 거지들이 이 모양인가 하고 생각했다.

‘거지 팔자가 상팔자라더니 팔자가 좋긴 좋구나.’

거지라면 구걸을 하러 다녀야 하는데 개방의 거지들은 어디서 돈이라도 떨어지는지 구걸하러 갈 생각은 안 하고 빈둥거리기만 하고 있었다.

장무위가 왕정문 노인의 아들인 왕청기를 찾아달라는 청탁을 하자 황 방주는 두 번 생각하지도 않고 흔쾌히 수락했다.

“예, 그런 일이라면 우리 개방만한 곳이 없습니다.”

황 방주가 자신있다는 투로 말했다.

“부탁드리겠습니다. 그리고 이것을 받아주십시오.”

장무위가 500년 근 산삼 두 뿌리를 팔아서 마련한 은 천 냥 중 500냥을 내어놓자 황 방주가 깜짝 놀랐다. 개방이 거지들의 문파라고는 하나 남들 모르게 비밀리에 운영하는 사업소가 몇 개 있다. 거지들이라고 해도 문파를 이루어 모여 있으니 돈이 필요했던 것이다. 그렇지만 은 500냥이라면 개방의 한 달치 예산에 맞먹는 큰돈이다.

“아니, 이렇게 큰돈을?! 장 대협, 이 돈은 받지 않겠습니다. 우리 개방은 거지들이라 돈이 필요하지 않습니다.”

황 방주가 정중히 거절했다. 돈이 필요치 않거나 금액이 적어서가 아니라 돈을 받음으로 인해서 얻는 것보다 돈을 안 받음으로 인해 얻는 이득이 더 클 것이란 계산을 순간적으로 끝내고 거절하는 것이었다.

이제는 도제라는 칭호로 불리는 장무위와 친분을 다지는 것만도 무림 문파의 입장에선 적지 않은 소득이 될 것이다. 그리고 굳이 돈을 받아서 빚을 없애 버리는 것보다 공짜로 도와주면 상대는 빚을 지는 것이나 마찬가지니 나중에 더 큰 이익으로 되돌아올 수도 있다. 굳이 돈을 받을 이유가 없는 것이다.

그러나 장무위는 아직 그런 계산에는 어두웠다. 그냥 단순하게 황 방주가 체면상 거절하는 것이라 생각하고 진지하게 다시 돈을 내밀었다.

"황 방주, 개방도에겐 필요치 않을지 모르나 개방의 행사에는 소용이 있을 겁니다. 받으시고 왕청기님을 꼭 찾아주십시오."

장무위가 이렇게 말을 하자 거절할 명분이 없어진 황초 방주는 어쩔 수 없이 돈을 받았다. '나중에 더 큰 것을 얻기 위해 너에게 빚을 지우는 거다' 라고 말할 수는 없었다.

"장 대협, 그 왕청기라는 분이 명나라에 있다면 찾는 것은 시간문제입니다. 그 점은 걱정 마십시오."

"예, 감사합니다."

장무위는 소식이 들어올 때까지 천진에 머물며 기다리기로 했다. 아직 수중에 은 500냥이란 거금이 있으니 몇 년을 기다린다고 하더라도 상관없을 것이다. 그래서 장무위는 거금 은 200냥을 주고 작은 장원을 한 채 사서 머물며 개방에서 소식이 오기를 기다렸다.

장원은 가로 세로 각 10장 정도의 넓이에 5자 높이의 담으로 둘러싸여 있었고 대문을 들어서면 제법 넓은 마당과 세 채의 건물이 있었다. 한 채의 건물에는 거처할 수 있는 방이 여섯 개 정도 있었고 서재도 하나 있었다. 부엌도 제법 넓게 만들어져 있었다. 다른 한 채의 건물은 몇 칸의 창고로 지어졌고 나머지 한 채는 마사(馬舍)였다.

장무위는 이번에 반쯤 죽다가 살아난 이후 자신의 무공에 커다란 허점이 있음을 절감했는지라 소식을 기다리며 자신의 무상구도를 보완하기로 작정했다. 다수의 공격을 받았을 때 능히 대처할 수 있도록 새로운 변식을 첨가하고 또 태산의 수련에서 얻은 무상구도의 후 2초식도 더욱 연마해야 했다. 아무리 깨달음으로 완성되는 심도의 경지라 하나 결국 몸으로 펼치는 것이니 수련을 하면 할수록 몸에 익을 것이다.

조일봉도 부상에서 회복되었다 하나 아직 몸이 정상적으로 되돌아온 것은 아니었다. 그래서 조일봉은 후환이 없도록 구전심법을 운용해서 몸을 정상화시키는 노력을 게을리 하지 않았다.

장무위와 조일봉이 장원을 사서 수련과 몸조리를 하고 있을 때 금도문에서 식사 초대가 왔다.

예전에 역수 강변에서 장무위에게 2초 만에 패하고도 오히려 위세가 올라갔던 금도문이었다. 장무위와 인연이 얽히면 어째 이득이 있을 것 같아서 금도문주 송강의 의제인 파랑도 한평위가 또 수를 내어서 장무위를 초청한 것이었다.

금도문주에게 못할 짓을 했다 생각하던 장무위는 차마 거절을 못하고 금도문의 초청에 응했다.

금도문주는 대문 앞까지 나와서 두 사람을 반겼다. 이제는 도제라 불리며 무적의 고수로 인정받는 장무위를 초청해 친분을 과시하게 됐으니 앞으로 금도문의 위세가 또 올라갈 것이다.

한평위는 저번에 역수 강변의 이야기를 조작하면서 홍보의 위력을 절감하게 되었다. 장무위가 이렇게 찾아와서 담소를 나누다 가게 되면 어떻게 홍보할지도 미리 입을 맞추어놓았다.

'장무위가 역수 강변에 일부러 찾아와 승부를 겨룬 금도문주의 호기에 감탄해서 초청에 응했다' 라고 소문을 내려는 것이었다. 그러니 금도문주가 버선발로 뛰어나올 법도 했다.

장무위와 조일봉 두 사람은 밥을 지어 먹기 귀찮아서 아예 인근의 유명한 반점에 선금을 두둑히 주고 매일 밥을 배달시켜서 먹고 있었다. 여행을 떠난 이후로 가장 잘 먹고 있었던 것이었다. 그러나 금도문에서 차린 음식을 보곤 입이 딱 벌어졌다. 듣도 보도 못하던 온갖 산해진미(山海珍味)가 넓은 식탁의 다리가 부러지지 않을까 걱정될 정도로 가득 쌓여 있었다.

원래 소식을 하던 장무위도 몇 젓가락씩 더 집어 먹을 정도였으니 조일봉이야 말해 무엇 하랴.

조일봉은 '맛있는 음식은 먹을 수 있을 때까지 먹겠다' 란 새로운 신조라도 생겼는지 올챙이배가 될 때까지 먹고 또 먹고 나중에는 입으로 음식이 넘어올 지경까지 먹었다.

식탁에는 장무위와 조일봉, 금도문주 송강과 그의 의제인 파랑도 한평위, 그리고 송강의 딸인 송청과 금도문의 대제자인 등방(登龐)이 둘러앉아 같이 얘기를 나누며 식사를 즐겼다.

송청은 2년 전 장무위의 모습을 보고 한눈에 반해 상사병이 걸릴 지경이었다. 그래서 이번에 장무위가 다시 강호에 재출도했다고 하자 당장이라도 찾아가려고 했었다. 금도문주가 간신히 뜯어말려서 물러서긴 했지만 기회만 되면 꼭 장무위를 찾아가 볼 생각이었다.

그런데 장무위가 오히려 천진으로 찾아오고 금도문주가 먼저 나서서 장무위를 금도문으로 초청하자 '기회는 이때다' 하고 장무위의 눈에 들기 위해 갖은 애를 다 쓰고 있었다. 장무위의 옆 자리에 앉아서 이것저것 음식을 집어주기도 하고 계속 말을 걸기도 하였다.

그렇지만 장무위의 입장에선 송청이 눈에 들기는커녕 귀찮고 번거롭기 그지없었다. 상대의 호의를 매정하게 거절할 수도 없어서 참고는 있었지만 정도가 심해지자 결국은 한소리 하지 않을 수 없었다.

"송 낭자, 챙겨주셔서 감사합니다만 편하게 먹을 수 있도록 해주십시오."

끊임없이 이것 먹어봐라, 저것 먹어봐라 하며 음식을 가져다 놓자 결국 최대한 부드럽게 사양을 한 것이다.

송청은 그 소리를 듣자 얼굴이 확 붉어지며 모기만한 소리로 중얼거렸다.

"죄송해요."

장내에 송청만큼이나 애를 태우는 사람이 또 한 사람 있었다. 송청과는 전혀 다른 이유로 애를 태우는 그는 등방이었다.

등방과 송청은 이미 떨어질래야 떨어질 수 없는 사이였다. 등방은 나이 여덟 살에 천애고아가 되었다가 금도문의 제자로 들어와 어릴 때부터 송청과 친하게 지냈었다. 아니, 송청이 갓난아기 때부터 등방이 같이 놀아주며 오빠 노릇을 단단히 했던 것이다.

가족처럼 대해주는 송 문주 일가의 은혜를 갚기 위해서 등방은 잠을 잘 때도 은혜를 갚는 꿈을 꾸곤 했었다. 특히 송청을 예뻐해서 죽으라면 죽는 시늉까지 할 정도였다.

한데 금도문의 은혜로 남부럽지 않게 행복을 누리던 등방은 나이 스물일곱 살에 그만 부인과 사별하게 되었고, 먼저 떠나간 부인에 대한 그리움에 하루하루를 술로 보낼 때였다.

당시 열여덟 살의 나이로 미모에 대한 소문이 인근에 자자하던 송청은 슬픔에 잠겨 있는 등방이 안타까워 때로는 애교를 부리면서 때로는 누나처럼 등방의 아픔을 달래주었다.

그런데 묘한 것이 사람의 마음이라고, 등방의 눈에 자신을 보살펴 주는 송청이 여동생이 아닌 여인으로 보이기 시작했다. 스스로 염치가 없어 고개를 절레절레 흔들었지만 사람 마음이 어찌 생각한 대로 움직이겠는가?

그리고 술에 잔뜩 취해 있던 어느 날 등방은 절대로 넘지 말아야 할 선을 넘어버리고 말았다. 등방은 정신이 들자마자 칼을 빼어 물고 자살하려 했으나 송청이 눈물로 뜯어말렸다. 등방이 비록 일시의 충동을 이기지 못하고 송청을 겁탈하다시피 했으나 송청도 등방이 자신을 얼마나 아끼고 사랑해 주는지를 잘 알고 있었다. 송청 자신도 등방을 남자로서 사랑하는 것 같기도 했다. 등방이 일순간의 실수로 목숨을 끊으려 하자 어릴 때부터 자신을 돌보아주던 등방의 모습이 생각나 눈물을 흘리며 막은 것이다.

그날 이후로 두 사람은 그 사실을 둘만의 비밀로 하고 절대 발설하지 않기로 약조했다. 그러나 송청은 등방이 자신을 겁탈하다시피 했기에 믿었던 사람에 대한 배신감으로 가슴에 응어리가 졌다. 그래서 등방을 보기가 불편해 외면하고 피했다.

안 보면 멀어진다고 했던가.

시간이 흘러 송청은 그날의 아픔을 잊어버리고 다시 활기를 찾았다. 마침 그때 하늘 같던 아버지를 간단히 물리치는 장무위의 멋진 모습을 보았고, 그것은 송청이란 여인의 가슴에 파문을 일으켰다. 그리고 시간이 흐르자 그 파문은 점점 커져 사랑이란 이름으로 송청의 가슴을 가득 채웠다.

이미 송청을 동생이 아니라 여인으로서 사랑하게 된 등방은 옆에서 그 모습을 보고는 가슴이 찢어지는 듯했지만 송청의 행복을 위해 자신의 감정을 숨기고 잘되기만을 바랐다.

그런데 그런 등방의 눈앞에서 송청이 장무위에게 은근히 연심을 표현하는데도 무심한 장무위는 그것을 전혀 눈치 채지 못하고 오히려 송청의 관심을 귀찮게 생각하는 표정이 역력했다.

등방이라고 장무위가 일부러 그런 것이 아니란 것을 모르는 바는 아니었다. 그래서 더 가슴이 찢어졌다. 자신이 사랑하는 여자가 다른 사람의 눈에 들려고 애를 쓰고 있는데 그 다른 사람은 그것을 눈치조차 못 채고 있는 것이다.

조일봉이나 송 문주, 한평위 같은 경우는 송청이 부끄러워하는 모습을 보고 오히려 대소를 터뜨리며 즐거워했다. 송 문주는 언감생심 장무위가 자신의 사위가 되는 것을 바랄 수는 없었지만 장무위가 송청을 좋게 보기만 해도 그것은 금도문의 힘이 되는 것이라 마음속으로 송청을 응원까지 할 정도였다.

그날 밤 장무위는 금도문의 귀빈실 침상 위에서 가부좌를 틀고 앉아 명상에 잠겨 있었다. 식사와 담소가 길게 이어져 하루를 금도문에서 지내기로 했던 것이다. 자시가 되자 밤늦게까지 즐겁게 이야기를 나누던 모두가 잠이 들었는지 사위는 고요했다.

명상에 잠겨 있던 장무위는 누군가 다가오는 소리를 듣고 가부좌를 풀고 침상에 누워 자는 척했다. 다른 사람들에게 잠을 안 자고 명상하는 모습을 들키면 얼마나 번거롭게 설명을 해야 하는지 잘 알기 때문이었다.

그런데 조심스럽게 다가오던 발자국 소리가 자신의 방문 앞에서 멈추더니 잠시 후 누가 문을 열고 들어서는 것이 아닌가? 살기는 전혀 없었으므로 장무위는 짐짓 모르는 척하고 계속 눈을 감고 있었다.

"사르륵! 사르륵!

생전 처음 듣는 야릇한 소리에 장무위가 더 이상 참지 못하고 눈을 떠서 바라보니 송청이 달빛 속에서 나신이 되어 침상 쪽으로 다가오고 있었다. 더 이상 두고 볼 상황이 아니라고 생각한 장무위는 몸을 벌떡 일으켰다.

"송 낭자, 이게 무슨 짓이오!"

송청이 갑자기 벌떡 일어난 장무위에 놀라 말을 더듬었다.

"장 대협, 저, 저는⋯⋯."

"먼저 옷부터 입고 말씀하시오."

하면서 장무위는 눈을 감아버렸다.

"장 대협, 저는 2년 전 장 대협을 뵌 후 지금까지 사⋯⋯."

산에서 수련만 하던 장무위가 남녀의 이치에 대해 정통할 수는 없었다. 그러나 세상에 나온 지 이미 몇 해가 흘렀다. 그사이의 견문이 많지는 않았지만 남녀의 이치에 대해서 사리분별을 못할 정도는 아니었다. 송청이 보이는 행태는 장무위의 가치관으로는 도저히 용납할 수가 없는 행태였다.

"닥치시오! 이 무슨 예의없는 행동이란 말씀이오! 한밤에 외간 남자의 방을 찾아와 알몸으로 서서 무슨 할 말이 있단 말이오!"

장무위가 화를 내자 가공할 기세가 줄기줄기 뿜어져 나와 거역할 수 없는 위엄을 드러냈다.

송청이 덜덜 떨며 간신히 옷을 입자,

"당장 나가시오! 아니, 내가 나가겠소이다!"

하며 장무위가 밖으로 문을 열고 밖으로 걸어나가자 송청이 뒤에서 털버덕 주저앉으며 부끄러움과 수치심을 참지 못하고 울음을 터뜨린다.

장무위는 뒤에서 들리는 울음소리에 오히려 화가 더 치밀어 올랐다.

'염치도 없는 사람들이야. 당장 일봉이를 데리고 떠나야겠어.'

그러나 아무리 화가 났다 해도 밤늦게 남의 집을 돌아다니며 사람을 찾을 수는 없었다. 밖으로 나온 장무위는 귀빈실 앞에 있는 정자 위를 바라보며 말했다.

"등 형, 지금 일봉이를 불러주시오!"

등방은 가슴이 아파 잠들지 못하고 송청의 방 앞에서 멍하니 바라만 보고 있었다. 그러다 송청이 밤늦은 시간에 몰래 거처를 빠져나가자 즉시 몸을 숨기고 따라왔다. 이윽고 송청이 장무위의 방으로 들어가자 눈물이 샘솟듯이 흘렀지만 감히 송청을 말리지는 못하고 차라리 송청이 장무위와 잘되기를 빌었다.

그러나 귀빈실 안에서 들리는 소리에 답답하고 안타까운 마음이 솟구쳐 돌아가지도 못하고 귀빈실이 보이는 정자 위로 올라가서 눈물만 흘리고 있었던 것이다. 그러다 장무위가 자신이 숨어 있는 곳을 직시하며 말하자 등방은 훌쩍 신형을 날려 장무위 앞에 내려서서 무릎을 꿇고 말했다.

"장 대협, 진정하시고 제 말을 들어주십시오."

"금도문의 예의는 내가 이해할 수 없는 것이라 더 이상 말을 섞고 싶지 않소."

장무위는 송청이 방에 들어와서 옷을 벗는 것이나 등방이 몰래 숨어서 그것을 보고 있는 것이나 다 자신을 욕보이는 것이라 생각하고 화가 많이 나 있었다. 일부러 기세를 뿜어내고자 하는 것도 아닌데 장무위의 주위로 폭풍 같은 기세가 줄기줄기 뿜어지고 있어 마음 약한 사람이라면 보는 것만으로도 기절할 정도였다.

등방도 숨 쉬기조차 어려운 위엄에 제대로 말을 할 수 없었지만 이대로 두어서는 안 된다고 생각하고 사력을 다해 말했다.

"장 대협, 장 대협이 지금 어떻게 생각하시는지를 모르는 것은 아닙니다만 그것은 나쁜 의도로 그런 것이 아니옵니다. 철없는 낭자의 순정이라 생각하고 용서해 주십시오. 우리 청이는……."

"듣기 싫소!"

장무위가 조금도 누그러지지 않고 화를 내며 몸을 돌리자 등방은 장무위의 옷을 잡고 계속해서 머리를 조아리며 말했다.

"우리 청이가 장 대협을 사모해서 이런 행동을 한 것입니다. 그 어떤 불손한 의도가 없음을 이 등방이의 목숨을 걸고 맹세합니다. 믿어 주십시오."

"나는 조선 사람이오! 내 비록 명의 예절에 대해 모르나 이것이 크게 도리에 어긋나는 일이란 것은 알고 있소이다! 나는 지금 큰 모욕을 당한 기분이오! 비키시오!"

그러자 등방이 벌떡 일어서더니 칼을 빼어 자신의 목에 가져다 대었다.

"장 대협, 제 목숨을 받으시고 우리 청이를……."

하면서 한 치의 주저함도 없이 목을 그어버리려 했다.

깜짝 놀란 장무위가 간신히 등방을 제압하고 칼을 빼앗았다.

"이 무슨 짓이오! 부모님께 받은 목숨을 그렇게 가치없이 버리려 하다니!"

"이 등방의 목숨은 부모님께 받았으나 청이를 위해서라면 하나도 아깝지 않소이다. 장 대협이 제 말을 믿어주시지 않으니 이렇게라도 진실을 밝혀야 하지 않겠습니까?"

한편 방 안에서 멍하니 눈물만 흘리고 있던 송청은 등방의 이야기를 들으면서 가슴속 깊이 숨겨져 있던 등방과의 하룻밤이 생각나고 또 어릴 때부터 자신을 끔찍이도 위해주던 등방의 깊은 정이 새록새록 떠올라 참지 못하고 밖으로 뛰쳐나오며 소리쳤다.

"등 사형! 등 사형! 죄송해요! 등 사형이 절 얼마나 아끼고 사랑해 주시는지 알면서도……."

"청아……."

"등 사형!"

등방과 송청은 서로 부둥켜안고 울었다. 한쪽에 서 있던 장무위는 졸지에 바보가 된 기분이 들어 황당했지만 두 사람의 모습을 보고는 방해하지 않고 조용히 정자 쪽으로 자리를 옮겨 가부좌를 틀고 앉았다. 한참 동안 송청을 부둥켜안고 울던 등방은 간신히 격정을 억눌렀다.

"청아, 처소로 돌아가 있어라. 내 장 대협에게 사정을 설명해 드리고 찾아가마."

"등 사형, 저도 이제야 제 진심을 알게 됐어요. 제가 진정으로 사랑하는 사람은 등 사형이에요."

송청은 등방을 뜨거운 눈으로 잠시 쳐다보더니 장무위 쪽으로 절을 하고는 자신의 방으로 돌아갔다. 등방은 장무위에게 송청과 자신 사이에 있었던 일을 밝히고 또다시 용서를 구했다.

다음날 장무위는 아무런 일도 없었다는 듯 태연하게 금도문을 나섰다.

혈랑단(血狼團)

혈랑단(血狼團)

조일봉은 몸이 완전하게 회복되자 이번 기회에 옛 은원이나 갚아야겠다고 생각했다. 태산에서 수련할 때도 심심함을 견디지 못했는데 이번에는 또 얼마나 기다려야 할지 모른다. 이럴 때 빚을 갚고 오는 게 좋을 것 같았다.

"형님, 천진에서 얼마나 있을 예정이십니까?"

"글쎄, 아무리 개방의 소식이 빠르다 해도 최소 몇 달은 걸리지 않을까? 왕청기님의 소식이 올 때까진 이곳에서 머물 생각이야."

"형님, 그럼 제가 빚 청산을 좀 하고 오겠습니다."

"흠, 혼자 가도 되겠나?"

"하하하, 천하의 도제 창천신룡 장무위 대협의 동생이자 십영의 패도인 저 조일봉을 어찌할 사람이 어디 있겠습니까?"

"사람도 참. 곤륜도 포달랍궁에 져서 크게 기세가 꺾였다고 하니 새로운 문제는 안 일으키려고 할 거야. 그러니 괜히 문제를 크게 일으키지 말고 빚만 갚게. 자네 스승의 은원과 자네의 은원이 함께 있으니 빚을 갚는다는데 곤륜이라도 뭐라 할 말은 없을 걸세.”

“예, 빚만 갚고 오겠습니다.”

“조심해서 다녀오도록 하게. 그리고 이것은 여비로 쓰게.”

장무위가 은 100냥을 꺼내주자 조일봉이 깜짝 놀라며 소리쳤다.

“헉! 형님! 무슨 여비를 이렇게 많이 주시는지요?”

하면서도 품속에 돈을 받아 넣는 조일봉.

“…….”

그렇게 조일봉은 장무위에게 인사하고 즉시 말을 달려 곤륜으로 떠났다.

흑룡강성(黑龍江省)의 동북부 흥안령산맥(興安嶺山脈) 이륵호리산(伊勒呼里山)의 한 동굴 속에는 세상에 알려지지 않은 비경(秘境)이 있었다.

세속의 때가 전혀 묻지 않은 듯 신비로움이 물씬 풍기는 그 비경 속에는 신선 같은 풍모의 한 노인이 가부좌를 틀고 앉아 명상에 잠겨 있었다.

여명이 밝아오는 아침. 밤새 그렇게 있었는지 노인의 몸에는 이슬이 내려앉아 있었다.

“휴우~ 무형검을 성취하기가 이렇게도 힘들고 어려울 줄이야… 이제는 시간이 없어.”

노인이 한소리 장탄식을 토하며 가부좌를 풀고 일어났다.

노인이 있는 곳은 사방이 절벽으로 빙 둘러싸인 곳이었다. 이슬이 내리는 계절임에도 불구하고 온갖 꽃들이 앞 다퉈 피어 있는 모습은 이야기 속에나 나오는 도원경이 아닌가 생각될 정도로 신비한 곳이었다. 더군다나 이 절곡에는 기이한 밝은 기운이 어려 있어 더욱 신비한 풍경을 연출하고 있었다.

"스스로 하늘이 내린 천재라 자부하던 이 박효양(朴曉陽)이 선인(先人)이 다 닦아놓은 길을 따라 걷는 것도 제대로 못할 줄은 진정으로 몰랐다."

연신 장탄식을 토하던 노인은 자신의 살아온 날을 회상했다.

고려의 경주(慶州)에서 태어나 어릴 때부터 신동(神童)이니 절세기재(絶世奇才)니 하는 소리를 귀에 딱지가 앉을 정도로 들었던 박효양이다. 어린 나이에 배움이 너무 컸는지 관직이니 돈이니 명성이니 하는 것은 아예 관심도 없었고 어떻게 하면 더 많은 것을 배우고 익힐 수 있는지에만 관심이 있었다. 그래서 박효양은 나이 20세에 새로운 배움을 찾아 여행을 떠났다.

그러나 비록 나이는 어렸지만 그 배움이 워낙 깊고 넓어서 박효양의 지식에 대한 갈증을 채워줄 사람은 찾을 수가 없었다. 그 대신 박효양은 세상을 여행하면서 책에서 배우지 못하는 산지식들을 배울 수 있었다.

박효양은 여행을 즐기게 되었고 집으로 돌아오라는 부모님의 권유도 뿌리치며 가보지 못한 곳을 찾아 여행을 계속하였다.

그런 박효양의 긴 여행이 이륵호리산에 이르렀을 때였다.

험난한 산의 경치에 새로운 흥취를 느끼고 있던 박효양은 예기치 못했던 맹수들의 습격을 받고 만다. 이륵호리산의 맹수들은 그 사나움이 다른 지역의 맹수들에 비할 바가 아니었다. 세상을 조롱하던 배움도 맹수의 습격에는 아무런 도움을 주지 못했다. 결국 시종들은 모두 맹수들에게 목숨을 잃고 박효양은 죽어라 도망쳐 간신히 목숨을 부지하게 되었다.

그러나 이륵호리산은 맹수들의 천국이었는지 어딜 가나 박효양의 한 몸 안전을 도모할 수 있는 곳이 없었다. 죽음의 위협에 너무 시달려 거의 넋을 놓고 있던 박효양은 우연히 한 이상한 동굴 속으로 들게 되었다.

동굴 속에는 무엇을 보호하기 위함이었는지 엄중한 기관이 설치되어 있었다. 박효양이 위험을 느끼고 돌아서려 했을 때는 이미 기관이 발동된 후였다. 동굴에 설치된 기관에 의해 퇴로가 막히자 박효양은 살기 위해서라도 동굴에 설치된 각종 기관과 진식을 뚫고 전진하지 않을 수 없었다. 동굴을 벗어나자 이륵호리산의 다른 곳과는 전혀 다른 세상이 펼쳐져 있었다.

온갖 기화이초가 만발하고 기가 충만한, 한마디로 별유천지비인간(別有天地非人間:이백의 한시 〈산중문답〉 결구에 나오는 구절. 그 뜻은 '또 다른 천지, 즉 세속과 다른 세상이 있어 인간 세계가 아니다)의 도원경(桃源境)이었다. 이 도원경은 바로 무성이 안식처로 삼은 곳으로 천단부(天壇府)라고 하는 비지였다. 죽음을 앞둔 무성이 가진 바 모든 재주와 보화를 털어 생전에 발견했던 이 비곡에 자신의 후대를 위한 안배를 해두었던 것이다.

천단부는 박효양의 인생을 완전히 뒤바꾸어 버린 곳이기도 했다.

고금제일인이라 불리는 무성이었지만 평생을 무공에만 바쳐 후손을 잇지도 못했고, 죽어서 백골을 남기는 것은 여느 보통의 인간들과 다를 바가 없었다.

비곡을 둘러보던 박효양은 사방을 에워싼 절벽의 한곳에서 석부(石

府)를 발견했다. 그 석부의 이름이 바로 천단부였다. 석부에서 발견한 완전히 밀봉된 석함(石函) 속에는 무성이 남긴 봉서와 세 권의 책이 있었다.

천단진경(天壇眞經) 상(上), 중(中), 하(下) 세 권이었다.

박효양도 무성의 이야기를 들어 알고 있었다. 자신이 가는 길과는 비록 다른 길을 걸었지만 그 길의 극에 이르렀던 위대한 인물이라 생각하며 평상시부터 존경의 염(念)을 가지고 있었다.

봉서에는 무성의 생애에 대한 이야기와 인연이 있는 사람에게 남기는 이야기들이 적혀 있었다. 무성도 하늘에서 뚝 떨어진 사람은 아니었다. 그에게도 사문(師門)이 있었고 그 사문에는 특별한 사명(使命)이 부여되고 있었다.

무성은 수천 년 역사를 지닌 사문의 무공을 그 누구보다 일찍 대성하고 사명을 수행하기 위해 노력했다. 그러나 그 역시 조사들처럼 사명을 완수하지는 못했다. 그래서 무성은 사문의 무공을 제자를 구해 전하고 그 이후에 평생을 오직 무공일로에 매진하여 무의 궁극에 이르는 경지를 돌파하였던 것이다. 봉서의 끝에는 다음과 같은 서명이 있었다.

〈수호문(守護門) 95대 제자 연의민(淵義珉).〉

수호문이 도대체 어떤 문파이기에 95대를 이어왔나 궁금했지만, 무성은 자신의 사문에 대해서는 자세히 남기지 않았다.

무공에는 별 관심이 없던 박효양이었으나 당장 맹수를 피해 집으로 가기 위해서라도 뭔가 수를 내지 않으면 안 되었다. 무성의 무공을 한

두 가지만이라도 배우면 방법이 생길 것 같았다. 그러나 박효양은 단순한 생각으로 천단진경 상권(上卷)을 집어 든 것이 그의 인생을 바꾸게 할 줄은 진정 몰랐다.

천단진경을 펼쳐 그곳에 적혀 있는 천단무극신공(天壇武極神功)과 천지신검결(天地神劍訣), 벽력삼장(霹靂三掌), 지옥척천지(地獄擲天指), 봉황비상신법(鳳凰飛翔身法) 등을 익히는 데 무려 200년이 걸린 것이다.

처음엔 고금제일인이라는 무성의 무공을 한두 초식만 배우면 맹수들을 피해 이곳을 빠져나가는 것이 무난하리라 생각하고 천단진경을 집어 들었다가 그 속에 있는 극고한 경지의 무공들에 그만 온 마음을 다 빼앗겨 버린 것이다.

무성의 무공들은 무(武)를 도(道)의 차원으로 끌어올린 신공절학(神功絶學)들이었다. 그것은 항상 새로운 배움을 갈구하던 박효양을 사로잡고도 남음이 있었다. 더군다나 무성의 모든 무공들은 초상승의 무공들로 내외(內外)가 조화를 이룬 무공들이었다. 외공만을 익힌다면 삼재검(三才劍)이나 육합권(六合拳)보다도 못한 것이었다. 초식 하나를 익히려고 해도 천단무극신공을 경지에 이르도록 익히지 않으면 불가능했다.

스스로 남들과는 다르다는 것을 이미 어릴 때부터 자인하고 있던 절세의 기재 박효양도 무공을 익히기 시작한 것이 너무 늦어서인지 아니면 천단진경에 수록되어 있는 무공의 수준이 너무 높아서였는지 끝없는 노력을 하면서도 제대로 된 성과를 볼 수가 없었다. 그러나 '정신일도(精神一到) 하사불성(何事不成)'이라고 박효양의 끝없는 노력은 늦은 무공 입문의 한계를 어느 정도 극복할 수 있게 했다.

진척은 느렸지만 적지 않은 성과를 이룬 후 박효양은 부모님을 뵈어야겠다고 생각하고 천단부를 폐쇄하고 고려로 갔다. 그러나 박효양이 새로운 배움에 빠져 있는 사이에 세월은 그를 기다려 주지 않았다.

박효양이 세상에 나간 것은 처음 천단부로 들어왔을 때로부터 수십 년이 흐른 후. 부모님은 그사이에 이미 돌아가시고 없었고 형제들은 나이가 든 그를 알아보지도 못했다.

박효양은 부모님께 불효한 자신을 자책하고 비통해했으며 형제들의 모습을 훔쳐보기만 할 뿐 염치가 없어 형제들 앞에 나서지도 못하는 처지가 너무도 부끄러워 머리를 쥐어뜯었다. 박효양은 이제 세상에서 그가 할 일은 없다고 생각하고 다시 천단부로 돌아왔다. 그리고 죽을 때까지 이곳에서 나가지 않겠다고 결심하고 수련에만 전념했다. 그러자 마음을 비워서 그런지 그때부터 수련의 성과가 확연히 드러나기 시작하며 진보에 진보를 거듭했다.

심산에서 세속과 연(緣)을 끊고 벽곡을 하면서 수련만을 하니 탈태환골을 못한 몸으로도 인간 수명의 한계를 넘어서 살 수 있었다. 박효양이 5갑자의 내공을 쌓아 탈태환골을 한 것이 그의 나이 160이 넘었을 때였다. 거의 생명이 끝나갈 무렵에 탈태환골을 하자 몸은 그가 처음 천단부로 들어왔을 때처럼 젊고 활기 찬 모습으로 되돌아갔다.

이후 진전은 가속화되어 천단무극신공과 벽력삼장, 지옥척천지, 봉황비상신법 등 천단진경의 모든 무공들이 박효양에게 차례로 정복되어 갔다.

이미 수십 년 전부터 박효양은 천단진경의 다른 무공을 수련할 필요성을 전혀 못 느낄 지경이었다. 그러나 단 한 가지의 무공만큼은 여전히 그 높고 높은 벽을 허물지 못하고 있었다. 바로 연의민에게 고금제일인 무성이란 칭호를 가져다 주었던 절대의 검법 천지신검결만은 끝끝내 박효양에게 넘볼 수 없는 벽으로 남아 있었다. 탈태환골을 한 이후로 130년이 흐른 오늘날까지.

천지신검결의 마지막 초식 신검천하(神劍天下)는 무성이 이룩한 무형검의 경지가 고스란히 녹아 있는 것이었다. 아니, 초식이라고 하기보다는 이치라고 해야 했다. 어떤 식으로 검을 놀려야 한다는 것은 하나도 없고 주문 같은 구결만 나열되어 있었던 것이다.

박효양은 정말 다른 욕심은 하나도 없었다. 세속적인 모든 것을 잊어버린 박효양이기에 더 이상 어떤 욕심이 있을 리 만무했다. 하지만 천지신검결을 완성하지 못하고 죽기는 싫었다. 자신의 인생을 바꾼 천단진경의 끝을 보고 싶다는 마음. 어찌 보면 쓸데없는 집착이라고 해야 할지도 몰랐다. 그러나 그 마음이 박효양을 이날까지 살게 한 원동력이었다.

박효양은 무성의 서찰을 보고 탈태환골을 한 인간의 수명이 300여 년이라는 것을 알았다. 박효양도 이제는 새로운 노화가 시작되어 60대 노인의 모습을 하고 있었다. 자신의 나이 이미 290이다. 앞으로 일 년을 살지 20년을 살지는 몰랐지만 시간이 없다는 것은 알았다. 조급한 마음을 버리려 했지만 날이 갈수록 조급한 마음이 드는 것은 어쩔 수 없었다.

박효양은 천단무극신공으로 운공조식을 취했다. 천단무극신공은 무공으로서의 위력은 이미 공인된 천하제일이었고 그 외에 마음을 안정시키는 데도 탁월한 공능이 있었다. 이미 천단무극신공은 완전히 박효양의 몸에 녹아들어 그가 정신을 집중하지 않아도 스스로 알아서 온몸을 휘돌며 새로운 기를 모으고 있었다. 최근 들어서는 내공이 9갑자를 넘어서 인간의 한계라는 10갑자를 바라보고 있었다.

박효양은 천단무극신공에 따라 운공하는 와중에 무형검을 연구했다.

운기조식 중에 다른 생각을 하는 것이 금기라는 것은 알았지만 운기조식을 취하면 머리가 더없이 맑아져 이 기회를 이용해 무형검을 이루려는 것이었다. 그러나 아무리 궁리해 봐도 실마리가 보이지 않았다.

'심검도 대성(大成)하고 무형검으로 가는 중간 단계인 광검(光劍)도 대성을 했는데 왜 무형검은 안 되는 것인가?

생각할수록 조급함이 몰려왔고 답답해졌다. 그래서 박효양은 무형검에 대한 생각을 잠시 접고 자신의 인생을 되돌아보게 되었다. 그러자 답답함은 오히려 더 커지고 아무리 생각해도 자신이 어리석었다는 생각만 들었다.

'무형검은 끝이 보이지 않고 얼마 남지 않은 시간은 자꾸 흐르고 이렇게 내가 여기서 죽으면 무슨 의미가 있는가? 세상이 나란 사람이 있었다는 것을 알아주기나 할까?

순간 짜증이 확 몰려왔다.

'내 부모님의 은혜로 절세기재란 소리를 들으며 살 수 있는 머리를 타고 태어났으면서 입신양명(立身揚名)하여 크고 높으신 은혜를 갚지도 못하고 임종(臨終)도 못 지켰으니 이 어찌 사람의 도리라 할 수 있는가? 부모님이 나에게 얼마나 큰 기대를 하셨던가? 내 한순간 눈이 멀어 수백 년 동안 이곳에 처박혀 이 무슨 가치없는 일을 하고 있는 것인가? 무형검이 다 무엇이랴. 내가 무형검을 익혔다고 해도 돌아가신 부모님께 무슨 사죄가 되겠는가?

박효양은 머리 속으로 자꾸 반문을 하면 할수록 점점 울화가 치밀어 올라 견딜 수가 없었다. 특히 부모님의 큰 기대를 받던 몸으로 아무런 효도도 못하였다는 것이 견딜 수 없는 죄책감으로 박효양을 짓눌렀다. 죄책감은 이내 무형검에 대한 분노로 바뀌었다.

'내가 지금까지 익힌 것만으로도 이미 세상에 나의 적수는 없는데 익히지도 못하는 무형검을 붙잡고 이 짓이나 하고 있다니……'

울화가 점점 커져 속에서 불이 날 지경이었다.

"울컥!"

운공 중이던 박효양은 한 사발은 됨 직한 시커먼 피를 토하고 자리를 박차고 일어났다. 그런 박효양의 눈동자 깊은 곳에서는 은은하게 붉은빛이 감돌고 있었다.

"아! 한순간의 잘못된 판단으로 평생을 이곳에서 썩게 될 줄이야! 이제 얼마 남지 않은 인생은 세상에 나가 보내리라. 그리고 세상에 내가 있음을 알리리라!"

그렇게 결심하고 나자 박효양은 갑자기 이곳 천단부가 너무도 싫어졌다. 다 파괴해 버리고 싶은 충동이 자꾸 일어났다. 상상도 할 수 없을 만큼 빠른 속도로 석부를 벗어난 박효양은 까마득히 솟은 천단부의 절벽을 바라보며 절규했다.

"이 빌어먹을 천단부야! 네가 나를 300년 가까이 이곳에 잡아뒀으니 내 어찌 너를 두고 그냥 나가겠느냐! 다시는 나와 같은 희생자가 생기지 않도록 너를 없애주마!"

박효양의 양손에서 느닷없이 방전이 일어나면서 뇌기(雷氣)가 소용돌이치기 시작했다. 박효양은 눈앞의 까마득한 절벽을 향해 양손을 서서히 밀어냈다.

"벽력파천황(霹靂破天荒)!"

박효양은 천지가 뒤흔들리는 대갈일성(大喝一聲)을 토해내며 서서히 밀어내던 손을 벼락같은 기세로 쭉 뻗었다. 그 순간 벼락이 터졌다.

쿠―쿠―쿠―콰―콰―콰―쾅!

10갑자에 다다른 내력으로 뻗어내는 벽력삼장의 마지막 초식인 벽력파천황은 이미 상식의 수준을 벗어난 위력을 발휘했다. 천단부를 둘러싸고 있는 절벽들에 금이 가는가 하더니 이내 힘없이 무너져 내리기 시작했다. 천지 함몰의 굉음이 울리고 끊임없이 무너지는 절벽의 잔해 속에서 봉황이 날아올랐다. 그리고 그날 이륙호리산에 있는 모든 맹수들이 떼죽음을 당했다. 박효양이 자신의 인생을 바꾸게 만든 맹수들을 모조리 죽여 버린 것이다.

장무위는 매일 어떻게 하면 다수의 공격에서 몸을 보호할 수 있을 것인가와 생사결을 치를 때 자신의 실력을 제대로 발휘할 수 있는지에 대해 궁리했다. 그래서 장무위는 그 해결책으로 무상구도의 전 6초식에 새로운 변식를 창안해 넣었다. 조화구법을 펼치는 와중에 새로운 변식을 적용해서 시전해 보고 미흡한 점이 있으면 수정했으며 수정한 것을 다시 시전해 보고 역시 미흡한 점이 있으면 더욱 보완했다.

또 생사결을 치를 때 자신의 실력을 제대로 발휘하려면 살기를 높이는 수 외에 다른 방법이 없음을 알고 앞으로는 어떠한 상대를 만나도 마음이 물러지는 일은 없어야겠다고 다짐했다. 상대가 살기를 띤 공격을 한다면 그도 즉시 살초를 시전해야 했다. 상대는 자신을 죽이려 하는데 자신이 무슨 인도주의자라고 그런 상대를 고이 보내주겠는가. 마음을 다잡아야 소평진에서와 같은 험한 꼴을 안 당할 것이다.

장무위는 심한 부상을 입어도 혼원기의 공능으로 빠른 시간 내에 멀쩡하게 회복이 된다. 하지만 그 지독한 고통마저 못 느끼는 것은 아니었다. 오히려 탈태환골한 이후에 신체의 감각이 극대화되어 있어서 남들보다 더 큰 고통을 느꼈다. 다만 오랜 수련을 한 덕으로 그런 고통

속에서도 의식을 잃지 않고 버틸 수 있었던 것뿐이다. 장무위는 다시는 그런 지옥과 같은 고통을 경험하기 싫었다.

고칠 것이 있으면 고쳐야 했고 모자람이 있다면 새로운 것을 만들어야 할 것이다. 무상구도를 보완한 것은 조화구법과 연계해서 수련했다. 이미 심도의 경지에 이른 장무위가 자신이 창안한 무상구도를 보완하고 익히는 것은 어렵지 않았다. 익숙해지도록 계속해서 수련하는 것만 남았다.

그러나 뭔가 모자란 듯했다.

그것은 다양성의 문제였다. 장무위의 무공은 조화구법을 제외하곤 무상구도가 유일했다. 장무위의 깨달음이 무상도의 경지에 이르렀다 해도 무상도를 펼치기만 하면 모든 적을 한번에 다 물리칠 수 있는 것은 아니었다. 아무리 가공할 무공이라 해도 한번에 상대할 수 있는 사람은 한계가 있다.

장무위는 새로운 뭔가가 필요하다고 생각했다.

'공격보다 수비를 강화해야겠구나. 어떻게 해야 동시에 사방에서 짓쳐드는 공격을 막을 수 있을까?

며칠을 계속 고민하던 장무위는 상상의 무공인 호신강기(護身罡氣)를 실제로 구현해 볼 야심을 갖게 되었다. 이미 상상의 무공인 무상도를 추구하는 마당에 또 다른 상상의 무공을 추구하지 못할 까닭이 없었다. 오랜 시간이 걸릴지도 모르는 일이었다. 그러나 어차피 장무위에게는 시간의 제약이 없는 것이나 마찬가지였다. 장무위는 기왕 호신강기를 만들기로 했으니 최선을 다해보리라 다짐했다.

호신강기란 자신의 몸 밖 일정한 공간에 어떠한 공격이라도 막을 수 있는 강기의 막을 만든다는 상상의 무공이다. 검이나 도처럼 얇고 날렵한 병기에 모든 진기를 집중해도 제대로 된 강기를 만들기가 어려운데 어찌 울퉁불퉁한 사람의 몸 밖에 강기를 두르는 게 쉽겠는가? 상상도 못할 경지의 고수가 있어서 상대의 공격을 모두 막는 강기 막을 자신의 몸에 둘러칠 수 있다고 해도 그렇게 되면 자신의 공격은 어떻게 강기 막을 통과해 상대를 공격할 수 있겠는가? 그리고 전신에 넓게 두른 호신강기로 어떻게 상대의 집약된 공격을 막을 수 있겠는가?

이 모든 것이 쉽지 않은 일이었다. 하지만 그 어려움을 모두 극복해야 상상의 무공인 호신강기를 실제로 구현할 수 있을 것이다.

강호에 간혹 호신강기를 익혔다고 하는 사람들이 있었지만 그것은 모두 사실이 아니었다. 그들이 익혔다는 호신강기는 외공을 극도로 익힌 사람이 호체진기(護體眞氣)를 연성해 타격을 받는 곳에 전신의 진기를 모아 충격을 완화시키는 방법일 뿐이지 결코 상상 속의 호신강기는 아니었다.

외공을 극도로 익히고 호체진기를 익힌 사람들은 창칼이 그를 상해하지 못한다고 한다. 그러나 강기를 익힌 사람을 만나면 그야 말로 밥이 된다. 세상의 어떤 호체진기나 외공으로도 강기를 막을 수는 없다. 강기는 강기로만 막을 수 있었다.

장무위는 호신강기에 대해서 주워들은 것들을 떠올리며 언젠가는 호신강기를 완성해 보리라 결심했다. 그리고 호신강기를 형성하는 데 걸리는 문제점들을 하나하나 짚어보며 어떻게 해결해야 할지를 결정했다.

첫째, 신체 밖의 일정 부위에 강기를 형성하는 것. 둘째, 그러한 강기가 자신의 공격은 통과시키고 상대의 공격은 막도록 해야 하는 것. 셋째, 넓게 퍼진 힘으로 상대의 집중된 힘을 무난히 막을 수 있어야 하는 것. 이 모든 문제점들을 해결하면 상상의 무공 호신강기는 자신의 것이 될 것이다.

장무위는 첫 번째 문제를 해결하기 위해 도강을 형성시키듯이 기를 집중해서 전신의 모든 진기를 피부 표면의 일정한 공간에 응축시키려 해봤다. 그 순간,

팟!

"헛!"

진기의 수발이 마음먹은 대로 되는 장무위라서 몸 전체는 아니지만 작은 공간에 강기를 넓게 유포시키는 것은 사실 일도 아니었다. 그러나 그것은 다른 문제를 유발시켰다. 강기가 전신에 유포되자마자 그 즉시 옷이 터져 나가며 알몸이 되어버렸던 것이다. 절로 실소가 터져 나왔다.

"허, 이거 참, 곤란하구나."

장무위는 급히 새옷으로 갈아입고 이번에는 전신이 아니라 가슴 앞 한 치 지점에 의식을 집중해서 강기를 형성시켜 보려 했다. 역시 이번 에도 가슴 앞부분의 옷이 버티지를 못하고 터져 버렸다.

'이거 수련을 하려다가 흉한 꼴만 보이겠구나.'

어떤 방법을 알아내기 전까진 옷만 날리기 딱 좋은 상황이었다.

장무위는 호신강기를 생각한 다음날부터 낮에는 무상구도를 수련하고 밤에는 명상을 통해 호신강기를 어떻게 하면 연성할 수 있는지 방법을 궁리했다. 그러나 장무위는 호신강기가 왜 상상의 무공이었는지 하는 것만 절실하게 느낄 수 있을 뿐이었다. 다만 그런 수련이 전혀 효과가 없는 것은 아니어서 도, 검을 이용하지 않고도 강기를 발출할 수 있게 된 것이 수련의 효과라면 효과였다.

장무위가 수련한 지 두 달이 되었을 때 개방의 황 방주가 찾아왔다. 장무위 혼자 있으면서 아예 돌보지 않았던 장원은 단 두 달 사이에 거의 유령의 집 수준으로 변해 있었다. 사람의 손길이 닿지 않으니 집이 어찌 버틸 수 있겠는가. 마당에 우거진 잡초들이 일찍 찾아오는 북방의 겨울에 시들지 않았다면 황초 방주는 숲을 헤치고 마당을 가로질러야 했을 것이다.

"장 대협, 찾아달라고 하신 분을 드디어 찾았습니다."

장무위는 너무 반가운 소식에 황 방주에게 장읍을 취했다.

"감사합니다, 황 방주님. 그분은 지금 어디에 살고 계시던가요?"

그런데 황 방주의 안색이 조금 어두워졌다.

"찾기는 찾았지만… 그분은 이미 돌아가신 지가 오래되었더군요. 그래서 생각보다 시간이 많이 걸렸습니다. 12년 전에 돌아가셨다고 합니다."

"아!"

장무위가 비통해할 왕정문 노인을 생각하며 안타까워 탄성을 터뜨리는 속에 황 방주의 설명이 이어졌다.

왕청기는 거금을 가지고 명으로 왔다. 그 돈으로 처음에는 왕후장상 못지않은 생활을 할 수가 있었다. 그러나 아무리 큰돈이 있다고 해도 계속 쓰기만 하면 줄어들기 마련이다. 돈이 급속도로 줄어들자 나름대로 사업을 구상하기 시작했다. 왕청기는 큰돈을 벌려면 무역(貿易)을 해야 한다고 생각하고 청해 지방으로 가서 상단을 하나 만들었다.

이 선택이 주효했는지 아니면 왕청기의 수완이 좋았는지 왕청기가 만든 상단은 번창하기 시작했다. 상단의 규모는 나날이 커져 갔고 부(富)도 처음 명으로 올 때만큼이나 불어났다. 그사이에 결혼도 하고 예쁜 딸도 하나 낳았다. 행복만이 가득한 그런 나날들이었다.

그런데 문제는 왕청기가 정착한 곳이 치안이 제대로 되지 않는 청해라는 것이었다. 청해에는 악명이 천지를 진동하는 혈랑단(血狼團)이라는 지독한 마적(馬賊) 집단이 하나 있었다.

왕청기의 상단이 커지자 청해의 갑부 왕청기에 대한 소문이 나기 시작했다.

결국 혈랑단의 도적들이 왕가장(王家莊)을 덮쳤다. 왕청기는 어찌어찌 목숨을 부지했으나 가솔(家率)들은 다 혈랑단에 끌려가고 재산도 모두 강탈당했다.

그동안 사귄 많은 친구들도 해동 사람인 왕청기가 거지가 되자 다들 돌아서 버려 가솔을 구할 방법을 강구할 수도 없었다. 이에 자포자기한 심정이 된 왕청기는 단신으로 혈랑단을 찾아가 가족들을 되돌려 달라고 울며 사정했으나 혈랑단은 가족을 되돌려 주기는커녕 자신들의 비밀 거점을 알고 찾아온 왕청기를 고문해 죽여 버리고 말았다.

"음, 혈랑단이라……. 혈랑단은 어떤 도적들입니까?"

"청해와 감숙(甘肅)을 오가는 마적들입니다. 그러나 단순한 마적이 아닌 흑도(黑道)의 고수들로 이루어진 무서운 집단입니다. 곤륜도 한발 양보하는 지경이지요. 무리들의 수는 불과 100여 명밖에 안 되지만 철저한 실전으로 다져진 악마들로 청해와 감숙에서는 공포스러운 존재들입니다. 단주는 천살혈랑(天煞血狼) 막충(莫充)이란 잔데, 구대고수에 못지않은 가공할 무공을 익히고 있다고 알려져 있습니다."

“황 방주, 그런 잔인한 자들을 무림협객들이 왜 그냥 두고 보는 것입니까?”

장무위는 이름을 얻을 기회가 생기면 물불을 안 가리는 명의 무림인들이 왜 그런 도적들을 두고 보고만 있는지 궁금했다.

“장 대협, 부끄럽습니다만 혈랑단의 위세가 너무 강해서 스스로의 안위만 생각하고 건드리지 못하는 것이 현실입니다. 예전에 곤륜이 그들을 제압하려고 하다가 큰 피해를 입은 이후에 청해와 감숙에서 그들을 건드릴 세력은 없어졌지요. 또 공적으로 몰아서 세력을 끌고 가면 귀신처럼 알고 사막으로 도망을 가거나 수천 리에 걸친 기련산의 깊은 곳으로 숨어서 어찌할 방법이 없었습니다. 다가오는 해에 관과 협조해서 대규모 토벌을 계획하고 있으나 토벌할 수 있을지는 누구도 장담을 못하고 있는 실정입니다.”

“왕청기님의 가족들은 지금 살아 있습니까?”

“혈랑단으로 붙잡혀 간 이후에는 어찌 되었는지 모르겠습니다만 다른 사람들은 죽었음이 확실합니다. 혈랑단에서 노예로 팔린 사람들에게 탐문해 본 결과 따님만 살아남았다고 하더군요. 당시 열한 살이었으니 노예로 팔려갔을 확률이 높습니다.”

장무위는 왕청기가 이미 죽어서 왕정문 노인의 부탁을 들어드리진 못하겠지만 그 손녀라도 살아 있으면 구해주어야겠다고 생각했다. 그리고 명의 무림에 상관할 바는 아니지만 감숙으로 가서 자세히 알아보고 정말로 혈랑단이 그렇게 악독한 집단이라면 왕청기의 원한도 갚아줄 생각이었다.

“제가 좀 알아보고 혈랑단이 그렇게 악질적인 마적들이라면 없애 버리겠습니다. 자세한 정보를 좀 가르쳐 주십시오.”

"감사합니다, 장 대협. 청해와 감숙의 백성들에게 큰 도움이 될 것입니다."

황 방주는 벌떡 일어나 포권하며 고마워했다. 장무위라면 어떤 수가 있을 것 같기도 했다. 황 방주라고 어찌 그런 악질적인 마적들을 보고만 있고 싶겠는가. 힘이 없어서 건드리지 못할 뿐이었다. 개방의 힘으로도 혈랑단을 건드릴 수 없었던 것이다. 개방이 전력으로 상대하면 못할 것도 없겠지만 개방의 피해도 엄청날 것이기에 건드리지 못했다.

개방뿐만 아니라 다른 방파들도 그런 이유 때문에 혈랑단을 건드리지 못한 것이다. 더욱이 곤륜의 입장도 생각해 줘야 했다.

청해는 누가 뭐라 해도 곤륜이 수백 년간 터를 닦아놓은 곳이다. 남의 집에 문제가 있다고 해서 이웃 사람이 그 집으로 들어가 문제를 해결해 줄 수야 없는 노릇이다. 관에서는 소수 정예로 기동력이 탁월한 혈랑단을 어찌 막을 방법이 없었고 무림에서도 공적으로 몰아서 없애려는 시도는 여러 번 있었으나 그때마다 혈랑단은 또 귀신같이 알아채고 도망을 쳐 버려서 매번 허탕만 쳤었다. 다음 해에 계획된 토벌도 또 사전에 알아차리고 도망을 친다면 허망하게 돌아와야 할 것이다.

장무위는 조일봉에게 연락을 넣어달란 부탁을 황 방주에게 하고 길을 떠났다. 혼자서 여행을 떠났지만 외롭지는 않았다. 오히려 넓은 대륙을 횡단하면서 가슴이 탁 트이는 듯한 즐거움을 느꼈다. 혈랑단을 토벌하려는 목적이 없다면 몇 년이고 이렇게 여행을 계속하고 싶다는 생각도 들었다. 장무위는 굳이 객잔에 들러서 숙박하지 않고 노숙을 했다. 겨울이라 한밤에는 장무위조차 추위를 느낄 지경이었지만 모닥불을 피워놓으면 견딜 만했다.

살을 엘 듯한 북풍한설도 장무위를 해치지는 못했다. 얼어붙은 북방의 대지에 모닥불 하나와 피풍의(皮風衣) 하나로 노숙을 하는 장무위는 한없는 자유로움을 만끽할 수 있었다. 그렇게 만끽하는 자유로움에 맛이 들었는지 장무위는 길을 가면서 가끔씩 시진에 들러 벽곡단을 만들 재료를 사 모으는 일 이외에는 항상 인가를 벗어나 자연 속에서 숙식을 했다.

개방 황 방주의 말에 따르면 혈랑단은 지금 기련산(祁連山)에 둥지를 틀고 있다고 한다. 기련산은 광활한 크기의 대산(大山)이었다. 기련은 몽골어로 천(天)이란 뜻이다. 하늘산이라고 이름 붙은 것만 봐도 얼마나 큰지 알 수 있었다. 몇십 년을 돌아다녀도 다 돌아보지 못할 만큼 큰 산이었으며 깊은 골 어디에 무엇이 있을지는 아무도 몰랐다. 개방의 정보력으로도 기련산의 어디에 혈랑단이 숨어 있는지는 확인할 수 없었다고 한다.

장무위는 혈랑단이 기련산에 있다는 것만 듣고 길을 나섰다. 혈랑단의 인원이 100명이 넘어간다고 하니 어렵지 않게 찾을 수 있을 것이라 생각했던 것이다. 기련산이 아무리 크고 넓다고 해도 100명의 인원이 숨어 살 수 있는 곳은 그렇게 많지 않을 것이기 때문이었다.

한 달 만에 난주(蘭州)에 도착한 장무위는 객잔에 여장을 풀어놓고 밤에는 벽곡단을 만들고 낮에는 혈랑단에 대해서 수소문하기 시작했다.

혈랑단의 악명은 황 방주에게 들은 것보다 더했다. 감숙은 옛날부터 중국과 서역을 잇는 주요 교통로로 물류의 이동과 대상들의 발길이 잦았다. 이곳이 후세에 실크로드(비단길)의 천산동로(天山東路), 혹은 서역북도(西域北道)로 알려지는 요충지였다.

맛있는 음식에는 파리가 꼬이는 법이라 하서회랑(河西回廊) 주변과 상인들의 이동로에는 온갖 도적들이 들끓었다. 그러나 혈랑단의 등장 후 그들은 기껏 100명도 안 되는 인원으로 주변의 모든 도적들을 쓸어 버리고 이 황금 지대를 장악해 버렸다. 지금부터 약 30년쯤 전의 일이었다.

워낙 이익이 막대한 곳이라서 혈랑단은 작은 것은 아예 건드리지도 않고 규모가 큰 대상단이나 상인들만 털었다. 상인들이 그런 혈랑단을 피해 다른 곳으로 거래를 하려 하지 않은 것은 아니었다. 그러나 돌아가는 길인 서역남로는 너무 멀었고 운이 좋아 혈랑단에게 걸리지 않고 단 한 번의 무역이라도 성공하면 얻는 이익이 워낙 커서 상인들은 서역북로를 포기할 수가 없었다.

혈랑단이 상인들을 털지만 진정으로 욕을 먹고 있는 이유는 상인들에 대한 약탈 때문만이 아니었다. 그들의 행사는 상인에 한정하지 않았다. 혈랑단은 실로 악독하기 그지없어 피해를 입히지 않는 곳이 없었다. 동의 명나라 인이나 서의 서역인, 북의 몽골인이나 남의 투루판인 등 가리지 않고 피해를 입혔다. 훈련을 한다는 명목(名目) 하에 한 마을을 습격해서 몰살시켜 버리는 짓도 서슴지 않았다. 멀쩡한 민가의 여인네들을 납치해서 색노(色奴)로 데리고 놀다가 싫증나면 노예로 팔아버리고 또 새로운 여인네들을 납치해 가니 그 잔인하고 비인간적인 행태에 대한 원성이 자자할 수밖에 없었다.

주변의 각국에서 혈랑단을 소탕하기 위해 군대를 여러 번 보냈으나 이들이 교묘하게 행적을 숨기고 넓은 타클라마칸 사막이나 깊은 기련산으로 숨어버리니 어찌할 방법이 없었다. 타클라마칸 사막은 사람이 다니지 못하는 곳이었다. 기련산도 타클라마칸 사막에 못지않았다.

가장 인접한 두 나라 명과 몽골은 해마다 되풀이되는 전쟁으로 마적단에 군을 동원하기가 쉽지 않았고 무인들도 토벌하러 나섰다가 타클라마칸 사막과 기련산의 지형에 혼찌검이 났다. 또 혈랑단은 소수의 무림인들이 토벌을 한다고 찾아오면 아예 피하지 않고 몰살시켜 버리곤 했다. 다수는 피하고 소수는 몰살시켜 버리니 토벌하는 쪽만 피해를 잔뜩 입고 물러설 수밖에 없었다.

혈랑단이 있으므로 해서 생긴 유일한 장점이라곤 천산동로의 작은 도적 떼들이 거의 전멸하다시피 한 것이었다. 흑도 출신의 무인들은 이런 혈랑단을 우상화해 혈랑단에 들기 위해 갖은 애를 쓰고 있었다.

장무위는 난주에서 혈랑단에 대한 소문을 수집하면서 혈랑단이 세상에 있어서는 안 될 인간 말종들이라는 것을 절감했다. 장무위는 반드시 혈랑단을 해체해 버리리라 마음먹었다.

얼마 후 장무위는 몇 달을 버틸 벽곡단과 옷 몇 가지를 넣은 봇짐에 허리에는 현천도와 수통을 하나 차고 바람을 막을 피풍의를 걸치고 눈으로 뒤덮인 기련산맥으로 들어갔다.

그런 장무위를 일반의 사람이 보았다면 죽으러 가는 줄 알았을 것이다. 겨울의 기련산은 사람이 버틸 수 있는 곳이 아니었다. 먹을 음식과 추위를 피할 수 있는 거처가 마련되어 있지 않다면 열이면 열 모두 산을 헤매다 죽고 말 것이다.

그러나 장무위에게는 남들이 갖지 못한 두 가지 무기가 있었다. 백두산에서 20년 가까이 살면서 몸으로 배운 산에 대한 지식과 겨울 기련산의 험난함과 추위 속에서 장무위를 지켜줄 무상대능력의 혼원기.

바로 그것이었다.

기련산맥은 청해성(靑海省)과 감숙성(甘肅省)의 경계를 이루는 대산맥(大山脈)이다. 수천 리에 이르는 산맥이 바로 기련산맥이다. 기련산맥에 숨어 있다는 혈랑단이 감숙과 청해의 여러 지역에 불규칙적으로 출몰하므로 그 큰 기련산맥의 어디에 숨어 있는지는 미지수였다. 장무위는 감숙성의 서부에서 기련산을 훑어 올라갔다. 그러나 한 달 만에 장무위의 입에서 후회 어린 한숨이 터져 나왔다.

"휴우~ 엄청나구나. 내가 판단을 잘못한 것 같군."

한 달을 기련산에서 헤맨 장무위는 완전히 상거지 꼴이 되어 있었다. 아무리 무상대능력이 끊임없이 돌고 있다고 하지만 이제 겨우(?) 2갑자 반의 내력으로 겨울 기련산의 차가운 기온을 버텨내는 것은 무리가 있었다. 잘못하다가는 얼어 죽을 판이었다. 난주에서 혈랑단에 대한 수소문을 하는 것이 아니라 기련산맥의 지리에 대한 수소문을 더 했어야 했다.

산이 깊어지자 절세무공을 지닌 장무위도 길을 잃고 헤매기 일쑤였고 어디가 어딘지 분간도 못할 지경이었다. 결국 낮에도 구름이 짙어 햇빛이 제대로 비치지 않으면 이동을 못하고 땅을 파고 그 위를 피풍의와 사냥으로 얻은 가죽을 덮어 추위를 피했다. 밤에는 아예 불을 피우고 꼼짝도 하지 않았다.

그러나 아무리 산이 넓다고 해도 100명의 사람이 살 수 있는 곳은 한정되어 있었다. 장무위는 만년설이 뒤덮인 곳이야 사람이 살 곳이 아니니 아예 접근하지도 않았고 계곡이 얕은 곳도 아예 무시하고 넘어가 버렸다. 조화구법을 펼쳐 높은 산등성이와 깊은 계곡을 질주하면서 빠른 속도로 탐색하였다. 겨울이 가기 전에 혈랑단을 찾을 수 있을 것이다. 아니, 그렇게 믿고 싶은 장무위였다.

산맥을 탐색하는 것은 어려운 일이었으나 보상이 없는 것도 아니었다. 대자연의 위용과 신비는 무한한 감동을 주었다. 최고봉인 단결봉(團結峯:해발 5,827m)에서는 발 아래 펼쳐진 세상을 보고 끝없이 치솟는 호기에 몸을 떨기도 했다.

혈랑단주(血狼團主) 천살혈랑 막충은 지금 탁자 앞에 앉아 있는 한 사람이 전하는 말을 듣고 격동을 금할 수 없었다. 30년의 세월을 이곳에서 도적질을 했다. 젊은 시절 강호를 질타할 꿈을 꾸고 있다가 형님의 부탁을 받고 이곳으로 온 이후 참으로 못할 짓도 많이 했다. 그런데 이제 다시 포근한 그의 고향 안휘로 돌아갈 수 있게 된 것이다.

두툼한 방한복을 입고 있는 비첩단의 단원은 막충에게 극도의 예를 표하며 말을 전했다.

"내년 6월경에 대규모 토벌 계획이 세워졌습니다. 가주께서는 그 이전에 철수하란 말씀을 전하셨습니다."

"하하하! 토벌? 어디로 어떻게 올지 뻔히 다 아는데 제놈들이 무슨 재주로 토벌을 해? 그보다 이제 본가의 금력이 내 도움이 필요하지 않을 정도로 커졌다는 뜻인가?"

"예, 자세히는 모르겠으나 그런 의미도 있을 겁니다. 천하 각처에서 운영하고 있는 본가의 기업들이 승승장구를 하며 큰 이익을 내고 있다고 합니다."

"좋아! 드디어 이 생활을 접어도 되겠구나. 본가로 돌아가기 전에 크게 몇 건 해서 두둑한 선물을 들고 감세. 가주께 그렇게 전하게."

"예, 삼(三) 가주님."

비첩단원이 극공의 예를 취하며 물러가자 막충, 아니, 남궁충(南宮忠)은 만감이 교차했다.

남궁충은 가주이자 형인 남궁인의 명령을 받고 남궁세가를 반석 위에 올려놓기 위한 자금을 마련하기 위해 비단길로 왔다. 남궁세가에서 비밀리에 보관 중이던 전대의 마두 혈아도(血牙刀)의 혈랑십이도(血狼十二刀)를 익히고 돈황(敦煌)으로 온 남궁충은 이미 당시에도 악독하기로 이름 높았던 혈랑단에 입단하였다. 남궁충은 타고난 머리와 극악한 도법으로 금세 혈랑단에서의 위치가 높아졌고 마침내 반란을 일으켜 전대 단주를 죽이고 혈랑단을 접수했다.

남궁충은 혈랑단을 접수하자마자 가장 먼저 혈랑십이도를 단원들에게 공개해 반발을 잠재우고 신임을 얻었다. 그 이후 혈랑단을 키우는 과정에서 남궁충은 사람으로서는 도저히 못할 짓들을 밥 먹듯이 했다. 악명이 높아지면 대적하는 자들이 없어진다는 것을 알고는 일부러 더 극악한 행동을 하였다. 그렇게 시간이 지나자 혈랑단에 감히 대적하는 자가 없었고 혈랑단과 마주치면 가진 모든 것을 털어놓고 목숨만이라도 부지하면 감지덕지하는 상황이 됐다.

죽어 나가는 단원이 있으면 흑도의 무림인 중에 악명이 높은 자들을 우선적으로 받아들였다. 시간이 흐르자 전 단원이 고수들로 충원되었다. 혈랑단원이 되면 기마전술을 익히고 진법도 익혀야 한다. 무공의 고수 100명이 기마전술과 진법을 익히고 바람같이 움직이니 이들 악마들이 가는 곳에는 적수가 없었다. 이내 황금의 길을 완전히 장악하게 되었고, 이후 30년 동안 겨울철에는 기련산에 숨어서 힘을 비축하고 그 외의 계절에는 약탈을 했다. 그리고 마적질을 해서 번 수만금을 은밀히 남궁세가로 보냈다. 악명이 진동하여 간혹 토벌대가 몰려왔지만 남궁세가의 비첩단에서 토벌 세력의 정확한 정보를 미리 전해주어서 별다른 위험도 느끼지 않고 유유히 피해 다녔다.

“휴, 긴 세월이었어. 이제야 집으로 돌아가게 되는구나.”

남궁충은 태사의에 앉아 피에 젖은 혈아도를 꺼내어 보았다. 청춘을 이곳에서 다 보냈지만 후회는 없었다. 가문을 위해서 최선을 다했다 생각하니 오히려 가슴이 뿌듯했다. 그렇지만 이미 피에 찌들어 악마가 된 남궁충도 자신의 가문을 위해 타인의 가문과 수없이 많은 사람들을 희생시킨 것에 대해서 양심의 가책이 드는 것은 어쩔 수 없었다. 회상을 하고 있던 남궁충의 얼굴이 잠깐 찌푸려졌다.

두 달 동안 기련산맥을 뒤지던 장무위는 마침내 혈랑단을 발견할 수 있었다. 한마디로 운이 좋았다고 할 수 있었다. 모르고 지나칠 뻔했는데 보초를 서고 있던 혈랑단의 단원 하나가 소피를 보러 나온 것을 장무위가 보았던 것이다.

혈랑단이 숨어 있는 곳은 좁은 계곡을 따라 들어가면 절벽이 사방으로 에워싸고 있는 커다란 분지 형태의 지형이었다. 북방의 겨울은 너무 춥고 혹독해서 혈랑단조차 겨울에는 이 분지에서 수련만 하면서 밖으로 나갈 생각을 못하고 있었다. 혈랑단을 공적으로 지목한 무림의 토벌대들도 지독한 이곳의 추위에 얼어 죽는 사람이 속출하자 치를 떨며 돌아가야만 했다.

“아! 이렇게 추운 날 경계는 무슨 경계야! 세상이 눈으로 뒤덮여 있는데……”

계곡의 입구가 내려다보이는 절벽 위에서 소피를 보던 한 혈랑단원이 계속해서 툴툴거렸다.

“야! 조용히 못해! 그러다 들키면 단주께 맞아 죽어!”

초소에 있던 단원이 따라 나와서 앞서 말한 단원보다 훨씬 큰 소리로 고함을 지른다.

"이런 썩을 놈이! 너야말로 조용히 못해. 정말 단주께 맞아 죽고 싶은 거야?"

동료의 목소리가 너무 크자 처음에 툴툴거리던 단원이 깜짝 놀라서 속닥거렸다.

이들이 숨어서 보초를 서고 있는 곳은 혈랑단이 숨어 있는 곳으로부터 천 장 정도 떨어진 절벽 위였다. 혈랑단이 있는 분지로 가기 위해선 절벽 아래에 있는 협곡(峽谷)을 지나야 했다. 협곡을 감시할 수 있는 절벽 위의 요소에는 겉으로 보면 단순한 흙더미로 보이는 것이 덩그러니 자리 잡고 있었다.

그 흙더미 속에는 땅을 깊이 파서 제법 넓은 공간이 마련되어 있었고 미리 준비해 둔 숯으로 난로를 피워 보온을 하고 먹을 것도 충분히 저장된 초소가 만들어져 있었다.

혈랑단은 절벽 위의 주요 지점 네 곳에 이런 초소를 만들어놓고 있었다. 한마디로 완벽한 은신(隱身)이 가능한 것이다. 그러나 아무리 완벽하게 은신하고 있다고는 하지만 이렇게 큰 소리를 내면 절벽 밑이라고 해서 못 들을 리 없다. 더군다나 그들은 지금 초소 밖으로 나와서 큰 소리를 내고 있는 것이다.

"그러니까 쓸데없는 소리 하지 말고 빨리 시간이 지나가기만 기도해라. 네놈 말대로 이 겨울에 이곳으로 오는 미친놈이 어디 있다고 보초를 세우는지. 애고, 추워라."

"내 말이 그 말 아니냐. 누가 우릴 치고 싶다고 해도 숨어 있는 우릴 찾아내고 이곳에 다다르기 전에 다 얼어 죽겠다. 이제 들어가자. 더 있다가는 정말로 얼어 죽겠다."

"……."

"이놈이 입이 얼어붙었나? 왜 말을 하다 말고 그래?"

옆에 있는 단원이 너무 조용하자 말을 꺼내던 단원은 이상한 느낌에 옆을 돌아보았다.

"헉!"

말을 꺼내던 대원은 자신과 같이 있던 단원이 어느새 쓰러져 있고 그 옆에 칼을 든 흑의사내가 서 있자 대경실색했다.

"누, 누구냐!"

"네놈들이 웅크리고 있는 곳이 계곡을 따라가면 나오는 분지가 맞지?"

혈랑단원은 사내의 목소리에서 알 수 없는 위압감을 느꼈으나 혈랑단 본연의 자세를 잃지는 않았다. 혈랑단원은 악독하게 소리치면서 등에 메고 있던 칼을 번개같이 뽑아 들었다.

"네놈이 누군지는 모르겠다만 죽을 장소는 제법 잘 찾아온 것 같구나!"

"칼을 휘두르면 넌 죽는다. 물음에 대답하면 내공을 폐하고 살려주겠다. 살길을 외면할 테냐?"

그러나 장무위의 냉엄한 말에도 혈랑단원은 전혀 아랑곳하지 않았다.

"푸하하! 어리석은 놈, 이곳이 네놈 안방인 줄 아느냐? 받아랏!"

피이잇! 핏!

일개 마적의 졸개로 보기 어려운 삼엄한 도세가 바람을 가르며 펼쳐졌다. 혈랑단원은 그러면서 한 손은 초소에 세워져 있던 신호탄의 발사대를 누르려고 했다. 그러나 장무위가 바닥으로 향하고 있던 도를 치켜든다 싶은 순간,

번쩍!

한줄기 벼락이 땅에서 솟구쳐 혈랑단원의 칼 든 손을 잘라 버렸다.

"으아악!"

혈랑단원은 팔이 잘린 고통에 몸부림치며 그 와중에도 신호탄의 발사 장치를 누르려 했다. 그러나 이미 장무위의 칼이 그런 혈랑단원의 목을 지그시 누르고 있었다.

"멈춰라. 목이 잘리고 싶다면 그 손을 계속해서 움직여도 좋다."

혈랑단원은 목에 차가운 칼이 닿자 갑자기 모든 호기가 사라졌는지 아니면 팔이 잘린 지독한 통증 때문인지 온몸을 부들부들 떨었다.

"다시 한 번 묻겠다. 이 분지 안쪽이 너희들이 숨어 있는 곳이 맞느냐? 맞으면 몇 놈이나 숨어 있는지 말해라."

"사, 살려주십시오."

"죽이지는 않는다. 내가 너희들 같은 살인마인 줄 알았나? 그러나 사정은 언제든지 달라질 수 있다. 잘 알아서 대답해라. 네가 거짓말을 하더라도 상관없다. 내가 직접 가서 알아보면 되니까."

혈랑단원은 고통을 억지로 참으며 지혈을 했다. 팔에서 끊임없이 뿜어지는 핏줄기를 따라 모든 호기가 다 사라져 버렸는지 고통보다 두려움이 더 크게 다가왔다. 대답을 못하면 죽을 수도 있다. 혈랑단원은 고분고분 대답하기 시작했다.

"맞습니다. 이 협곡의 안쪽에 100명 모두 모여 있습니다. 제발……."

"퇴로는 어디어디 있느냐? 그리고 초소는 어디에 몇 군데나 더 있는지 말해라."

이런 협곡을 통과해 들어가는 분지라면 이곳을 막아버리면 독 안에 든 쥐가 될 테니 아무리 바보라도 그런 짓을 할 리는 없었다.

"예, 분지 뒤쪽의 절벽에 빠져나가는 동굴이 있습니다. 그렇지만 어디로 뚫려 있는지는 저도 모릅니다. 그리고 초소는……."

한참의 시간이 흐른 후 장무위가 조용히 말했다.

"살려줄 테니 앞으론 보통 사람들처럼 살기 바란다."

"윽!"

혈랑단원은 살려준다는 말에 '이놈, 두고 보자' 하면서 속으로 이를 갈다가 느닷없는 한줄기 검은 도기에 아랫배 단전 부위에서 피를 뿜으며 쓰러졌다. 단전이 파괴되어 버린 것이다. 단전이 파괴된 사람은 평생 무공을 수련하지 못할 뿐 아니라 쌓은 무공도 모조리 물거품이 되고 만다. 외공을 익혔다 해도 마찬가지다. 단전이 파괴되면 힘을 쓸 수 없는 것이다. 이 혈랑단원은 살아난다 해도 제대로 사람 구실을 하진 못할 것이다.

장무위는 혈랑단에겐 자비를 베풀 생각이 없었다. 단전이 파괴된 고통으로 쓰러진 혈랑단원의 수혈을 짚어 신호를 하지 못하도록 한 장무위는 즉시 다음 초소를 향해 신형을 날렸다.

혈랑단 세 부단주(副團主) 중 수석 부단주인 인도부(人屠夫) 형태(炯颱)는 지금 10대 후반의 한 소녀를 발가벗겨 놓고 매질을 하는 중이었다. 형태는 7척의 거구로 전신이 온통 털로 뒤덮인 40대의 남자였다. 7척의 거한이 5척이 조금 넘는 어린 소녀를 마구 주먹으로 때리니 소녀가 견뎌낼 턱이 없었다. 이미 의식을 잃어버리고 늘어진 소녀를 형태는 몇 번 더 때리고 나서 자신의 직속 부하들이 있는 곳을 향해서 소리쳤다.

"야! 다른 애 들여보내고 이것은 치워라!"

맞아서 늘어진 소녀는 혈랑단이 겨울이 오기 전에 월동 준비를 하면서 납치해 온 200명 가까운 여자들 중 아직 손대지 않았던 마지막 여자였다. 혈랑단의 단주인 막충은 여색을 밝히지 않고 돈에만 욕심이 있었지만 나머지 혈랑단원들은 단주의 장점을 배우지 못하고 있었다.

혈랑단의 월동 준비 중 가장 중요한 것이 바로 색노들을 준비하는 것이었다. 명나라, 몽골, 서역, 투르판 등 인종을 가리지 않았다. 얼굴이 반반하다 싶으면 모조리 잡아오는 것이었다. 이 소녀도 그중에 하나였다. 다만 '맛있는 것은 아껴서 먹는다'는 형태의 신조에 따라 다른 단원들에겐 손도 대지 못하게 하고 아껴둔 것이었다.

한데 소녀는 주제 파악을 못하고 있었는가 보다. 형태가 좀 예뻐해 주려고 하자 얼굴을 할퀴어 버렸던 것이다. 아무리 예쁘고 귀엽더라도 여자를 노리개 이상으로 생각지 않고 있던 형태의 꼭지가 돌지 않을 수 없었다. 형태는 발연대로해서 소녀를 아예 초주검으로 만들어 버렸다.

"이 자식들이 다 어디 처박힌 거야? 내 이것들을 당장!"

평상시 같으면 즉각 대령했을 부하들이 아직 소식이 없었다. 날씨가 추워서 어디 처박혀 있는 것 같았다. 기분도 찜찜한데 부하들이나 좀 잡아볼까 하고 형태가 삼첨양인도를 챙겨 드는 순간 병장기 부딪치는 소리와 함께 비명 소리가 들렸다. 겨우내 혈랑단이 하는 일이라곤 수련과 색노들을 겁탈하는 일밖에 없었다. 그것은 상당히 지겨운 생활이었다. 그래서인지 따분해하는 놈들 사이에서는 피 튀기는 비무가 종종 벌어지곤 했다.

'썩을 놈들이 또 칼질을 하는구나.'

형태가 거처하는 곳은 계곡의 가장 깊은 곳에 있는 동혈(洞穴)을 적당히 손질하여 만든 동부(洞府) 속이었다. 계곡의 지형보다 2장 정도 높은 곳에 있는 동혈을 손본 것이었다. 단주와 부단주들만이 이 동부에서 살 수 있었다.

형태가 자신의 거처를 나서자 동혈 입구 쪽에 방원 3장가량의 돌을

깎아 만든 넓은 바닥이 나타났다. 그 끝에서 내려다보면 2장 아래 분지의 양 옆으로 조금 엉성한 집들이 죽 늘어서 있는 것이 보였고 맞은편으로는 이 분지로 들어오는 계곡이 보였다.

형태는 계곡이 내려다보이는 끝으로 가서 부하들을 집합시키기 위해 소릴 지르려고 했다. 그런데 한 흑의사내가 분지로 들어오는 협곡에서 질풍노도와 같이 움직이며 부하들과 접전을 벌이고 있는 게 보였다.

"어떤 놈이……?! 멈춰랏!"

형태가 대갈을 터뜨리며 분지의 입구 격인 협곡으로 신형을 날렸다. 혈랑단의 부단주는 아무나 하는 것이 아니었다. 형태의 신형은 그 큰 체구에도 불구하고 물 찬 제비처럼 협곡 쪽으로 날아갔다.

"네놈은 누구기에 우릴 습격하는 것이냐!"

형태가 대노해서 소릴 지르자 장무위가 형태를 돌아보았다.

"난 장무위다. 네놈이 천살혈랑 막충이란 놈이냐?"

형태는 장무위란 이름은 흘려들어 버리고 상대가 단주의 존엄한 이름에 '놈' 자를 붙였다는 사실에 광분했다.

"뭐, 뭣이! 이런 죽일 놈이! 단주님의 이름을 함부로 불러? 죽어랏!"

형태는 이제 혈랑단의 상징이 된 혈랑십이도를 펼치며 장무위를 덮쳐 갔다. 혈랑도 특유의 이상한 파공음을 내며 푸른 강기에 휩싸인 도가 장무위에게 쇄도했다.

피핏! 핏!

주변을 포위하고 있던 혈랑단원들도 각자의 도로 장무위의 퇴로를 봉쇄하고 여차하면 협공할 태세를 취했다.

천살혈랑 막충, 아니, 남궁충은 형태의 처소보다 더 안쪽에 위치한 비밀 통로 근처에 거처를 두고 있어서 형태의 고함 소리를 들은 이후에야 적이 쳐들어왔음을 알고 뛰쳐나왔다.

'토벌은 내년 여름경에나 있을 것이라고 했는데? 이 추운 겨울에 어떤 미친놈이 여길 습격해?'

남궁충이 나가 보자 한겨울에 방한복도 아니고 다 떨어져 이제는 걸레처럼 보이는 조금 두툼한 흑의의 무복을 입은 꾀죄죄한 흑의사내와 형태가 싸우고 있는 광경이 보였다. 땅바닥에는 이미 몇 명의 부하들이 피를 토한 채 쓰러져 있었고 그 주변에는 혈랑단원들이 모두 몰려나와 포위하고 있었다.

휙!

남궁충은 분지로 내려서자마자 싸움이 벌어지고 있는 곳을 지나쳐 협곡 쪽으로 신형을 날렸다. 지금은 한 놈이 문제가 아닌 것이다.

"다른 적들은 어디 있느냐?"

혈랑단의 세 부단주 중 하나인 귀면살(鬼面煞) 강추삼(姜秋三)이 즉시 대답했다.

"단주님, 저기 있는 한 놈 이외에 다른 병력은 보이지 않습니다."

"뭣이라? 한 놈이라고? 강추삼! 지금 당장 몇 명을 데리고 나가 수색해 봐라!"

"단주님, 제가 이미 수색을 했습니다. 그리고 지금 열 명의 단원이 다른 놈들이 더 있나 찾아보고 있습니다."

귀면살 강추삼은 일을 허술히 할 놈이 아니었다.

"보초들은 어떻게 된 거야? 적이 여기까지 오는 동안 그놈들은 도대체 뭘 하고 있었다는 거야?"

"보초들은 모조리 당했습니다."

“음… 그럼 저놈 혼자 들어와서 보초를 제거하고 습격한 거란 말인데… 그래도 모르니 지금 즉시 너는…….”

남궁충이 강추삼에게 ‘수색을 강화하라’ 는 명령을 내리려는 찰나,

“크악!”

하는 단말마의 비명 소리가 분지를 울렸다. 남궁충이 급히 시선을 돌려 보자 형태가 두 쪽이 되어서 쓰러지고 있었다.

“저, 저놈이?!”

남궁충은 형태가 저렇게 어이없이 죽을 줄은 미처 상상도 못했다. 형태는 도강을 일으킬 수 있는 고수였다. 혈랑단에서도 남궁충을 제외하곤 가장 강했다. 그래서 남궁충은 형태가 적과 싸우고 있자 형태를 믿고 분지의 입구 쪽으로 신형을 날렸다. 다른 적들이 쳐들어오면 지형의 이점을 살릴 수 있는 협곡의 입구에서 막으려 했던 것이다.

형태를 쓰러뜨린 흑의사내는 곧 주변을 포위하고 있는 혈랑단원들을 질풍노도처럼 덮쳐 가며 수중에 든 검은 도를 휘두르는데 검은 도에서 푸른색 도강이 1장이나 뿜어져 나오고 있었다. 도강이 1장이나 뿜어져 나오자 포위하고 있던 혈랑단원들이 당황한 듯 주춤거리는 기색이 역력했다.

쾅! 콰르릉!

폭음이 계속해서 울리며 비명이 줄줄이 터져 나왔다. 도강에 부딪친 혈랑단의 도는 모조리 박살이 나버렸고 그 순간 첨예한 도기가 혈랑단원들의 아랫배를 스치듯 지나갔다.

“크아악! 으악! 컥!”

맞서지 못할 고수였다.

‘무시무시한 놈이구나! 다수의 이점으로 상대해야 한다.’

남궁충은 대경해서 신형을 날리며 외쳤다.

"혈랑진을 펼쳐서 상대햇!"

남궁충의 말이 떨어지자 일방적으로 당하던 혈랑단원들이 부단주인 강추삼과 회호리(灰狐狸) 이후종(李厚悰)의 지휘 아래 도를 거두고 뒤로 물러서서 반원을 그리며 포진했다. 그리고 각자 암기를 꺼내 장무위에게 던졌다.

장무위는 현천도를 폭풍처럼 휘둘러 암기들을 떨치고 포위망을 형성시키지 못하게 한쪽을 바로 뚫어버렸다. 그리고 상대의 공격을 분산시키기 위해 조화구법을 펼쳐 계속해서 몸을 이동시켰다. 일 대 다수로 싸우기 위해서 장무위가 강구한 방법 중 하나가 상대의 포위망에 갇히지 않도록 계속해서 신형을 움직이며 상대적으로 약한 쪽을 공격하는 것이었다.

휙! 팍! 푹!

장무위의 신형이 지나간 곳에는 계속해서 암기가 떨어졌다.

"그렇게 해서 나를 잡을 수는 없을 것이다."

장무위는 마치 질풍과도 같이 혈랑단의 소굴인 분지 내를 휩쓸며 움직였다. 혈랑단원들은 장무위를 포위하려고 했으나 장무위가 워낙 빠르게 움직여서 포위가 불가능했다. 그저 자신들의 옆으로 지나간다 싶으면 암기를 던지고 칼을 휘두르는 것이 다였다.

"악! 으악!"

비명 소리가 끊이지 않고 들렸다. 장무위는 도강을 일으킨 상태에서 싸우면서도 상대를 가격할 때는 순간적으로 도강을 거두고 혈랑단원의 단전을 베어버렸다. 한 30여 명을 그렇게 쓰러뜨리자 반원을 그린 채 쫓아오고 있던 혈랑단원들이 주춤하는 듯했다. 그러나 상대의 숫자가 너무 많았다.

장무위는 보초들을 어렵지 않게 제거하고 협곡으로 조심스럽게 들어왔었다. 그러나 장무위는 처음에 사로잡은 혈랑단원이 초소 하나를 숨기고 말하지 않았다는 것을 몰랐다. 발견하지 못하고 지나친 초소에서 신호탄이 발사되었다. 장무위는 즉시 현천도를 날려 신호탄을 떨어뜨리고 보초를 제압했다. 그렇지만 이미 분지 내에 있던 혈랑단원이 장무위의 행적을 발견한 이후였고 그 혈랑단원은 동료들에게 신호를 보내자마자 칼을 빼어 들며 공격해 왔다.

장무위는 그 혈랑단원을 빠르게 제압했으나 이미 들켜 버린 이후였다. 혈랑단원들은 훈련 상태가 좋았다. 그리고 하나하나가 조일봉이 장무위를 처음 만날 때보다 조금 못한 정도의 무공을 가지고 있었다. 장무위의 행적이 발견된 이후 차 한 잔 마실 시간도 되지 않아 모든 혈랑단원들이 다 나와 장무위를 공격했다. 단주란 놈이 가장 늦게 나왔다.

"저, 저놈이?!"

남궁충의 두 눈이 튀어나올 듯 부릅떠졌다. 이미 혈랑단원 30여 명이 바닥에 쓰러져 있는 상황. 그러나 상대는 여전히 털끝 하나 다치지 않고 장내를 휩쓸고 있었다. 남궁충은 머리끝까지 화가 치밀어 올라 혈아도를 빼 들고 적을 쫓아갔다.

하지만 적의 경신법은 그야말로 환상의 극치였다. 운신의 속도 차이가 너무 나서 남궁충은 계속 적의 꽁무니만 쫓아가는 꼴이었다. 남궁충은 하도 기가 막혀서 입에 거품이 다 날 지경이었다. 옆에서 같이 헛다리품을 팔고 있던 회오리 이후종이 다급히 소리쳤다.

"단주님, 석궁을 쓰는 게 좋겠습니다!"

"일단 저놈의 발을 막아! 그러면 내가 저놈을 공격할 테니 그 틈에 화살을 날려 저놈을 죽여 버렷!"

"옛!"

이후종은 무작정 장무위를 뒤쫓던 혈랑대원 중 석궁 솜씨가 뛰어난 열 명을 급히 불러 모았다.

쉭! 쉬익!

10여 발의 화살이 마치 그물처럼 촘촘하게 장무위의 진행 방향을 막았다. 석궁에서 발사된 화살은 강력해서 암기에 비할 바가 아니었다.

"이얍!"

장무위가 크게 기합을 터뜨리며 선풍소무를 펼쳐 화살을 떨어뜨렸다. 그러나 장무위도 계속되는 화살의 공격에는 발이 멈춰질 수밖에 없었다. 그제야 장무위를 따라잡은 남궁충이 눈에서 광망을 번뜩이며 소리쳤다.

"이놈! 이제 죽었다고 생각해라!"

쫘악!

남궁충의 혈아도가 비단 폭을 찢는 듯한 파공음을 내며 장무위를 덮쳐들었다.

파파팟!

강추삼도 남궁충의 뒤를 이어 삼절창(三節槍)으로 장무위의 전신을 공략해 왔다.

장무위는 화살을 막아내느라고 반응이 늦어 남궁충의 혈아도를 간신히 피할 수 있었다. 그러나 혈아도를 피하는 순간 덮쳐 오는 삼절창에는 전신의 급소가 노출되어 위급지경에 처했다.

"합!"

장무위가 다시 기합성을 지르며 선풍소무를 펼쳐 회오리바람 같은 도강을 일으켜 삼절창이 아홉 번이나 찔러대는 것을 막아내었다. 다시 혈아도가 시퍼런 강기에 휩싸여 장무위의 허리 쪽을 노리고 짓쳐들었다. 장무위는 다급하게 벽력진산을 두 번 연속해서 펼쳤다.

쿠르릉!

콰앙! 쾅!

두 번의 폭음이 분지를 쩌렁 울리며 선풍소무에 막혀 미처 회수되지 못한 삼절창이 산산조각났고 혈아도가 공중으로 튀어 올랐다. 그사이에 혈랑단원들을 모두 포진시킨 이후종이 폭갈을 터뜨렸다.

"쏴랏!"

쒜—에—엑!

가까운 거리에서 쏘아진 짧은 석궁이 흡사 폭우처럼 쏟아졌다. 장무위는 도신이 보이지 않을 정도로 빠르게 현천도를 움직여 화살을 막아갔다. 무상구도의 3초 태양조산이 연속으로 펼쳐진 것이다. 찬란한 도강의 빛이 뿜어졌다. 그러나 아무리 엄밀한 도강을 펼친다 해도 3열로 서서 연속으로 계속해서 쏘아대는 화살을 다 막을 수는 없었다.

푹! 푹!

오른쪽 허벅지와 옆구리에 두 발의 화살이 꽂혔다. 뼛속까지 찌르르 울리는 고통에 몸이 저절로 움찔하는 순간 또다시 쏟아지는 화살비. 튕겨 날아간 남궁충이 다시 덮쳐 오는 것이 보였다. 장무위는 후퇴를 결심하지 않을 수 없었다. 석궁이 문제였다. 방패라도 하나 주워 들지 않는 이상 석궁을 막을 방법이 요원했다.

"다시 보도록 하자!"

장무위는 선풍소무를 연속으로 세 번을 펼쳐 도기선풍을 후방으로 일으켜 화살비를 막았다. 그리고 코앞까지 들이닥친 남궁충을 피해 즉시 신형을 날렸다. 그러나 그 외중에 다시 한 대의 화살이 등에 꽂혔다. 순간 몸이 지독한 통증에 또다시 부르르 떨렸다.

"가긴 어딜 가! 목을 내놓고 가라!"

남궁충이 핏발이 곤두선 눈으로 혈아도를 뻗었다. 자신의 터전에 들어와 수하들을 죽이고 도망가게 할 수는 없었다.

쫘악!

순간 비단폭 찢어지는 소리가 들리며 강기에 휩싸인 혈아도가 장무위의 등판을 찔러갔다. 순간 몸을 날리던 장무위가 돌아서며 돌아서는 힘을 그대로 이용하여 천지획분을 펼쳤다. 이대로 그냥 몸을 날리면 꼬치에 꿰인 생선 꼴이 되니 무리를 해서라도 한 놈을 처리하고자 했던 것이다. 혈랑단의 단주는 강기를 뿜어내는 고수였다. 장무위의 천지획분에는 살기가 가득 담겨 있었다.

스윽! 슉!

공간이 잘라지는 소리가 들리는 듯하더니 하늘과 땅이 현천도를 따라 나뉘는 듯 검은 천이 허공에 죽 펼쳐졌다. 먹물이 한지에 스며들 듯 공간에 펼쳐지는 검은 천에는 가공할 힘이 가득 담겨 있었다. 그것을 본 남궁충은 막아낼 수 없음을 직감하고 손등에 푸른 힘줄이 불끈 치솟을 만큼 혈아도를 움켜잡았다. 순간 눈앞으로 남궁충 자신이 살아온 날들이 주마등처럼 지나갔다.

"이—야—압!"

전력을 다한 혈랑십이도가 펼쳐지며 검은 천을 잘라갔다. 그러나 검은 천은 혈아도를 너무도 허무하게, 마치 물을 베듯이 베어버리며 이내 남궁충의 허리를 베어들었다.

"후회하지 않는다!"

남궁충이 의미 모를 소리를 질렀다.

"으악!"

다시 신형을 날리는 장무위의 뒤로 상, 하체가 둘로 나뉜 남궁충의 마지막 비명이 울려 퍼졌다.

추—아—악!

잘려진 허리에서 피가 분수처럼 솟구쳐 올랐다.

혈랑대원을 지휘해 석궁을 날리던 회호리 이후종은 그 광경에 오금이 저려 장무위를 추적할 생각도 못했다. 단주인 남궁충은 몸이 허리에서 아래위로 나뉘어져 죽어 있고 수석 단주인 형태는 수직으로 두 조각이 나 있었다. 자신과 같은 부단주인 강추삼은 피를 토하며 쓰러져 있고 곳곳에 부하들이 신음 소리를 내며 쓰러져 있다.

"저놈은 도대체 누구길래 저렇게도 무서운 무공을 지녔는가?!"

화살을 세 대나 몸에 맞고도 명의 구주에 버금간다는 혈랑단주 천살혈랑 막충을 일도양단하는 장무위의 가공할 무공을 생각하자 다리가 절로 후들거렸다.

"부단주님, 즉시 추적해서 척살해야 합니다. 놈이 다시 돌아오면 우리는 다 죽은 목숨입니다!"

부하 한 놈이 눈에 핏발을 세운 채 말하자 그제야 정신을 차린 이후종이 살아남은 부하들을 세어보았다. 60명 남짓 살아남았다.

'이 정도라면 부상이 심각한 놈을 죽일 수 있을 것이다.'

이후종은 즉시 추적을 명했다.

"오인 일조로 추적한다! 놈을 발견하면 먼저 신호탄을 쏘고 도망 못 치게 막기만 해라."

"옛!"

살아남은 혈랑단원들이 모두 장무위가 사라진 곳으로 신형을 날렸다.

장무위는 혈랑단이 숨어 있는 분지에서 나오자마자 한 방향으로 계속해서 달렸다. 거리를 벌여놓고 몸을 치유해야 했다. 몸에 꽂힌 화살이 움직일 때마다 지독한 고통을 주고 있었다. 몸을 날리는 와중에 현천도를 휘둘러 화살대를 잘라 버리기는 했으나 몸속에 박힌 화살촉이 계속해서 고통을 주고 있었다. 한시라도 빨리 화살을 뽑아야 했다. 반시진을 더 달려가자 뒤에서 추적하는 혈랑단원들의 기척이 사라졌다. 그러나 눈으로 덮인 산이라 장무위의 흔적이 고스란히 남아 있었다. 주위를 둘러보자 제법 높은 봉우리였다. 사방이 시야에 들어왔다. 더 이상 지체하다간 고통 때문에 몸을 움직일 수도 없을 것 같았다.
 ‘화살을 뽑아야겠다.’
 장무위는 입술을 질끈 깨물고 옆구리에 꽂힌 화살을 확 뽑아냈다.
 푹! 촤악!
 화살이 뽑히자 피가 뿜어져 나왔다. 눈앞이 순간적으로 시커멓게 변하며 현기증을 유발시켰다.
 “으윽!”
 입에서는 저절로 비명이 터져 나왔다. 부들부들 떨리는 손을 놀려 간신히 지혈을 하고 나자 호흡이 턱턱 막혀왔다.
 “헉! 헉!”
 실로 장무위가 아니면 누구도 생각할 수 없는 화살 제거법이었다. 무상대능력의 혼원기가 상처를 빨리 회복해 주는 공능이 없다면 이렇게 화살을 뽑는 것은 미친 짓이었다. 화살촉이 빠져나오며 혈관과 근육을 찢어버리면 상처가 훨씬 깊어지는 것이다. 그러나 화살촉을 뽑아

내지 않으면 아무리 무상대능력이라 하더라도 상처를 치료할 수가 없었다.

아직 추적자들의 기색은 느껴지지 않았다. 아직 두 개의 화살촉이 몸에 박혀 있었다. 두 번에 나누어서 뺄 생각을 하니 치가 떨려 엄두가 나지 않았다. 장무위는 어금니를 질끈 깨물고 손을 뒤로 돌려 등에 꽂힌 화살을 잡고 다른 손은 허벅지에 꽂힌 화살을 잡았다.

"끄―아―악!"

열두 개 조로 나뉜 혈랑단의 추적은 평소의 악명이 무색할 정도였다. 부상을 입고 달아나는 적을 두려워해 제대로 열의를 가지고 추적하는 조가 하나도 없었다. 적이 부상을 입은 상태에서 단주를 두 쪽으로 만드는 것을 보았으니 모두 다른 조가 먼저 발견해서 당해주는 사이에 공격하려는 생각을 가지고 있는 것이다. 서로가 선두를 미루니 추적이 제대로 될 리가 없었다.

"뭐 하는 거야? 당장 쫓아가지 못해?! 흔적이 뚜렷이 남아 있잖아!"

이후종은 자신도 급하게 쫓아갈 엄두를 내지 못하면서 부하들을 자꾸 닦달했다.

"놓치면 우린 다 죽어!"

'그러는 너는 왜 그렇게 엉덩이를 뒤로 빼고 있어?'

눈에 불을 켜고 자신들을 노려보는 이후종에게 혈랑단원들은 속으로 욕을 했지만 어쩔 수 없었다. 계급이 힘인 것이다. 모두 힘없이 대답하고 걸음을 서두르는데 멀리서 끔찍한 비명 소리가 들려왔다. 비명 소리는 메아리가 되어 길게 이어졌다.

"끄―아―악!"

“헉!”

무공이 높아 반응도 가장 빠른 이후종의 입에서 절로 헛바람 들이키는 소리가 터져 나왔다. 도대체 어떤 일이 벌어지고 있는지는 몰랐지만 그 비명 소리를 듣자 등골이 쭈뼛해서 더 이상 추적할 엄두가 나지 않았다. 실제로 지금 상황은 추위도 추위였지만 혈랑단의 모든 장기(長技)를 다 버리고 싸워야 하는 입장이다. 시쳇말로 차, 포를 다 떼고 두는 장기였다. 다급하게 추적을 하느라 방한복도 제대로 착용 못하고 나왔다. 이 상태로는 얼어 죽는 놈이 더 많이 나올지도 몰랐다.

“안 되겠다. 돌아가서 저놈이 다시 찾아오면 활로 잡아야겠다. 후퇴하자!”

“옛!”

혈랑단원들이 모두 큰 소리로 대답하며 이미 몸을 날려 도망을 가고 있는 이후종을 따라갔다. 추적할 때보다 열 배는 더 빠른 몸놀림들이었다. 실로 악명을 떨치던 혈랑단이라고는 믿기 어려운 모습들이었다.

하지만 죽음 앞에서 강한 모습을 보일 수 있는 사람이 몇이나 되겠는가. 항상 남을 해치기만 하던 혈랑단이었다. 상대가 공포에 떨면 그것이 재밌어서 더 잔인하게 상대를 해치던 인간 말종들이 바로 혈랑단이었다. 그러나 단신으로 들어와 단주와 부단주 둘을 비롯하여 수십 명의 동료를 해친 가공할 무공을 지닌 적을 대하자 평상시의 호기는 다 사라지고 제 한 몸의 안전만 생각하게 되는 것이었다.

“헉! 헉!”

지독한 고통에 이를 부드득 갈던 장무위는 거의 한 시진이 지나서야 간신히 정신을 차릴 수 있었다. 이 상태로 있다가 공격을 받으면 바로 죽음이다. 아니, 공격을 안 받더라도 얼어 죽을 판이었다. 빨리 부상을 회복하기 위해서 무리를 했는데 생각보다도 고통이 더 심했다. 하마터면 지혈을 하기도 전에 의식을 잃을 뻔했다.

장무위는 간신히 지혈하고 나서 어금니를 꽉 깨물었다. 온몸에 한기가 들어 이 상태로는 버텨낼 수가 없었다. 장무위는 달려온 길을 우회하여 혈랑단의 초소가 있는 곳으로 신형을 날렸다.

"등잔 밑이 어둡다고 했으니 그곳이라면 몇 시진은 버틸 수 있을 거야."

장무위는 곧 처음 발견했던 혈랑단의 초소를 찾아 들어갔다. 부상자들은 어디로 옮겼는지 없었다. 초소 안은 겉보기보다 상당히 넓어 의자도 두 개나 놓여 있었다. 장무위는 혼원기에서 순양의 기운을 손끝에 집약해 숯에 불을 붙였다. 반쯤은 밀폐되었다 할 수 있는 공간엔 금세 따뜻한 온기가 감돌았다. 언 몸이 녹자 그제야 살 것 같았다. 화살을 세 대나 꽂고 눈 덮인 산속을 돌아다녔으니 정상일 수는 없었다.

이후종은 분지로 돌아와 쓰러진 혈랑대원들을 수습하는 과정에서 상대에게 더욱 큰 두려움을 느끼지 않을 수 없었다. 목숨을 잃은 단원은 두 명뿐이고 나머지 40여 명의 단원 모두가 단전이 베어져 쓰러져 있었다. 목숨을 잃은 두 명도 단전이 파괴되어 쓰러져 있을 때 장무위를 공격하던 동료에 의해 목숨을 잃은 듯 암기에 맞아 죽어 있었다. 적의 칼에 죽은 사람은 단주와 두 명의 부단주 등 세 명뿐이었다.

그것은 다른 혈랑대원은 장무위를 만나도 죽지는 않겠지만 자신은 죽는다는 말이었다. 그러니 어찌 두려움을 느끼지 않을 수 있겠는가?

더군다나 적은 협공을 당하는 와중에도 혈랑대원의 단전만을 폐하였다. 소름이 끼치도록 가공할 고수이다.

이후종은 서둘러 사상자들을 수습해 장내를 정리하고 무기고에서 병기를 꺼내어 부상을 입지 않은 부하들을 전원 중무장시켰다. 그리고 단주의 침실에 숨겨진 보고에서 돈이 될 만한 것을 모두 챙겨 비밀 통로의 입구 쪽에 숨겨두었다. 모든 일을 처리하고 나서야 조금 안심이 되었다. 이후종은 이제는 주인이 없어진 단주의 태사의에 앉아서 머리를 굴렸다.

'그놈은 무슨 재주로 이 한겨울에 이곳까지 찾아올 수 있었을까? 우리가 이곳에 있다는 것을 알지 않고서는 감히 엄두도 못 냈을 텐데.'

장무위가 어찌 기련산맥을 훑어 올라오며 자신들의 은신처를 찾았다는 것을 짐작이나 할 수 있으랴. 이후종은 한참을 생각하다 머리를 세차게 흔들었다. 아무리 생각해 봐도 알 수가 없었다. 그리고 지금은 그것이 문제가 아니었다.

'거울처럼 깨끗한 검은 도에 흑의라……. 어디서 들어본 행색인 것 같기도 한데? 모르겠다. 그보다 놈도 부상을 입었으니 당분간은 다시 찾아오지 못할 것이다. 은신처를 어디다 만들어두었을 텐데……. 계속 기다려야 하나, 아니면 몰래 비밀 통로로 빠져나가야 하나?

적이 비밀 통로를 모른다는 확신만 있다면 벌써 떠났을 것이지만 보초들에게 정보를 입수했을 가능성이 높았다. 적이 모른다는 확신을 할 수 없었다. 비밀 통로로 빠져나가다 걸리면 그야말로 빼도 박도 못하는 것이다. 비밀 통로는 협소해서 대원들을 데리고 탈출하면 길게 늘어서서 하나씩 상대의 먹이가 될 것이다. 혼자서 탈출하다가 걸리면 동료들에게도 공격받을 것이다. 절로 이맛살이 찌푸려졌다.

"부단주님, 색노들은 어찌할까요?"

부하 중에 그래도 쓸 만하다 싶어서 챙겨주고 있던 흑호(黑虎) 이정(李征)이 이제는 혈랑단에서 가장 높은 이후종에게 물었다.

"모조리 다 죽여 버려! 그것들을 어디다 쓴다고!"

지금 자신의 목숨이 왔다 갔다 하는 마당에 색노들까지 신경 쓸 입장이 아니다. 더구나 이후종도 여색을 밝히는 편은 아니었다.

"옛!"

이정이 약간 아깝다는 표정을 지으면서 밖으로 나가려고 하자 이후종이 별안간 이정을 말렸다.

"아냐, 잠시 그대로 둬봐."

이정이 어리둥절한 표정으로 지켜보고 있는 사이 이후종의 머리가 빠르게 회전하기 시작했다.

'그 색노들을 죽였다가는 내가 여길 빠져나간다 해도 그놈이 평생 날 쫓아올지 몰라. 그까짓 것들 살려둔다고 해도 손해는 없다.'

"일단 계집들은 그냥 둬. 그리고 너는 지금 즉시 단원들을 20명씩 세 개 조로 나누어서 한 시진씩 교대로 협곡의 입구에 포진시키도록 해. 석궁을 그곳에 집중 배치하면 놈도 뚫지는 못할 거야."

"예. 그럼 저는 물러가서 협곡을 감시하고 있겠습니다."

이후종은 임시로 부상자들을 모아놓은 창고로 찾아갔다. 강추삼은 내상이 깊은지 아직도 의식을 못 찾고 있었다. 아무리 봐도 폐인이 될 것 같았다. 강추삼의 옆에는 단전이 파괴당한 고통으로 의식을 잃고 쓰러진 40명의 혈랑단원들이 누워 있었다. 의식을 잃은 상태에서도 신음 소리가 끊이지 않고 들리니 이후종은 기분이 착잡해졌다.

"음… 모조리 단전이 예리한 도기에 베어져 있구나. 이렇게 무서운 고수라니, 도대체 누굴까? 6척 반의 키에 20대 중반, 거울처럼 깨끗한 검은색 장도(長刀)에 흑의라……. 분명히 들어본 적이 있는 것 같은데…
음… 생각이 날 것도 같고……. 누구더라? 헉! 도제 창천신룡 장무위?!'

 한참을 생각하던 이후종은 적의 정체를 얼핏 깨닫고 '이거 큰일 났
구나!' 하며 속으로 비명을 질렀다. 월동 준비를 하고 들어오기 전에
강호를 떠들썩하게 만들던 이야기를 들은 기억이 있었다. 심검을 이룬
자인 도장을 꺾은 절대고수. 검강을 펼치는 일곱 고수의 협공 속에서
도 상대를 모두 제거해 버리고 유유히 빠져나간 무적의 고수. 적이 천
하제일고수일지도 모르는 도제라고 생각하니 눈앞이 캄캄해졌다.

 자신들과 아무런 은원 관계가 없어서 바로 알 수는 없었지만 이후종
도 무인이라 도제의 소문은 자세히 기억하고 있었다. 이곳이 기련산이
아닌 벌판, 혹은 사막이라면 아무리 무적의 고수라고 하더라도 혈랑단
의 상대가 될 수는 없다. 개개인이 무림의 고수 소리를 들을 수 있는
혈랑단원들이 혹독한 훈련을 통해 익힌 기마전술은 한 사람이 감당할
수 없는 것이었다. 한 주먹이 열 주먹을 상대할 수 없는 것처럼. 혈랑
단을 천하에 악명을 떨치게 만든 것도 소수 정예로 움직이면서 질풍노
도와 같이 상대를 치는 가공할 기마전술의 위력에 힘입은 바가 크다.
그러나 이곳 기련산에서 혈랑단의 기마전술은 무용지물이다. 아니, 아
예 말도 없었다. 기련산에서 말을 타고 돌아다닐 수는 없는 것이다. 혈
랑단은 기련산에 들기 전 평소 혈랑단과 은밀히 협조 관계에 있던 감
숙의 대풍목장(大風牧場)에 말을 모조리 맡겨놓고 왔었다.

 "도제의 신법은 너무 빨라서 우리가 포위할 수가 없다. 몇 사람씩
흩어진 채로 상대해서야 어찌 도제를 막을 수 있겠는가? 이런!'

 이후종은 즉시 신형을 날려 비밀 통로로 갔다. 적의 정체를 알게 되
자 전의를 상실한 것이다. 혈랑단은 도적이다. 그것도 가장 악질적인

도적들이다. 상대가 약하면 마음대로 가지고 놀지만 상대가 강하면 의리고 뭐고 없었다. 의리가 있었다면 협객(俠客)이 되었지 악질적인 도적이 되지는 않았을 것이다. 부하들이 분지의 입구에 모여 있으니 도제라고 해도 뚫고 들어오는 데 시간이 걸릴 것이다. 당장 도망쳐야 했다.

장무위는 부상이 어느 정도 회복되자 즉시 혈랑단이 있는 분지를 탐색하기 시작했다. 혈랑단의 움직임을 살피는 동안 부상은 완쾌될 것이다. 혈랑단이 자신을 방비하기 위해 어떤 수를 내고 있는지 알아볼 필요가 있었다.

장무위는 기척을 죽이며 조심스럽게 혈곡 쪽으로 다가갔다. 아니나 다를까, 협곡의 끝에 20여 명의 혈랑단원이 석궁을 들고 서 있는 것이 보였다. 뻔히 방비하고 있는 곳으로 정공을 시도할 이유가 없었다.

장무위는 즉시 분지의 절벽 위를 빙 둘러 신형을 옮기기 시작했다.

비밀 통로가 있다는 분지의 가장 깊은 쪽 절벽 위. 아래를 내려다보니 까마득했다. 이곳으로 침입할 사람은 없을 것이라 생각했는지 혈랑단은 아예 보초도 세우지 않고 있었다. 절벽이 높기는 하지만 조화구법으로 내려가지 못할 정도는 아니다. 그러나 장무위는 조화구법을 쓰지 않고 다른 방법을 써서 절벽을 내려갔다.

휙!

장무위는 아래쪽에 혈랑단원이 없음을 확인하자 바로 신형을 날렸다. 기를 돌워 전신을 가볍게 했으나 바닥이 점점 가까워지자 가속도가 붙어 낙하 속도가 점점 빨라졌다.

피이잉!

스쳐 가는 바람이 피부를 따갑게 할 정도가 되자 어느덧 바닥이 가

까워졌다. 바닥이 3장 정도 남은 지점에서 장무위는 현천도를 빼어 허
공으로 던지듯이 쭉 뻗었다. 그러자 급속하게 떨어지던 몸이 허공에서
주춤하더니 오히려 위로 조금 치솟는 듯했다. 도를 위로 뻗어내는 힘
에 몸을 맡겨 떨어지는 속도를 상쇄시켜 버린 것이다. 장무위가 바닥
에 닿을 때는 먼지 한 점 일지 않았다. 까마득해서 높이가 얼마나 될지
모르는 절벽을 뛰어내렸는데 먼지 한 점 일지 않는다는 것은 가히 기
문이고 괴사였다.

장무위는 바닥에 내려서자마자 절벽 하단의 동부 속으로 들어갔다.
보초가 있을 법도 하건만 쥐새끼 한 마리도 보이지 않았다. 절벽 아래
의 동부는 천연의 동굴을 가공해서 만든 듯 곳곳에 종유석이 늘어져
있고 횃불이 밝혀져 있었다. 통로를 따라가며 좌우로 몇 개의 석실이
있었다.

장무위는 비밀 통로를 폐쇄해 퇴로를 막고 혈랑단을 모조리 소탕할
생각이었다. 그래서 석실들을 빠르게 지나쳐 동부 깊이 들어갔다. 조
금 더 들어가니 좌우의 석실은 없어졌고 동부 속에 또 다른 동굴의 입
구가 보였다. 그곳에는 40대 후반으로 보이는 한 남자가 여러 개의 상
자를 열어놓고 금은보화를 나누고 있었다.

이후종은 부하들을 데리고 탈출할 생각을 포기하고 혼자만 몰래 도
망치기로 했다. 그래서 미리 챙겨놓은 상자에서 가장 값나가는 물건들
을 챙기고 있었다. 험한 기련산을 빠져나가야 했기 때문에 많은 물건을
짊어지고 갈 수가 없었다. 이후종은 가장 값나가는 보화를 챙기고 음식
과 두꺼운 옷가지들을 챙겨 짊어지고 갈 수 있게 잘 싸서 등에 짊어졌
다. 그리고 이제 두 번 다시는 오지 않을 혈랑동부를 죽 훑어보는 순간,

"허—억!"

이후종은 얼마나 놀랐는지 간이 입 밖으로 튀어나올 뻔했다. 바로 눈앞에 도제가 서 있는 것이다.

장무위는 40대 후반의 간사하게 생긴 사람이 하고 있는 짓을 보자 혼자만 몰래 도망가려 한다는 것을 알고는 기가 막혔다.

'세상에 이렇게 나쁜 놈이 있나? 위험이 닥치자 동료들을 버려두고 저 혼자 살자고 도망을 가?'

혈랑단이 나쁜 놈들이라고는 하지만 이놈은 그중에서도 가장 악질로 보였다.

"내 세상에 너같이 치사한 놈이 있는 줄을 첨 알았다. 살아 있어도 세상에 해만 끼칠 놈이로구나."

장무위가 현천도를 치켜들며 말하자 이후종은 완전히 전의를 상실하고 덜덜 떨었다. 나무는 그늘이고 사람은 이름이라고 몰랐으면 두려움 없이 상대할 수 있었겠으나 이미 상대가 무적의 고수라는 도제임을 알고 난 후였다. 이후종 같은 인물이 어찌 대적할 생각을 할 수 있으랴.

"대, 대협! 사, 살려만 주십시오!"

이후종은 바로 무릎을 꿇고 손이 발이 되도록 빌기 시작했다. 악질적인 인간일수록 자신의 몸은 귀하게 생각하는 법이다. 위험이 닥치자 용기고 뭐고 아무것도 없었다. 그저 눈앞이 캄캄해지면서 살아야 한다는 생각밖에 없었다.

"닥쳐랏! 너도 남자라면 칼을 들고 덤벼라! 그렇지 않으면 그 꼴로 목이 달아날 것이다!"

장무위가 버럭 소리를 지르며 현천도를 들어 이후종의 목을 치려다 대항하지 않는 상대에게 살수를 쓸 수가 없어 상대가 손을 쓰기를 기다렸다.

이후종은 장무위의 위협에 간신히 몸을 일으키긴 했으나 어찌 도를 뽑아 들겠는가? 이후종으로선 무릎이 떨려 제대로 서 있기도 힘들 지경이었다.

"사, 살려만 주십시오. 죄를 뉘우치고 서, 선량하게 살겠습니다."

"음……."

장무위는 상대의 추한 모습에 구역질이 날 지경이었으나 무릎을 꿇고 후들후들 떨고 있는 상대에게 살수를 쓸 수는 없었다.

"좋다. 살려주겠다. 그러나 너의 단전을 폐하겠다."

하면서 현천도를 휘둘렀다.

"윽!"

이후종은 살려준다는 말에 단전을 폐한다고 해도 그저 기쁘기 그지없었지만 산공(散功)의 충격을 견디지 못하고 의식을 잃어버렸다.

"혈랑단은 정말 지저분한 인간들만 모인 곳이구나."

장무위는 잠시 의식을 잃고 쓰러진 이후종을 바라보다 곧 시선을 들어 비밀 통로의 크기를 눈대중해 보곤 주위에 늘어서 있는 종유석을 도강을 이용해 잘랐다.

쿠웅!

수천 근이 나가는 종유석의 파편이었으나 2갑자 반이 넘는 내공을 전력으로 운용해 종유석을 밀어보자 움직였다. 장무위는 종유석을 밀어서 비밀 통로를 꽉 틀어막았다. 그 상태로 종유석을 뺄 수 있나 움직여 보았으나 자신도 간신히 밀어넣기만 했지 뺄 수는 없었다. 동부를 빠져나오자 분지의 입구에서 덜덜 떨면서 협곡을 바라보는 20여 명의 혈랑대원들의 뒷모습이 보였다. 나머지 인원들은 어디에서 휴식이라도 취하고 있는가 보다.

흑호 이정은 단원들을 지휘하며 협곡을 뚫어지게 주시하고 있었다.

'그래, 아무리 고수라 하더라도 이 석궁이 어떤 것인가? 수십 발의 석궁을 모두 피할 수는 없을 거야.'

서역에서 거금을 주고 들여온 석궁이었다. 먼 거리에서는 일반 활보다 못하지만 사정 거리 내에서는 무시무시한 위력을 발휘한다. 정확하게 조준해서 쏠 수도 있고 발사에 필요한 시간도 짧다. 좋은 쪽으로 생각하며 스스로를 위안하고 있던 흑호는 뒤에서 휘익! 하는 바람 소리가 들리는 듯하여 고개를 돌려보다 눈이 둥그레졌다. 먼 거리를 새처럼 훌훌 날아와 자신을 덮치는 흑의사내.

"뒤, 뒤……."

뒤에 적이 나타났다고 소리를 지르려 하던 흑호 이정은 안면에 강한 충격을 느끼고는 의식을 놓아버렸다. 20여 명의 혈랑단원들은 흑호의 소리를 듣고 즉시 몸을 돌렸으나 검은 바람이 휙 불었다 싶은 순간,

"윽!"

하는 외마디 비명과 함께 의식을 잃어버렸다. 제대로 석궁을 날린 혈랑단원은 다섯 명도 되지 않았다. 그나마 순식간에 다 제압당해 버렸다. 전면만 뚫어지게 주시하고 있다가 후방에서 급습을 받았으니, 그것도 수준의 차이가 하늘과 땅 차이만큼이나 나는 고수의 습격을 받았으니 방비하는 것은 불가능했다. 도라도 손에 들고 있었으면 어찌 방비할 수도 있었겠지만 모두 석궁을 손에 들고 있었다.

장무위는 쓰러진 20명의 혈랑단원들의 단전을 도기를 일으켜 모두 베어버리고 즉시 신형을 날려 분지 내에 죽 늘어서 있던 집에서 뛰쳐나오는 혈랑단원들을 맞이갔다. 그리고 그날부로 천하에 악명을 떨치

던 혈랑단은 사라졌다.

이틀 후 장무위는 동부 앞의 높은 단상 같은 곳에 서서 아래쪽을 내려다보면서 큰 소리로 말했다.

"나를 원망하지 말고 너희들이 살아온 삶을 원망해라!"

강제로 무릎이 꿇려진 혈랑단원 중에는 아직도 일이 어떻게 된 것인지 모르는 사람도 있었다.

'저놈은 도대체 누구야? 왜 우리들을 찾아와 이렇게 독수를 쓰지?'

개중에 용기있는 한 혈랑단원이 말했다.

"도대체 당신은 누구시기에 우리를 이렇게 험하게 대하는 것입니까?"

장무위는 그 혈랑단원의 말을 듣고 기가 막혔다. 혈랑단이 한 짓에 비하면 장무위는 정말 얌전하게 그들을 대하고 있는 것이나 마찬가지였다. 물론 장무위가 당사자는 아니었지만 장무위 아닌 어떤 사람이라해도 절로 이가 갈릴 나쁜 놈들이 바로 혈랑단이었다. 장무위는 세 명을 살해한 뒤 마음에 약간의 거리낌이 있었지만 지금은 오히려 앞에 무릎을 꿇고 있는 놈들마저 다 죽여 버리고 싶은 충동이 일었다.

"험하게 대해? 너희들이 남에게 하던 것에 비하면 이것은 아무것도 아닐 것이다. 그 딴 소리를 한 번만 더 한다면 내 자비를 바랄 수 없을 것이다. 나는 장무위다!"

"헉! 도, 도제 창천신룡 장무위?!"

개중에 강호의 소식에 빠른 한 단원이 소문을 들은 적이 있다는 듯 떠듬거리며 소리쳤다. 그 소리를 듣고 기회가 되면 도망칠까 엿보고 있던 혈랑단원들은 모두 도망가는 것을 포기해 버렸다.

도망친다고 한들 벗어날 수 있는 가망은 없었다. 단전이 파괴되어 범인보다 약한 체력을 가지고 겨울의 기련산을 빠져나간다는 것도 어려웠으나 상대가 당금의 천하제일고수일지도 모르는 도제라고 하면 사방으로 도망간다고 하더라도 쉽게 잡히고 말 것이다. 한마디로 혈랑단의 재앙이었다. 평생 남들의 고통을 즐기고 남들의 절망을 기쁨으로 받아들였던 혈랑단원들은 이제 자신들이 어떻게 될 것인가 하는 두려움에 모두들 부들부들 떨기 시작했다.

장무위는 그런 혈랑단원들을 한 번 훑어보고 자신이 본 광경을 과연 저놈들이 저지른 것이 맞나 하는 생각이 들었다. 지금의 혈랑단원들은 그런 악독한 짓을 저질렀던 사람들이라고 보기 어려운 불쌍한 모습들이었다.

혈랑단을 모조리 제압한 장무위는 분지를 뒤져 보다 입에서 욕이 저절로 나올 광경을 보게 되었다. 분지 내에 있는 한 창고 같은 건물 속에는 150명가량의 여인들이 완전 나체로 쇠사슬에 묶여 있었다. 온몸에는 별의별 상처들이 가득했다. 두툼한 털옷을 입어도 얼어 죽을까 걱정을 해야 할 추운 기련산 속이었다. 창고 속에 커다란 난로가 하나 있었지만 난로에서 조금 떨어진 구석 쪽으로만 가도 한기가 심해 옷을 벗고 버틸 수 있는 장소가 아니었다. 외풍도 심했다.

여인들을 묶은 쇠사슬을 도강으로 다 잘라 버리고 혈랑단원의 옷을 구해다 주었지만 난로에서 멀리 떨어진 곳에 있던 여인들은 거의 빈사 지경이었다. 난로 주위에 있던 여인들도 장무위가 구출해 주자 안도감에 늘어져 장무위가 가져다 준 옷을 챙겨 입는 사람이 없었다. 장무위는 차마 벌거벗은 여인들을 그대로 보고 있을 수 없어 몸을 돌리며 말했다.

"혈랑단원은 모두 제압했소이다. 그러니 걱정 마시고 일단 옷부터 입으시오. 그리고 병자들은 내가 치료할 테니 따로 모아주시오.”

장무위가 등을 돌린 채로 말하자 개중에 먼저 정신을 차린 여인들이 나서서 서로 도와가며 옷을 입었다.

“예.”

“모두 옷을 입었습니다.”

돌아보니 한 30대 초반쯤 되어 보이는 여인이었다.

“음… 병자들은 어디에 있소?”

장무위는 이런 환경이라면 병자들이 많이 생길 것이라고 생각하고 병자들을 따로 모으라고 했는데 병자들을 찾을 수 없자 물어보았다. 들려온 대답은 장무위가 절로 이를 갈게 만드는 소리였다.

“병든 사람들은 모두 죽임을 당했습니다.”

앞으로 나선 30대 초반의 여인이 말했다. 여인의 말에 따르면 처음에 200명가량 이곳에 잡혀왔는데 수치심을 이기지 못하고 혀를 문 사람이 열 명 정도 되고 40명 정도는 정신적, 육체적 고통을 이기지 못하고 병이 들었는데, 병이 들면 혈랑단이 가차없이 죽여 버렸다는 것이다.

“이런 천벌을 받을 놈들을 봤나!”

장무위의 입에서 절로 분노에 찬 살성이 터져 나왔다. 자꾸 살심이 끓어오르는 것을 참기가 어려울 지경이었다. 수십 년간 이렇게 했으면 도대체 얼마나 많은 여인들이 희생됐을 것인가.

“여러분들 모두 일단 몸부터 추스르기 바라오. 이 상태로는 기린산을 벗어날 수 없을 것 같소. 그리고 지금 기력이 있는 분들은 음식물을 찾아서 먹을 거리를 장만해 주시오.”

여인네들은 혈랑단이 사용하던 집을 사용하고 이번엔 혈랑단원들이 창고에 갇혔다. 장무위는 아예 중앙에 있는 난로의 불을 꺼버렸다. 단전에 큰 상처를 입은 혈랑단원들은 이를 부득부득 갈면서 빙고(氷庫)에서 이틀을 보냈다. 물론 음식도 주지 않았다. 그 단 이틀 사이에 혈랑단은 얼마나 고생을 했는지 장무위가 시키는 대로 고분고분 말을 듣지 않는 놈이 없었다.

단상에 서 있는 장무위가 진기를 돋워 이야기를 시작했다.

"지금부터 너희들이 살고 죽는 것은 모두 한 가지 일을 제대로 기억하느냐 못하느냐에 달려 있다!"

잘만 하면 살 수도 있는 일이라 흐리멍덩하던 혈랑단원들의 눈에 갑자기 빛이 어리기 시작했다.

"12년 전 왕청기란 분의 장원을 습격한 적이 있을 것이다. 그 일에 대해서 자세하게 기억하고 있는 놈은 나와라. 내가 만족할 만한 이야기를 들을 수 있다면 너희들을 놓아주겠다."

며칠 동안 빙굴에서 추위와 굶주림에 녹초가 되었던 혈랑단원들은 그 일에 자신들의 목숨이 걸려 있음을 자각하고 안 돌아가는 머리를 소리가 나도록 마구 굴리기 시작했다.

그런데 의외로 그 사건을 기억하고 있는 놈들이 많았다. 무려 황금 500냥이 넘는 큰 건이었기 때문이다. 황금 500냥이라면 은자로 무려 만 냥이었다. 은 한 냥을 아껴 쓰면 4인 가족이 여섯 달을 산다. 은 만 냥이라면 가히 천문학적인 금액이었다. 그렇게 큰 건이었으니 십수 년이 흘렀음에도 기억하고 있는 놈들이 많았던 것이다. 장무위는 심문을 통해서 왕청기의 딸 이름이 왕혜정(王慧晶)이고 당시 몽골의 한 장군에게 노예로 팔려갔다는 사실을 알게 되었다.

"약속대로 죽이지 않겠다. 너희들은 이미 무공이 전폐되었으니 이제 남을 해치고 싶어도 할 수 없을 것이다. 이곳에서 살아 나가는 놈들은 앞으로 갱생하기 바란다. 모두 꺼져라!"

"감사합니다요."

개똥밭을 뒹굴어도 저승보단 이승이 나은 법이다. 혈랑단원들은 무공이 전폐된 상태로, 더군다나 맨몸으로 이 엄동설한의 겨울에 기련산을 빠져나가기가 하늘의 별을 따는 것만큼이나 어렵다는 것을 잘 알고 있었지만 어둠침침한 창고에 갇혀서 얼어 죽고 굶어 죽는 것보다는 낫다고 생각하고 연신 굽실거리면서 빠져나갔다. 누가 무슨 소리를 하더라도 삶은 죽음보다 좋은 것이다.

혈랑단원들이 한참 굽실거리면서 빠져나가는데 장무위의 벼락같은 호통 소리가 터졌다.

"모두 멈춰라!"

혈랑단원들은 살려준다고 해놓고 바로 말을 바꾸어 자신들을 죽여 버릴까 해서 부들부들 떨면서 장무위를 돌아보았다. 죽음을 각오하면 겁쟁이도 용감해질 수 있다. 그러나 용감하던 사람들도 막다른 골목에서 한 가닥 살길이 보이면 비겁해진다. 혈랑단은 그것을 이용해서 쥐를 가지고 놀 듯 포로로 잡은 사람들을 돌려보낼 듯이 말해서 반항을 못하게 하고 자신들의 볼일을 다 보고 나면 돌아서서 죽여 버렸다. 혈랑단이 즐겨 쓰던 수법이었다. 몸값을 두둑하게 낼 수 있는 사람이 아니라면 혈랑단에게 잡혀서 살아난다는 것은 상상도 못할 일이었다.

"이런 죽일 놈들을 보았나! 그래도 한때의 동료였건만 쓰러진 동료들을 그냥 버리고 가? 당장 이놈들을 부축해서 같이 가지 못하겠느냐!"

혈랑단원들이 빠져나온 곳을 보니 다 죽어가는 10여 명의 인물이 있었다. 단전에 큰 부상을 입은 채 치료도 못 받고 빙굴 같은 곳에서 이틀을 굶었으니 벌써 몇 명은 사경을 헤매고 있었던 것이다. 회호리 이후종과 귀면살 강추삼도 그곳에 끼어 있었다. 혈랑단원들은 부랴부랴 다 죽어가는 동료들을 업고 계곡을 빠져나갔다.

장무위는 그 꼴을 보고 몇 놈이나 살아서 기련산을 빠져나갈지는 모르겠지만 아마 극소수이리라고 생각하니 좀 안됐다는 생각도 들었지만 혈랑단의 만행을 생각하고는 곧 그런 생각을 접어버렸다.

장무위는 겨울을 이곳에서 보내고 날이 풀리면 여인들을 이끌고 기련산을 벗어나기로 했다. 이 한겨울에 시달릴 대로 시달려 심신이 극도로 허약해진 150여 명의 여인들을 이끌고 기련산을 벗어날 수는 없었다.

이후종이 비밀 통로 앞에 쌓아놓았던 상자에서는 엄청난 보화가 발견되었다. 황금으로 무려 200냥이나 되었다. 장무위는 여인들에게 일인당 황금 한 냥씩을 나눠 주고 나머지는 장무위 자신이 보관했다.

여인들은 집으로 돌아간다고 해도 제대로 된 생활이 힘들 것이다. 이미 혈랑단에게 만신창이가 된 사실을 가족들이 이해해 줄 것이라고 생각하는 여자들은 몇 없었다. 황금 한 냥이라면 은 20냥이다. 아껴 쓰기만 하면 작은 집을 하나 사서 몇 년은 살 수 있을 것이다.

그렇게 열흘 정도 지나자 여인들도 이제 기력을 되찾았고 혼란스런 정신도 어느 정도 안정이 됐는지 그제야 장무위에게 은공이라 하며 감사를 표했다. 기련산의 겨울이 지나려면 아직도 3개월은 더 있어야 했다. 장무위는 봄이 오면 몽골로 가서 왕혜정을 찾아봐야겠다고 생각하고 마음 편하게 수련을 하기로 했다.

이번에 장무위는 그 뛰어난 무공으로도 심각한 부상을 입었다. 활이란 원거리 무기에 적절한 대응을 못했던 것이다. 혈랑단이 불의의 공격에 우왕좌왕하지 않고 제 실력을 발휘했다면 장무위는 다시 햇살을 볼 수 없었을지도 몰랐다. 앞으로 원거리 무기에 대한 대응 방법을 보완해야 할 것이다. 그리고 호신강기를 펼칠 수 있는 방법도 찾아보기로 했다.

계곡 속에는 세 개의 창고가 있었는데 하나는 여인들이 갇혀 있던 창고였고 다른 하나는 음식물을 비축해 놓은 창고였다. 나머지 하나는 의복류와 기타 필요한 물품을 모아놓은 창고였다. 그러나 어디에도 여인들이 입을 옷은 없어서 150여 명의 여인들이 솜씨를 발휘해 혈랑단의 옷을 자르고 이어서 대충 자신들이 입을 수 있게 만들기는 했지만 역시 이상했다. 피폐해진 몸과 마음을 지닌 이상한 옷차림의 여인들을 보는 것은 마음 편한 일이 아니었다. 그러나 시간이 흐르면서 여인들도 웃음을 되찾고 활기를 띠어갔다. 그렇지만 가슴속 깊숙이 자리한 상처가 완전히 사라지려면 얼마나 시간이 걸릴지는 아무도 모르리라.

여인들은 무림에 대해서 몰랐지만 장무위가 혼자서 이곳으로 찾아와 흉신악살 같은 혈랑단 전원을 제압하는 것을 보았으므로 그를 거의 신적인 존재로 생각하고 지극 정성으로 모셨다.

신적인 존재가 아니더라도 한목숨 살려준 은공이니 어찌 소홀히 할 수 있으랴. 장무위가 오히려 불편을 느낄 정도로 여인들은 지극 정성을 다했다. 여인들이 생기를 되찾자 장무위는 그제야 수련에만 전념할 수 있었다.

제10장

박효양(朴曉陽)

박효양(朴曉陽)

한편 장무위가 천진을 떠났을 무렵 조선에는 한 명의 신선과 같은 노인이 나타나 협행을 시작했다. 그 노인은 인술을 베풀어 병든 사람들을 무료로 고쳐 주었고 힘을 믿고 악을 행하는 자가 있으면 가차없이 베어버리며 조선팔도를 돌아다녔다. 백성들은 그런 노인을 보고 생불(生佛)이니 활불(活佛)이니 하면서 존경하지 않는 이가 없었다.

당금의 임금은 덕이 높아 선정을 하였다. 아래 관리들도 임금의 본을 받아 자기가 맡은 지역을 잘 다스리고 관의 힘이 못 미치는 곳에는 그 신선 같은 노인이 나서서 악도들을 쓸어버리니 조선은 태평성대(太平聖代)를 구가하고 있었다.

그런데 시간이 흐르자 그 신선 같은 노인을 경원시하는 사람들이 점점 늘어났다. 천인공노(天人共怒)할 악행을 저지른 것도 아니고 먹고 살기 힘들어 한목숨 부지하고자 산적이 된 사람이나 단순한 도둑질을 한 사람도 그 노인에게 걸리면 모조리 떼죽음을 당하는 것이었다. 결국 노인의 행동이 너무 지나치다 해서 관에서는 노인에 대한 수배를 내렸고 조선의 무인들도 노인의 행동을 제약하려고 했다.

그러나 관에서는 아예 노인의 행적을 쫓지도 못했고 심심산천(深深山川)에서 수련하던 조선의 무인들도 노인의 상대가 되지 못했다. 아무도 노인의 살행(殺行)을 막을 수가 없었다. 그렇게 5개월 정도가 지나자 악을 행하는 자들은 없어졌지만 노인의 살명(殺名) 또한 높아져 사람들은 오히려 노인을 두려워하게 되었다. 결국 당대의 해동제일검 최광이 추적 끝에 노인의 앞을 막아섰다.

노인은 최광이 한눈에 보기에도 이제까지 만난 다른 사람들과는 질적으로 다른 고수라는 것을 알아보고 질문했다.

"자네는 누구며 왜 내 앞을 막아서는가?"

"나는 최광이란 무명소졸이오이다. 그대의 살명이 천지를 진동하니 내 비록 힘이 없다 하나 막아서지 않을 수 없었소이다."

노인은 최광의 말을 듣고는 노기가 치솟아서 당장에 베어버리고 싶은 충동을 느꼈다. 그러나 정기 어린 최광의 눈을 보고는 한민족의 인재라 생각되어 해치고 싶은 충동을 억눌렀다.

"살명이 천지를 진동한다? 악을 행하는 자들을 하나하나 계도하기에도 내 남은 시간이 많지 않아. 그래서 과하게 손을 썼다는 것은 내 인정하지. 그러나 착한 백성들을 위해 악을 정리하는 게 잘못된 것인가?"

"그대의 선행에 대해서 내 누차 들었소. 그래서 항시 존경의 염(念)을 품고 있었소이다. 그러나 악을 행한 자라 해도 그 죄가 가벼운 경우에는 갱생의 기회를 주어야 하는데 그대는 모조리 명을 거두어 버리니 이 어찌 두렵다 하지 않겠소이까? 한목숨 연명하고자 음식을 도둑질한 자들조차 악을 저질렀다 해서 목숨을 거두니, 이는 오히려 악을 행하는 것이나 마찬가지라 할 수 있소."

그 말을 듣자 노인은 탄식했다.

"나 박효양은 한때의 잘못된 판단으로 270년을 고행만 했다. 이제 죽을 날이 얼마 남지 않음을 알고 평생 배운 것을 우리 착하고 힘없는 백성들을 위해 베풀고자 하여 악을 멸하였는데 오히려 모두들 나를 두려워하고 경원시하는구나."

최광은 노인이 자신과 비슷한 연배가 아닐까 생각하고 말을 했는데 노인의 말을 들어보자 300살에 가깝다고 하니 믿을 수가 없었다. 인간이 어찌 그렇게 오래 살 수 있겠는가? 탈태환골이라도 하지 않는다면 절대로 그렇게 살 수 없단 것을 최광은 잘 알고 있었다. 그러나 사실이든 아니든 노인이 자신보다 나이가 많다고 말을 했으니 예의를 지키지 않을 수 없다.

"당금의 조선에는 성군이 즉위하시어 백성들을 따뜻하게 보살피시니 어르신도 더 이상의 살업을 행하지 마시길 바랍니다. 죄인은 나라의 법으로 죄를 다스리는데 어르신이 나서서 죄인들을 다스리는 것은 오히려 국법을 어기는 범법 행위라 할 수 있습니다."

박효양은 최광의 진지한 눈을 보며 한참 동안 자신만의 세계로 들어갔다.

'악을 멸하기 위해 악을 행한다……. 이것은 안 될 말이로다. 그렇구나! 내 너무 쉽게 생각했구나. 백성들을 위하고자 하는 내가 오히려 나라의 법을 어기는 행위를 했어. 휴, 이제 성군이 즉위했다 하니 조선에서 내가 할 일은 없겠구나.'

생각에 잠겨 있던 박효양은 겉보기에는 50대로 보이는 최광을 한참 동안 뚫어지게 쳐다보았다. 그리고는 슬쩍 기세를 일으키며 말했다.

"자네는 이미 심검의 경지를 완성하였구먼. 젊은 나이에 대단해. 나보다 몇십 년은 빨라 보이는군. 그래, 내가 어찌했으면 좋겠는가?"

최광은 갑자기 노인의 전신에서 가공하다고밖에 말할 수 없는 기세가 표출되자 순간적으로 정신이 아찔했다. 전신에 후광처럼 어리는 기세는 최광이 평생 본 어떤 고수보다 더 위엄이 있었다.

'도대체 이 노인의 정체는 무엇일까? 어찌 인간의 몸에서 이런 기세가 뿜어져 나올 수 있을까?'

노인이 처음에 말할 때 270년을 고행만 했다고 했는데 아무래도 그 말은 거짓이 아닌 것 같았다. 최광은 노인의 기세를 간신히 받아내고 공손히 예를 취하며 말했다.

"박 어르신께서 살업을 중지하시는 것 이외에 다른 것은 제가 말씀드릴 필요도 없는 것 같습니다."

최광이 의외로 담담히 말을 하자 박효양의 눈에 한 가닥 미묘한 기색이 스치고 지나갔다. 자신이 일으키는 기세를 보고도 금세 안정을 취하는 것이다.

"음, 성군이 즉위하시어 백성을 돌보시니 그 또한 민족의 큰 기쁨이라……. 내 자네의 말대로 하겠네."

"박 어르신, 감사합니다."

박효양도 배움이 낮은 사람이 아니었다. 최광의 말을 듣고 자신의 행동이 잘못되었음을 금세 인정했다. 원래 박효양은 조선에 들어와 형제들의 후손을 찾아 도우고자 했었다. 그러나 여말선초(麗末鮮初)의 혼란한 시대 상황에서 다들 뿔뿔이 흩어지게 되었는지 도무지 찾을 수가 없었다. 그래서 남은 인생을 백성들을 위하여 선행을 하고자 했을 뿐이었는데 이상하게 손을 쓰기만 하면 독수를 쓰게 되었다. 최근 들어서는 자꾸만 살심이 일어나 스스로 억제하기조차 힘들었다. 지력(智力)도 자꾸 흐려지는 듯했다. 잘못하다간 큰 혈겁을 일으킬지도 몰랐다. 그래서 속으로 한숨을 쉬며 앞으로 어찌할까를 생각하다 조선을 떠나야겠다고 결심했다.

"자네라면 어쩌면 가능할지도 모르겠네. 이것을 받게."

박효양은 천단부에서 가지고 온 천단진경 세 권을 품에서 꺼내 최광에게 건네주었다.

"이것은 우리 민족의 진경(眞經)이자 보물이라고 할 수 있네. 그러나 내 눈에는 이것이 보물로만 보이지는 않아. 내 인생을 바꿔 버리고 평생을 좁은 굴에 묶어둔 마물(魔物)이기도 해. 내 이것을 없애 버리려고 하다가 민족의 진경이라 생각하고 간신히 참았네."

최광은 박효양이 자신에게 왜 이런 책을 줄까 생각했지만 우리 민족의 진경이라 하니 일단 무슨 책인지 한번 살펴는 봐야겠다고 생각하고 건네는 책을 받아 들고 들춰 보았다. 그리고 최광은 대경해서 손을 떨었다.

"이, 이것은 무성의……?!"

"맞아. 우리 한민족이 배출한 고금제일고수 무성의 무공이야. 일단 갈무리하게."

최광은 염치없는 사람이 아니었다. 아무리 보물이라 한들 이유없이 받을 수는 없었다. 최광은 떨리는 마음을 간신히 진정시키고는 사양했다.

"저에게 왜 이런 진경을 주시는지요? 저는 이것을 받을 이유가 없습니다."

그렇지만 박효양은 최광이 내미는 책은 거들떠보지도 않고 최광의 눈만 뚫어지게 보면서 말했다.

"내 자네가 누군지 이미 여러 번 들어 알고 있네. 우리 조선의 제일가는 고수 최광이가 맞지?"

"부끄럽습니다. 제일고수는 아니지만 저의 이름이 최광인 건 맞습니다."

"자네에게 그것을 주는 이유는 내가 본 사람들 중 자네가 가장 나은 듯해서야. 무형검에 한번 도전해 보게. 내 평생 그것을 익혔으나 아직 무형검은 보지 못했네. 자네가 받지 않겠다면 이 책은 자네가 직접 없애 버리게. 세상에 알려지면 피바람을 부를지도 모르니."

최광은 박효양이 그렇게 말하자 더 이상 사양할 수가 없었다. 솔직히 자신도 무형검에 도전해 보고자 하는 욕심이 생겼던 것이다.

"예, 잘 알겠습니다. 소중히 보관하고 유출되지 않도록 하겠습니다."

"절대로 그것을 무리해서 익히지 말게. 스스로 못 미친다 생각하면 과감히 덮어버리게. 알겠는가? 내 자질이 모자람에도 욕심을 부려 평생을 헤어나지 못했네. 자네는 그런 과오를 저지르지 말게나. 난 그만 가야겠네. 잘 있게나."

박효양은 말을 마치자마자 신형을 날렸다. 최광이 막고 어쩌고 할 새도 없이 박효양의 신형은 까마득히 사라져 버렸다.

마치 한 마리 봉황이 비상하듯 하늘을 날아가는 박효양을 보자 최광은 자신의 무공이 이만하면 됐다고 스스로 만족해했던 것을 부끄러워하지 않을 수 없었다. 사람이 허공을 날 수 있다는 것은 이미 10년 전에 심검을 완성한 최광도 눈으로 직접 보지 않았으면 절대로 믿지 못할 일이었다.

박효양은 자신이 심마에 들었다는 것을 느끼기 시작했다. 어떤 행동을 하고 나서 '내가 왜 그랬지?' 하는 경우가 종종 생겼다. 사소한 일에도 화가 치밀고 별것 아닌데도 실수를 썼다. 이러다 자칫 잘못하면 민족에 큰 해를 입힐 수도 있겠다는 생각이 들자 살고 싶은 생각이 사라졌다. 천단부로 가서 그곳에서 목숨을 끊어버리려 생각하고 신형을 날리던 박효양은 뇌리 속에서 다음과 같은 생각이 들자 진행 방향을 바꾸었다.

'심마가 들었다고 해도 우리 민족이 없는 곳에 있으면 무슨 상관이 있으랴. 착하고 순한 우리 민족을 항상 침략하고 수탈하려던 외적들의 나라로 가야겠다. 거기라면 살심이 일어도 우리 민족이 다칠 일은 없을 것이니 꺼릴 이유가 없지. 부모님이 주신 생명을 내 어찌 마음대로 끊으려고 했을까? 그래, 여행이나 다니자. 젊은 날처럼 세상을 여행하며 남은 시간을 보내자.'

박효양은 다른 민족이 있는 곳에서는 살심이 일어도 된다는 그 생각 자체가 이미 심마임을 깨닫지 못하고 서쪽으로 신형을 날렸다.

제11장

돈벼락 맞은 조일봉

돈벼락 맞은 조일봉

조일봉은 곤륜으로 가서 능운검 초무량에게 비무를 청해서 상갓집 개 꼴을 만들어 버리고 천진으로 다시 돌아왔다. 개방의 연락으로 장무위와 길이 엇갈린 것을 알았지만 한겨울에 험난한 기련산맥까지 찾아가서 만날 수는 없었다. 어디 약속이라도 해놓지 않은 이상 만날 확률은 전무했다. 그래서 조일봉은 천진의 집에서 빈둥거리며 시간을 보내고 있었다.

조일봉은 곤륜에서의 일을 생각할수록 통쾌한 기분을 감출 수가 없었다. 비무할 때 초무량이 아예 항복할 틈을 주지 않고 계속해서 몰아쳐 전신의 옷을 갈가리 찢어버렸고 칼등으로 초무량의 전신을 녹녹하게 만들어주었던 것이다. 잔인한 처사에 곤륜의 전 문도들이 분노했으나 감히 조일봉에게 검을 들지 못했다. 조일봉의 뒤에는 도제 창천신룡이 버티고 있는 것이다. 어금니를 질끈 깨물며 분을 참는 곤륜 문도

들을 한눈으로 보면서 조일봉은 초무량에게 다시 한소리 했다.

"실력도 없으면서 어찌 실력이 있는 체하는 것이오? 전에 초 소협이 하도 당당하게 보여 절세고수인 줄 알았는데 이거 실망이오. 앞으로 피나는 수련을 해서 내 칼을 막을 자신이 있으면 도전해 보시오."

상갓집 개 꼴을 하고 처량하게 쓰러져서 의식마저 몽롱하던 초무량은 그 소리를 듣고 전신에 힘이 생겼는지 갑자기 온몸을 부들부들 떨었다. 그러나 조일봉은 크게 한바탕 웃어주고는 곤륜을 떠났다. 좀 심했나 하는 생각이 눈곱만큼 들기도 했지만 사부님의 빚까지 한꺼번에 갚기 위해서는 좀 과해야 했다. 다시 생각해도 미안한 마음보다는 통쾌함이 더 컸다.

"푸—하—하—하!"

한참을 크게 웃었다. 그러다 지금의 계절을 생각하곤 자신이 지금 어디에 있는지를 깨달았다.

"으으, 춥구나. 이 겨울에 기련산을 찾아가서 뒤지는 것은 불가능하고… 어찌한다?"

조경(造景)을 위해 마당에 가져다 놓은 기묘하게 생긴 큰 바위 위에 앉아 있던 조일봉은 찬바람이 불고 지나가자 몸을 떨었다. 장무위가 떠난 지 벌써 보름이 넘었다. 조일봉은 5일 전에 천진에 도착했다. 바로 좇아갔다 해도 따라잡을 확률이 없어서 여기서 무작정 기다리는 중이었다. 조일봉은 청해에서 나고 자라 겨울의 기련산이 얼마나 무서운지 잘 알고 있었다.

'장 형님이야 괜찮겠지만 지금의 나는 한겨울의 기련산에서 버티기 어려워.'

조일봉이 그런 생각을 하면서 바위에 앉아 청승맞게 떨고 있는데 조일봉이 고용한 하녀가 손님이 찾아왔다고 알려왔다.

조일봉은 이번에 곤륜으로 갈 때 장무위에게서 은 100냥을 받았었다. 먹을 것 다 먹고 없는 것은 찾아서 먹으며 필요한 것은 다 사서 쓰며 여행을 했는데도 불구하고 82냥이 남았다. 그래서 인근 반점에 예약한 음식이 오면 차리기도 귀찮고 형님이 없을 때 형님의 집 관리도 해야겠다고 생각하고 금도문의 도움을 받아 하녀 두 명을 고용했다. 조일봉은 누워서 빈둥거리기만 하면 되었다.

그러다 손님이 왔다는 소리에 조일봉은 벌떡 일어나 대청으로 갔다.

"뉘라 하시더냐?"

조일봉이 제법 연륜이 묻어나는 말투로 물었다.

"광명교주의 명을 받고 온 사자(使者)라 합니다."

"모시고 오너라."

하녀가 10여 명의 사람을 안내해서 들어오자 조일봉이 자리에서 일어나 그중 앞에 선 사람을 보고 포권하며 말했다.

"어서 오시오. 그래, 광명교주의 사자가 여긴 어쩐 일로 오셨소? 형님을 찾아오신 거라면 지금 자리에 계시지 않습니다만?"

"신주이십사인의 십영 중에서도 가장 이름 높으신 패도 조 대협을 뵙게 되어 영광입니다. 저는 도상(都尙)이라 합니다. 교주님의 친서를 조 대협께 전해 드리고자 왔습니다."

광명교주의 사자라는 도상은 40대의 날렵하게 생긴 중년인이었다. 도상은 포권한 후 조일봉에게 서찰을 내밀었다. 조일봉은 사자가 내미는 서찰을 받으며 긴장했지만 다행히 읽을 수 없는 글자는 몇 글자 없었다. 내용은 장황했지만 결론은 '앞으로 친하게 지내자' 였다. 속으로 남몰래 한숨을 쉰 조일봉은 광명교주가 중원으로 세력을 확장하면 혈풍이 일 조짐이 있지만 자신과는 상관없는 일이라고 생각했다. 밥그릇을 놓고 싸우는데 빼앗길 밥그릇이 없는 조일봉이 상관할 일이 무엇이 있겠는가.

"광명교주께서 저를 좋게 봐주시니 저도 감사할 따름이오. 하하하! 자자, 앉아서 말씀 나눕시다."

"감사합니다. 조 대협의 호탕한 기상과 뛰어난 풍모를 뵈니 교주께서 조 대협을 높이 보시는 이유를 알 것 같습니다."

조일봉은 자신의 기상이야 그렇다 치더라도 어떤 풍모가 특히 뛰어난가 묻고 싶었으나 처음 보는 사람에게 그럴 수는 없는 일이라 겸양의 미덕을 보였다.

"하하하, 그 무슨 과찬의 말씀을……."

"교주님께서 조 대협과 교분을 나누지 못함을 안타까워하시며 전해 드리고자 하시는 것이 있습니다. 받아주십시오."

"나에게 전하고자 하는 것이 있단 말씀이오?"

"예. 평소 조 대협을 흠모하는 우리 광명교의 순.수.한. 정성입니다."

도상이 '순수한' 이란 단어에 억양을 넣어서 말하자 조일봉은 괜히 꺼림칙해지는 기분을 떨쳐 버릴 수 있었다. '주는 것을 사양하면 호탕하다고 할 수 없겠지' 하고 생각하고 '무엇을 줄 것이냐' 란 눈빛을 도상에게 보냈다. 도상이 뒤를 돌아보자 도상과 같이 온 10여 명의 사람들 중 하나가 앞으로 나서며 비단으로 감싼 상자를 대청 중간에 놓인 탁자에 조심스럽게 내려놓았다.

"저희 교주께서 조 대협께 예물로 드리는 것입니다. 받아주시면 감사하겠습니다."

조일봉은 그 상자를 감싼 비단 색깔이 왠지 무척 곱다고 생각했다.

"무슨 이런 것을 다……."

"받아주십시오. 약소하나마 조 대협을 흠모하는 마음에 준비했습니다."

"고맙게 받겠소. 그러나 받기만 하고 드릴 것은 없으니 어찌 민망하지 않겠소. 식사라도 대접하고 싶으니 같이 듭시다."

"영광입니다, 조 대협."

그렇게 조일봉과 광명교주의 사자 일행은 같이 식사를 하게 되었다. 조일봉은 무리를 해서 은 세 냥을 들여 가까이 있는 반점에 최고급 음식을 주문하여 식사 대접을 했다. 물론 비단 상자는 잘 갈무리해 놓았다. 식사 도중 나온 이야기는 많았으나 한마디로 쓸데없는 이야기였다. 서로 상대방을 예전부터 흠모해 왔다느니 존경한다니 하는 이야기만 계속했을 뿐이었다. 근 한 시진을 그렇게 맘에도 없는 소리를 서로 해대고 나서 도상이 다음에 다시 찾아 인사를 올리겠단 말을 하고 일행을 이끌고 나갔다.

손님이 떠나자마자 상자를 열어본 조일봉은 깜짝 놀라고 말았다. 상자 속에는 금원보가 가득 들어 있었던 것이다. 얼핏 보아도 금 100냥은 되어 보였다. 조일봉 평생에 만져 보기는커녕 구경도 못해봤던 거금이다. 입이 귀밑에 걸렸다.

"푸하핫! 이 조일봉의 위상이 이렇게 올라가다니……!"

조일봉은 거금이 생기자 어찌할 줄 모르고 좋아했다. 그러다 '돈을 어떻게 해야 하나? 돈을 어디다 숨겨두어야 하나?' 걱정하며 안절부절못했다. 그러면서도 또 한편으로는 큰돈이 생기니 갑자기 하고 싶은 일도 많아졌다.

“형님에게 큰 선물도 해야겠고 여주에게 장신구라도 하나 선물해야
겠고 또……”

조일봉의 상념은 끝이 없었다. 그러다가 갑자기 좋은 생각이 들었
다.

‘내일 당장 장원 수리를 해야겠다.’

장원은 장무위가 혼자 있을 때는 아예 방치했었고 조일봉이 고용한
두 명의 여자 하인들만으로는 관리하기가 빠듯했다. 조일봉은 상상의
나래를 활짝 펼쳤다.

“하인들을 한 세 명 더 고용하고 장원도 수리하고……”

그렇게 기뻐하던 조일봉은 장무위가 돈을 받은 사실을 알면 어떻게
할 것인가를 생각해 보았다. 형님은 이런 식으로 돈을 받는 것을 탐탁
지 않게 여길 게 뻔했다.

‘광명교주가 나에게 준 돈을 형님이 어떻게 아시겠는가? 그리고 광
명교주가 무슨 청탁을 하면서 돈을 준 것도 아니니 부담이 없… 없…
음… 이런… 없을 수가 없구나.’

가만히 생각해 보니 답답해졌다. 광명교주가 돈이 썩어나서 이런 거
금을 그냥 자신에게 주지는 않았을 것이다. 청탁을 한 것은 아니지만
다음에 무슨 일이 생기면 광명교주의 손을 들어주어야 할 것이다. 돈
을 받고 오리발 내밀 수도 없는 노릇이고. 조일봉은 그 생각을 하자마
자 돈을 다시 돌려주려고 도상 일행을 찾기 시작했다. 그러나 도상 일
행은 이미 사라지고 없었다. 조일봉은 그냥 마음 편하게 생각하기로
했다.

‘나중에 무슨 일이 있으면 손 들어주면 그만이지. 이것도 다 나의
위상이 올라가서 생긴 일이야. 암!’

그렇게 생각하니 오히려 흐뭇하기까지 했다.

다음날 조일봉은 금도문에 들러 송 문주와 많은 이야기를 나눴다. 돈도 쓸 줄을 알아야 쓰는 것. 하고 싶은 것은 많은데 어찌해야 하는지를 몰라서 자문을 구했던 것이다. 돈의 위력이란 과연 대단했다. 송 문주의 도움을 받아 장원의 수리가 시작됐고 새로운 하인들도 뽑았다. 엉망진창이던 장원이 10여 일 만에 찬란한 광채를 뿜어냈다.

조일봉은 대문에 장가장(張家莊)이라는 현판을 달려다가 글 쓰기가 너무 어려워 그만두었다. 붓을 들고 거창하게 써보지만 게가 옆 걸음질 친 듯했다. 분명히 쓸 때는 아는 글자였는데 쓰고 나면 조일봉도 읽을 수 없는 글자가 되어버렸던 것이다. 장(莊) 자를 빼고는 따로 배우지 않아도 쓸 수 있었지만 자기가 현판을 써 붙이면 형님을 욕보이는 것이 될지도 몰랐다.

'나중에 형님이 오면 직접 하시겠지.'

금도문의 송 문주는 조일봉보다 더 적극적으로 나서서 장원을 수리하고 괜찮은 하인들을 뽑아주었다. 송 문주는 이번에 조일봉 몰래 금도문의 돈도 적지 않게 투자했다. 원래 송 문주는 장무위가 혈랑단을 퇴치하러 떠난 이후에 조일봉이 혼자 있자 수차례 찾아와 성의(?)를 보이려고 했었다. 그러나 조일봉이 받지를 않았다. 그래서 어떻게 하면 두 사람과 더 친분 관계를 쌓을 수 있을까를 매일 생각하던 차에 조일봉이 먼저 찾아와 도움을 요청하니 반갑지 않을 수 없었다.

송 문주가 이렇게 할 수밖에 없는 까닭이 있었다. 요즘 금도문이 장무위와 친하다는 소문이 나 금도문의 위세가 하늘을 찌르고 세력이 일로 확장 상태에 있는 것이다. 금도문에 가입하고자 하는 영재도 많아졌고 금도문의 보호를 받고자 하는 상인들도 많아졌다. 그러니 어찌 조일봉을 돕는 데 소홀히 할 수 있으랴. 조일봉이 송 문주의 성의를 받아들였으면 그렇게까지 할 필요는 없었지만.

조일봉은 장무위의 성격을 잘 알고 있었으므로 송 문주의 성의를 받아들이고 싶은 마음이 굴뚝같아도 거절할 수밖에 없었다. 장무위가 곤륜으로 떠나는 조일봉에게 준 돈도 예전의 조일봉이라면 상상도 못할 거금이었다. 이미 수중에 있는 돈도 적지 않은데 장무위가 싫어하는 일을 할 조일봉은 아니었다.

아담하기는 했지만 제대로 관리를 하지 않아 엉망이 되었던 집이 호화찬란하게 바뀌자 조일봉은 흐뭇한 마음을 감추지 못했다. 그런데 송청이 이제는 남편이 된 등방과 같이 놀러왔다가 집은 깨끗한데 가재도구들이 낡았다는 말을 해서 조일봉의 흐뭇함을 반감시켰다. '가진 것은 돈뿐인 조일봉' 이 그런 말을 듣고 가만있을 수는 없었다. 송청의 지도를 받으며 가재도구도 모조리 새것으로 바꾸었다.

그렇게 하자 집이 확 달라져 버렸다. 고급스러운 분위기가 물씬 풍기는 것이 마치 고관대작의 별장 같았다. 조일봉은 먼저 금도문주와 황 방주 일행을 초대해 한차례 거하게 대접하였다. 그리고 팽여주와 팽무석을 불러 자랑하고 싶은 마음에 초청장을 보냈다.

보름 뒤에 팽여주가 팽무석이 아닌 팽무린, 팽무상 형제와 같이 장가장─가칭─을 방문했다. 팽무석은 폐관수련을 하고 있다고 한다.

조일봉은 그들의 방문이 너무 반가워 몇 날 며칠을 술독에 빠져서 살았다. 팽여주의 귀여움은 시간이 갈수록 더해 조일봉은 팽여주를 볼 때마다 안아주고 싶어서 미칠 지경이 되었다. 그렇지만 겉보기완 다르게 제법 나이가 많은 팽여주다. 다 큰 처자를 껴안을 수는 없는 노릇. 조일봉은 팽여주의 머리만 자꾸 쓰다듬어 주었다. 그런 조일봉을 바라보는 팽여주의 눈엔 따사로운 정감이 스며들어 있었다.

팽가의 손님들이 떠나고 확 달라진 집에서 새로운 기분으로 무공을 수련하던 조일봉은 결국 보름도 못 되어 다시 답답함을 느끼고 한숨을 푹푹 내쉬었다. 내, 외공을 단련하다가 그만 제풀에 지쳐 버렸던 것이다. 산삼과 장무위가 준 단약의 약기로 너무 급격하게 내공이 상승한 까닭인지 지금쯤 세맥 타통의 조짐이 보여야 하는데 기척도 없었다.

새해가 되어 조일봉의 나이도 서른한 살이 되었다. 춘절(春節:설날)에는 하녀들도 모두 자기 집으로 보내고 나니 심심해서 죽을 지경이었다. 음식이야 이미 많이 준비해 놓았으니 먹을 것 걱정은 없었다. 장무위는 감감무소식이고 또 손을 놀린 지가 꽤 되어서 몸이 근질거리기 시작했다. 할 줄 아는 게 무공밖에 없으니 할 일이 없어서라도 무공 수련에 매진하지 않을 수 없었다.

그러나 할 일이 없어서 마지못해 무공 수련을 하니 성과가 있을 리 만무했다. 잘못하다가는 주화입마의 조짐마저 있어서 그만두지 않을 수 없었다. 조일봉은 자연 밖으로 나돌아다니게 되고 생전 처음 기루에도 들르게 되었다.

처음에는 얼굴이 붉어져서 기녀의 손 한 번 잡아보지 못하고 나왔으나 왠지 기분이 묘했다. 그래서 한 번 두 번 들르기 시작하다가 점점 재미를 붙여서 이제는 제법 관록까지 쌓였다.

순하게 생긴 얼굴에 무공도 다음 세대의 대표 주자로 소문이 난 조일봉이었다. 금상첨화로 가진 돈도 많으니 기녀들의 대접이 극진했다. 실컷 먹고 놀다 나와도 돈을 받지 않으려고 하는 바람에 조일봉이 거의 강제로 돈을 줘야 했던 적도 있었다.

'가진 게 돈뿐인데 어찌 공짜 술을 마시겠는가?

기루에 재미를 붙인 조일봉은 서른한 살의 나이에 드디어 총각 딱지를 떼었다. 그리고 자신의 동정을 가져간 기녀 매화(梅花)가 있는 춘래루(春來樓)에 이틀이 멀다 하고 들러서 매화와 함께 단꿈에 빠져들곤 했다.

춘래루주는 조일봉을 마치 황제 대하듯 했다. 조일봉이 춘래루에 들어서면서부터 시정의 잡배들은 아예 접근도 못했고 조일봉의 씀씀이도 장난이 아니었다. 조일봉이 춘래루에 들면 루주부터 시작해서 모든 기녀들이 몰려와 거의 매달리다시피 아양을 떨고 은근히 조일봉이 오늘은 매화가 아니라 자신을 택해주기를 바랐다. 매화가 조일봉의 절륜한 정력에 대해서 입에 침이 마르도록 자랑을 하고 돌아다닌 탓이었다. 500년 근 산삼과 삼왕으로 만든 단약을 먹은 조일봉의 정력이 일반인과 같을 수는 없었다. 더욱이 타고난 힘과 무공을 수련하여 다져진 몸은 만(萬) 가지 기술을 압도했던 것이다.

기녀들이 진심으로 조일봉에게 극진하게 대접하고 춘래루주도 손익을 계산해 보고 극진하게 대접하니 이래저래 조일봉은 요즘 갑자기 살맛이 났다. 시간이 흐를수록 방중술(房中術)도 늘어서 이제 매화 혼자서는 조일봉을 감당하지 못할 지경이었다. 그러나 조일봉이 기루를 출입한다고 해서 갑자기 천성이 바뀔 리는 만무했다. 조일봉은 자신이 다른 기녀들에게 눈을 돌리면 매화가 실망할까 봐 아직 매화 이외의 기녀들은 손도 못 잡아보고 있었다.

조일봉이 기루에 맛을 들여 헤어나지 못하고 있을 때 팽가에선 작은 소란이 일어났다.

"아버님, 저는 일봉 오라버니가 아니면 절대로 결혼을 하지 않겠어요."

팽여주의 당돌한 말에 팽여주의 아버지인 팽기준(彭起峻)은 기가 막혔다. 그러나 팽 부인은 딸의 얼굴을 바라보며 미소를 짓더니 조용하게 말했다.

"주아야, 조 대협이 나쁘다는 것이 아니지 않느냐? 다만 조 대협의 나이를 한번 생각해 보거라. 너보다 한참 나이가 많아. 네 또래에서 신랑감을 찾아야지. 더군다나 조 대협이 어찌 생각하는지도 모르고 너 혼자서 그런다고 혼례가 치러지는 것은 아니지 않느냐?"

팽여주는 자신의 마음을 몰라주는 부모님이 답답해서 눈물이 날 지경이었다.

"어머니, 저는 이미 결심했어요."

팽기준은 '허참' 소리만 연발한다. 팽 부인은 그런 팽기준을 보고는 소리 내어 웃었다.

"호호호, 당신네 팽가의 피가 흐르는데 어쩌겠어요? 한번 고집을 부리면 아무도 말릴 수 없는 것을."

"참, 부인은 또 무슨 그런 쓸데없는 소리를 하는 것이오? 우리 가문의 성격이 뭐가 어떻다고. 남자라면 마땅히……."

팽기준은 말을 하다가 갑자기 멀뚱거리기 시작했다. 남자라면 그런 성격이 자랑이 될 수도 있겠으나 팽여주는 딸이었던 것이다.

팽 부인은 팽여주를 설득할 자신이 없었다. 눈에 넣어도 아프지 않을 귀여운 팽여주가 눈물이 그렁그렁해서 말을 하는데 강한 말로 설득할 수도 없었다. 조일봉이 내세울 가문도 없고 가진 것도 없지만 무공만큼은 다음 세대의 명의 최고수가 될 가능성이 농후하고 협의(俠義)의

기질이 있다고 시아버님도 인정하는 인물이다. 더군다나 조일봉의 뒤
에는 도제 창천신룡이 있다. 그만하면 나쁘지 않았다. 아니, 오히려 적
극 나서서 혼사를 추진하고 싶은 생각도 있었다. 집안의 어른들도 반
대하지 않을 것이다. 그렇지만 말을 들어보니 조일봉은 팽여주를 귀여
운 동생처럼 생각하는데 팽여주 혼자서 저렇게 연심을 품은 것이 아닌
가? 팽 부인은 은근슬쩍 팽기준을 흘겨보면서 짐을 떠넘겼다. 공처가
의 기질이 농후한 팽기준은 차마 부인의 의중을 무시하지 못했다.

"여주야, 그럼 조 대협의 의중을 물어보고 정하자꾸나. 알았지? 조
대협이 좋다고 한다면 우리가 나서서 혼례를 추진하마."

"예."

팽여주도 더 이상 억지를 부려서 될 일이 아님을 알았다.

'일봉 오라버니, 꼭 좋다고 하셔야 해요.'

터덜터덜.

매화를 찾아갔다가 매화가 자신을 감당하지 못하고 몸져누웠다는
소릴 듣고 힘없이 집으로 발걸음을 옮기던 조일봉. 맞은편에서 심상치
않은 분위기의 한 노인이 걸어오는 게 보였다. 한 걸음 한 걸음이 용행
호보였고 왠지 모를 위엄이 느껴졌다. 얼핏 노인의 눈이 조일봉을 주
시하자 조일봉은 숨이 턱 막히는 것 같았다. 노인의 눈에 이채가 어리
더니 조일봉을 쓰윽 아래위로 훑어보았다.

조일봉은 장무위 이외에 이렇게 위압감을 느끼게 하는 사람을 처음
보았다. 저 정도의 인물이라면 소문이 나지 않을 수 없을 터인데 하고
생각하며 구전심공을 운용해 심신을 안정시키고 앞의 노인을 자세히
살펴보았다.

새하얀 백발과 백미의 신선 같은 풍모의 노인이었다. 체구도 훤칠해 6척은 되어 보였다. 그러나 이상하게 위험한 기분이 자꾸 드는 것은 아무래도 노인의 눈동자 깊이 어린 은은한 붉은 기운 때문인 것 같았다. 조일봉은 감히 그 노인을 더 지켜보지 못하고 고개를 슬쩍 돌리며 노인을 피해 우측으로 돌아가려 했다.

"거기 자네, 잠시 나 좀 볼까?"

노인의 목소리가 들리자 조일봉은 처음에는 모른 척하면서 걸어가려고 했으나 이상한 기운이 그물처럼 그를 덮어오자 더 이상 모른 척할 수가 없었다. 그래서 노인을 바라보면서 공손히 말했다.

"저를 보고 하신 말씀입니까?"

"그래, 자네. 나이도 얼마 되어 보이지 않는데 그 나이에 어울리지 않을 만큼 높은 성취를 쌓았군."

"과찬이십니다. 그런데 노인장은 뉘신지요? 제가 견문이 짧아서 노인장을 알아뵙지 못하겠습니다."

"하하하, 나는 조선의 박효양이란 사람이네. 자네를 통해서 이 나라 사람들의 실력을 알아보고 싶어 자네를 불러 세웠네."

박효양은 조일봉이 나이가 어린데도 불구하고 내공이 나이에 어울리지 않을 만큼 높음을 알아보고는 명의 무인들의 수준을 알아보고자 했다. 더불어 장차 명의 기둥이 될 가능성이 높은 젊은 싹을 아예 잘라 버리려 했다.

조일봉은 엄청난 고수로 보이는 노인이 조선 사람이란 말을 듣고 활짝 웃으며 반겼다.

"아! 그러시군요. 만나뵙게 되어 반갑습니다. 저는 조일봉이라고 합니다. 제가 모시고 있는 형님도 조선 분인지라 평소부터 조선의 무인들에 대해서 흠모지정을 가지고 있었습니다. 여기서 이럴 게 아니라 제가 모시고 싶습니다."

"조선 사람을 형님으로 모신다? 그래, 안내해 보게."

박효양은 여차하면 조일봉을 없애 버릴 생각을 하고 있었는데 조일봉이 오히려 이토록 반기자 순간 뜨끔해졌다. 웃는 얼굴에 침을 뱉을 수도 없는 일이고 일단 이놈을 한번 따라가 봐야겠다고 생각하고 조일봉의 뒤를 따라갔다. 물론 손을 써서 삭초제근할 뜻은 버리지 않았다.

조일봉은 박효양에게 공손하게 대하면서 식사를 대접했다. 박효양은 겉모습만으로도 함부로 할 수 있는 사람이 아니었다. 식사 후 차를 마시던 박효양은 장원에 하녀만 몇 명 있는 것을 보고는 조일봉에게 물었다.

"자네가 모신다는 조선 사람은 지금 어디에 있나?"

"지금 청해에 가셨습니다."

"청해에? 상인인가?"

"아닙니다. 장 형님은 무인이십니다. 당금 천하에서 그 누구도 대적하지 못하는 무적의 고수이시죠. 청해에 가신 이유는 혈랑단이란 악독한 마적들이 있어서 그들을 토벌하러 가신 겁니다."

조일봉은 장무위가 어떤 인물이며 어떠한 일을 하고 있는지 온 얼굴 가득 자부심을 가득 담아서 자랑스럽게 말했다. 혈랑단이 어떤 마적들인지는 청해에 살던 조일봉이 잘 알고 있었다. 관도무림도 건드리지 못하는 흉적들인 것이다.

박효양은 천하무적의 고수라는 말에 실소를 흘렸다. 이 세상에 자신 이외에 그 누가 천하무적이란 말을 할 수 있단 말인가!

"그래, 자네 형님의 이름은 뭔가?"

"강호에서 도제라 불리시는 장무위 대협이십니다. 어르신께서도 조선 분이시니 드리는 말씀입니다만 형님께선 이미 심도의 경지를 완성하셨죠."

박효양은 최광 이외에 심도를 완성한 인물이 있다는 것을 듣고는 적잖이 놀랐다. 자신은 혼자 수련해서 다른 무인들은 어떠한 진도를 보이는지 알 수 없지만 심도는 절대로 만만한 게 아니었다. 자신도 다른 곳에 한눈팔지 않고 수련해 120이 넘었을 때 간신히 이룩한 것이 마음으로 검을 움직이는 경지였다. 조일봉은 아무리 많이 봐도 30대로밖에 보이지 않았다. 형님으로 모신다면 그 사람의 나이도 그렇게 많지는 않을 것이다. 의문은 잠시 접어두고 일단 조선 사람이라 하니 그것부터 물어보았다.

"그래, 자네의 형님은 조선의 어디에 살던 분이고 나이는 어떻게 되시는가?"

"조선의 회령에서 가까운 산골 마을에서 태어나셨다고 하시더군요. 그리고 백두산에서 어린 시절부터 계속 수련만 하면서 사셨다고 들었습니다. 연세는 올해 33세이시죠."

"뭣이라? 자네 지금 나를 놀리는가?"

조선 사람을 모시고 있다고 해서 차마 손을 쓰지는 못했지만 박효양은 분기탱천하지 않을 수 없었다. 33세에 심도를 완성한 고수란 말을 다른 사람들은 믿을 수 있어도 그는 절대로 믿을 수가 없었다. 아무리 천재라고 한들 어찌 그렇게 빠른 진경을 보일 수 있단 말인가? 박효양 자신도 세상에 둘도 없는 천재라는 소릴 들었던 사람이다. 자신의 무공 입문이 너무 늦어서 초기에는 진척이 없어 수련한 시간이 길긴 했지만 그 한계를 극복하고 수련한 시간도 70년이 넘어서야 간신히 심검을 완성했다. 사람에게는 한계가 있다. 33세라면 도저히 믿을 수 없는 진경인 것이다.

"하하하! 어르신, 제 말은 거짓이 아닙니다. 제가 그분을 형님으로 모시고 몇 년을 그분 곁에서 지켜보았지만 저도 믿기지 않는 것이 사실입니다. 그렇지만 형님이 심도의 경지를 완성하신 것은 사실입니다."

조일봉은 박효양이 화를 내면서 말을 하자 순간 엄청난 압박감을 느꼈다. 마치 폭풍이 몰아치는 곳에 덩그러니 서 있는 기분이 들었다. 그러나 '과연 대단한 고수시구나. 해동 사람들 중에는 도대체 알려지지 않은 얼마나 많은 고수들이 있는지 모르겠어' 하고 생각하면서 이내 태연하게 웃으면서 이야기했다. 자신도 직접 보지 못했다면 믿을 수 없을 이야기를 박효양에게 하고 있는 것이다. 노인이 오해를 하는 것도 충분히 이해가 갔다. 조일봉은 장무위와 자인 도장의 비무에 대해서 자세히 설명했다.

박효양은 조일봉이 그림을 그리듯 설명하는 이야기를 듣고 나서는 믿지 않을래야 믿지 않을 수가 없었다. 조일봉의 이야기는 지어냈다고 하기에는 너무나 사실적이고 확신에 차 있었다.

"화를 내서 미안하네. 너무 놀라운 일이라 내가 곡해한 듯하이."

"하하하, 아닙니다. 다른 사람이 저에게 제가 어르신께 말씀드린 대로 이야기했다면 저도 믿지 않고 오히려 거짓말이라고 했을 겁니다. 그렇지만 제가 드린 말씀은 한 치의 거짓도 없음을 맹세할 수 있습니다."

박효양은 조일봉이 대범한 기질을 보이자 실소를 흘렸다.

"자네는 한민족(韓民族)도 아니면서 제법 괜찮은 구석이 있구먼."

"하하하, 제가 원래 한인간성 합니다."

조일봉은 노인에게 처음에는 완전히 기가 죽었지만 장무위에게 워낙 단련되어 있어서 이내 본색을 되찾았다.

"하하하!"

박효양은 살아생전에 자신에게 농을 지껄이는 놈을 볼 줄은 몰랐는지라 괘씸하기보다는 오히려 귀엽다는 생각이 들었다.

'이민족이지만 나름대로 괜찮은 놈이야.'

조일봉은 몰랐지만 이렇게 해서 조일봉은 한목숨 유지하게 되었다.

박효양은 장무위를 한번 보고 싶었다. 어떻게 그 나이에 그토록 높은 경지를 이루었는지 궁금했고 또 민족의 뛰어난 인재를 보고 싶은 열망 때문에 앉아서 기다리고 싶지 않았다. 자신의 남은 생이 얼마나 될지 알 수도 없고 그런 인재를 만나지 못하고 죽는다면 안타까울 것 같았다. 그래서 목적지가 정해지지 않았던 그의 행로는 장무위를 만나러 가는 것으로 정해졌다. 박효양에겐 계절이 상관 없었다. 10갑자의 내공을 지닌 그가 계절의 영향을 받을 일은 없었다. 한겨울이면 어떻고 한여름이면 어떠랴. 길을 떠나려 하는데 조일봉이 더 이상 기다리기 지쳤는지 동행을 자처했다.

조일봉은 하녀들에게 은 50냥씩을 세경이라고 주며 집을 잘 관리하라 이르고 매화를 만나서 눈물의 이별을 하였다. 그리고 금도문에 들러 집을 부탁하곤 박효양과 같이 길을 떠났다.

팽가에서 사랑에 눈먼 귀여운 아가씨 팽여주의 청혼 사절이 오고 있다는 것도 모르고……

□ 제12장 □

몽골[蒙古]에서

몽골[蒙古]에서

조일봉은 한 보름이 지나자 박효양에게 더 이상 농 같은 것을 걸 처지가 못 되었다. 처음에는 그런대로 장무위에게 단련된 정신으로 재 있게 웃고 떠들곤 했으나 보름 사이에 박효양의 능력을 보게 되자 기 겁하지 않을 수 없었다. 인간의 능력을 넘어선 가공할 신위를 보이는 박효양이었다.

강을 건널 때 마침 나루터에 배가 없었다. 그래서 조일봉이 이리저 리 배를 수소문했었는데 몇 시진을 기다려야 한다는 말을 듣고 박효양 은 배를 기다리기 귀찮다는 말과 함께 말 두 필과 조일봉을 함께 공중 에 띄워서 강을 걸어서 건너 버렸다.

또 강한 북풍에 먼지가 확 일어나 둘을 뒤덮자 투명한 막이 박효양 의 전신에 순간적으로 피어오르며 모든 먼지를 막는 것을 보았다. 물 론 조일봉은 먼지를 모조리 뒤집어썼다.

산길을 걸어가는 중에 겨우내 쌓였던 눈이 녹으면서 지반을 약화시
켰는지 작은 산사태가 일어나 두 사람을 덮친 일이 있었다. 기겁을 한
조일봉은 신법을 뽐내려 했지만 박효양에게 붙잡혔다. 박효양은 무너
져 내리는 토사(土砂)를 피하지 않고 도망치는 조일봉을 잡아 1장 가까
이 커진 투명한 막 속으로 끌어들였다. 그리고는 산사태로 무너지는
흙더미 속을 태연하게 걸어가는데 막에 닿은 흙더미가 스르륵 밀리며
길이 열렸다.

조일봉도 상상의 무공이라는 호신강기에 대해서 들어는 보았기에
'혹시 호신강기가 아닌가?' 하고 생각했지만 설마 그런 거짓말 같은
무공이 가능하진 않겠지 했다. 도대체 무슨 무공인가 신기했지만 박효
양에게 기가 죽어 있어서 물어볼 수도 없었다. 그렇지만 조일봉이 생
각했던 그런 거짓말 같은 무공을 박효양은 이미 익히고 있었다.

그렇게 두 달이 흘러 기련산 인근에 도착하자 누구도 그렇게 하라고
강요한 적은 없지만 조일봉은 박효양의 시종이 되어 있었다. 조일봉은
연신 굽실거리면서 박효양의 눈치만 살피는 처지가 되었다.

"혈랑단이 있는 곳이 이곳이렷다?"

"예, 어르신. 그러나 산이 너무 크고 넓어 산으로 들어가서 찾으려면
몇 달이 걸릴지 모릅니다. 이제 날이 풀렸으니 혈랑단에 대한 소식도
돌고 있을 겁니다. 제가 탐문을 해보겠습니다."

"그렇게 하지."

박효양과 조일봉은 기련산 근처에 있는 객잔에 여장을 풀고 혈랑단
의 소식을 탐문하려고 했으나 그럴 필요가 없었다. 식사를 하러 들른
반점에서 소식을 들었던 것이다.

인근의 소식통 칠만이가 큰 소리로 옆에 앉은 친구들을 보며 떠들었다.

"도제 창천신룡 장 대협 덕분에 이제 우리도 발 뻗고 살 수 있게 되었어. 안 그래?"

그러자 옆에 있던 삼식이가 자기의 일이라도 되는 양 기쁘게 말을 받는다.

"그러게 말이야. 장 대협이 무적의 고수라고 소문이 난 것을 난 믿지 않았었는데 이제 보니 소문이 사실인가 보더라고."

칠만이가 삼식이를 보면서 이제야 그것을 알았느냐는 듯 가소롭다는 눈빛을 했다.

"삼식아, 너 심검이라고 들어봤냐?"

삼식이 같은 무지렁이가 심검이 뭔지 어떻게 알겠는가.

"심검이 뭐 하는 건데?"

"이런 무식한 놈, 심검은 무림인들이 말하는 무공의 경지야. 마음으로 검을 움직여 세상에 막을 수 있는 것이 없다는 것이지. 장 대협은 그 무공을 완벽하게 연성하셨다는 거야. 한마디로 천하무적이라는 거지."

"마음으로 어떻게 검을 움직여?"

칠만이라도 그 이치는 모른다. 자연 칠만이의 말투가 날카로워졌다.

"썩을 놈이?! 내가 거짓말하는 것 봤냐?"

삼식이가 칠만이를 보며 히죽 웃는다.

"이놈아, 네가 입만 열면 헛소릴 하는 것을 인근에 모르는 사람이 누가 있다고."

칠만이는 갑자기 기가 팍 죽어버렸다. 사실을 말하는데 인정하지 못할 정도로 칠만이가 뻔뻔스러운 것은 아니었다.

"쳇, 그렇지만 이번은 사실이야. 무림인들 사이에 떠도는 소식을 들었어.”

칠만이의 기세가 수그러드는 것을 느낀 삼식이가 흐뭇하게 웃으며 칠만이를 슬쩍 위로해 줬다. 계속 이야기를 들으려면 이 정도 수고는 해야 했다.

“하긴 그렇기도 할 거야. 관군과 무림인들이 연합해서 공격해도 수십 년을 멀쩡하게 버티며 나쁜 짓만 하던 혈랑단을 단신으로 찾아가 박살 내버리셨으니.”

칠만이가 다시 기세를 얻어서 말한다.

“그것도 모조리 단전을 파괴시켜서 무공을 전폐시켜 버리셨다더군.”

삼식이는 그 소식은 미처 못 들었던 터라 궁금한 기색으로 물었다.

“그래? 모조리 다 처치하신 것이 아니고?”

“삼식아, 삼식아, 장 대협은 인의 대협이야. 아무리 혈랑단이 나쁜 놈들이라 하나 장 대협이 살귀도 아니고 100명이 넘는 혈랑단을 모조리 죽인다는 게 말이 되느냐?”

“그러면 혈랑단원들이 곳곳에서 얼어 죽은 시체로 발견됐다고 하는 이야기는 무슨 소리지?”

“잡혀갔다가 돌아온 여인들 중에 도화루(桃花樓)의 기녀 춘심이가 이야기하는 것을 들었는데 장 대협께서 혈랑단의 악행이 천인공노할 지경이라 직접 죽이시지는 않았지만 무공을 전폐시킨 이후에 식량도 없이 쫓아내셨다고 하더라.”

“칠만아, 그럼 혈랑단원들이 저들끼리 산에서 돌아다니다 죽었다는 소리야?”

“그래. 그놈들이 그 깊은 산속에 숨어서 살 때는 깊은 산이 자신들을 보호하는 방책이 되었지만 쫓겨난 이후에는 깊은 산이 오히려 자신들의 목숨을 빼앗아갈 줄을 어떻게 알았겠어?"

"한겨울에 기린산에서 헤맨다면 열이면 열 다 얼어 죽을 거야."

"그래도 살아나서 빠져나간 놈이 몇 있나보더라."

"헉! 그럼 그놈들이 복수라도 하면 어떻게 되지?"

"삼식아, 너 내가 하는 말을 듣기는 들었냐?"

"엥? 그건 또 무신 소리야?"

"장 대협께서 혈랑단원들의 단전을 파괴해서 내공을 전폐시켰다고 했잖아, 이 무식한 놈아!"

칠만이가 삼식이의 무식함을 자꾸 비꼬자 드디어 삼식이도 폭발했다.

"단전이 파괴되어서 내공이 전폐된 거랑 혈랑단원들이 복수하는 거랑 무슨 상관이 있냐, 이 나쁜 놈아!"

그러나 칠만이의 기세는 조금도 수그러들지 않고 오히려 대갈을 터뜨리며 삼식이를 질타했다.

"이런 무식이 철철 넘치는 놈아!"

칠만이는 삼식이의 무식함에 할 말을 잃은 듯한 표정을 지었다. 그러나 무인도 아니고 의원도 아닌 일반인이 칠만이와 같을 수는 없다. 칠만이가 소싯적에 무공을 배운다고 헛짓을 하면서 주위들은 풍월이 많아서 그렇지 일반인들에게 단전이 어떻고 내공이 어떻고 하는 소릴 하면 알아듣는 사람이 거의 없었다. 그렇지만 칠만이는 삼식이의 무식함이라 매도하면서 다시 소리쳤다.

"너도 좀 배워라! 배워서 남 주냐? 이 형님의 말씀을 잘 듣도록 해라. 단전이 파괴당하면 평생 힘을 쓸 수가 없어. 무거운 짐을 들지도 못하고 오래 걷지도 못해. 알았어? 그래서 혈랑단원들은 지금 다른 사람들의 눈에 띄면 바로 죽은 목숨이야. 삼식이 너같이 비리비리한 놈도 혈랑단원 두세 놈은 문제없을 거다. 그놈들이 그동안 악독한 짓을 얼마나 많이 저질렀냐? 혈랑단원이라면 치를 떨고 원한에 칼을 갈고 있을 사람이 천하에 수두룩한데 그놈들이 복수를 어떻게 해? 숨기에 바쁘지.”

삼식이도 칠만이의 해박한 지식에는 두 손을 들고 말았다.

“쩝. 그래, 이놈아. 넌 아는 게 많아서 좋겠다. 바람이 불어도 절대로 날려가진 않을 거야.”

“그건 무슨 말이야?”

“네놈 머리 속에 든 게 많아서 무거우니 바람에 날려갈 까닭이 없지 않겠느냐?”

삼식이의 말이 비꼬는 투였지만 결국은 자신을 박식함을 칭찬하는 말이라 기분이 좋아진 칠만이는 헤죽거렸다.

“헤헤헤, 무슨 그런 말을…… . 과분한 칭찬이네.”

헤죽거리는 꼬락서니가 눈에 거슬린 삼식이는 연신 술을 들이키면서 주위를 둘러보았다. 주변에 있던 사람들은 칠만이와 삼식이에게 시선을 집중한 채 새로운 소식이라도 있나 하는 표정으로 듣고 있었다.

그런데 삼식이와 칠만이가 앉아 있던 탁자에서 두 개의 탁자를 사이에 두고 노인과 같이 앉아 식사를 하고 있던 7척 거인이 자신들이 있는 곳으로 다가오는 모습이 보였다.

7척거인은 어리둥절해하는 삼식이를 힐끔 아래위로 훑어보더니 한마디 툭 던졌다.

“장 대협이 지금 어디로 가셨는지 알아?”

칠만이가 고개를 돌려 그 거인을 보더니 헉! 하는 소리를 내더니 벌떡 일어나서 포권했다.

“아니, 조 대협이 아니십니까?”

"엥? 자네가 나를 어떻게 알아?"

"예전에 먼발치에서 뵌 적이 있습니다. 강호에서 십영의 가장 앞에 거론되는 패도 조일봉, 조 대협 하면 모르는 사람이 없습니다."

"아, 자네도 무림인인가?"

그 말을 듣자 칠만이의 얼굴이 시뻘겋게 변했다. 자신이 어릴 때 무공을 배운다고 설치기는 했지만 무공이라고는 육합권(六合拳)을 수박 겉핥기로 대충 배운 것뿐이다. 무림인이라고 했다가는 맞아 죽기 딱 좋은 수준이었다.

"아닙니다. 그냥… 조 대협을 흠모해서 알고 있을 뿐입니다. 장 대협은 지금 몽골로 가셨다고 들었습니다."

"몽골로 가셨다고?"

"예. 잡혀갔다가 돌아온 여인 중에 몽골의 여인들이 있었는데 장 대협이 마침 몽골에 볼일이 있다 하시며 같이 동행해서 가셨다고 합니다. 한 달포는 됐습죠."

"알았네. 고마우이."

"무슨 그런 황송한 말씀을 하십니까. 조 대협을 만난 것은 제 일생의 영광이……."

조일봉은 상대의 말이 길어지자 듣지도 않고 돌아서며 한마디 했다.

"잘 있게."

이미 식사는 마쳤고 박효양 노인이 밖으로 나가는 것을 보았던 것이다.

돌아서 가는 조일봉의 등을 향해 칠만이는 정중히 인사를 했고 삼식이는 그런 칠만이를 보며 고개를 절레절레 흔들었다.

그 무렵 장무위는 몽골에 도착해 있었다. 기련산에서 구해준 몽골 여인들을 보호하며 오이랏트로 왔던 것이다. 혈랑단에서 구출된 몽골 여인들은 장무위가 사람을 찾고자 하는 것을 알고 은혜를 갚기 위해 열성적으로 도왔다. 그런 여인들 덕분에 장무위는 수소문한 지 얼마 되지 않아서 왕혜정에 대한 이야기를 들을 수 있었다. 현재 왕혜정은 동몽골에서 새로운 지도자로 급성장하고 있는 아다이칸이 제일 신임하는 아룩타이의 양녀가 되었다고 한다.

장무위는 몽골의 여인들과 헤어진 후 오이랏트에서 동몽골의 아다이칸의 세력이 있는 곳으로 길을 떠났다. 대초원의 광활함은 몇 달을 기련산의 분지에 갇혀 있다시피 한 장무위의 가슴을 확 뚫어주며 호연지기를 불어넣는 듯했다. 말을 달리고 또 달려도 끝이 보이지 않는 평원이었다. 군데군데 나지막한 구릉들이 있어서 평원의 광활함에 무감해지는 눈에 새로운 볼거리를 주었다. 백두산으로 돌아가 은거할 생각이었던 장무위였으나 몽골평원의 장관에 은거할 생각이 안개처럼 사라질 정도였다. 파릇파릇 솟아나는 새싹들의 연초록빛은 여행에 지친 말에게도 힘을 주었는지 장무위가 탄 말의 전신 근육이 생동감있게 꿈틀거렸다.

두두두!

왕혜정이 몽골로 팔려갔다는 것을 알게 된 후부터 장무위는 기련산에 있는 몇 달 동안 색노로 잡혀 있던 여인들 중 몽골의 여인들에게 서툴지만 몽골 말을 배웠다. 오이랏트에선 도움을 받을 수 있었으나 동몽골로 가면 혼자서 해결해야 할 것이다. 어디에 사는지는 알고 있으니 찾아가기만 하면 될 것이다. 그러나 아는 길도 물어서 가야 한다.

몽골의 넓은 평원은 지도가 있더라도 길을 잃고 헤매기 딱 좋았다. 주위를 둘러보아도 시야가 닿는 한계까지 별다른 지형, 지물이 없었다. 커다란 접시의 중앙에 덩그러니 서 있는 기분이 드는 것이다. 하늘의 별을 보고 길을 찾아가야 하는데 재수가 없으면 몇 달을 헤맬 수도 있었다. 그러니 중간에 사람이라도 만나면 꼭 물어보면서 길을 가야 했다. 그러나 어휘 구사는 어떻게 되는데 발음의 문제는 아직도 넘어야 할 벽이었다.

아룩타이는 눈앞에 서 있는 왕혜정이 너무 불쌍하게 생각되어 가슴이 아팠다. 어린 나이에 보통 사람은 겪지 못할 큰 슬픔을 겪었는데도 겉으로 내색하지 않고 있는 것이 오히려 더 안타까웠다.

"네가 혼자 살겠다고 하는 것은 이해가 간다마는 외롭지 않겠느냐? 차라리 준가르에게 가는 것이 좋지 않겠느냐?"

"아버님, 저는 이곳에서 고아가 된 아이들을 돌보며 살고 싶어요. 저에게 은혜를 한 번 더 베풀어주세요."

왕혜정은 지금처럼 살고 싶었다. 남편의 형인 준가르에게 시집가는 것은 싫었다. 준가르가 왕혜정을 책임감에 의해서 보호할 생각이란 것과 성품도 훌륭한 인물임은 잘 알고 있었지만 왕혜정은 더 이상의 슬픔을 겪고 싶지 않았다.

"알았다. 너의 생각이 그러하니 내가 준가르를 설득하마."

"감사합니다. 아버님."

왕혜정은 눈앞의 이국적인 용모(이란계)를 지닌 양부를 보며 깊은 감사의 마음을 느꼈다. 아룩타이는 전의 양부인 부카가 죽고 난 이후에 물건 취급을 받으며 아다이에게 선물로 바쳐진 자신을 수양딸로 삼아서 큰 은혜를 베풀어주었다.

자신의 게르(천막집을 주거지로 사용해 왔는데 나무와 펠트(양털)를 주된 재료로 조립되는 이러한 형태의 가옥을 몽골포, 또는 게르(Ger)라고 함)로 돌아온 왕혜정은 주위를 물리고 혼자서 생각에 잠겼다. 이제까지 꿋꿋하게 잘

참고 있었는데 자신의 삶이 왜 이렇게 기구한가 생각하니 쏟아지는 눈물을 막을 수가 없었다.

부모님의 손에서 행복하게 살던 어린 시절, 어느 날 갑자기 쳐들어온 혈랑단에게 붙잡혀 어린 나이에 상상도 못할 치욕을 겪었다. 너무 어려서 심한 추행을 당하지는 않았지만 발가벗겨진 채로 개처럼 이리저리 끌려다니며 혈랑단의 종노릇을 해야만 했다. 같이 붙잡혀 온 어머니가 어린 자신을 위해 온갖 수모를 감수하지 않았다면 그때 당시 이미 죽었을지도 모른다. 그러나 모진 수모와 육체적 학대를 견뎌내지 못하고 결국 어머니가 돌아가시고 그 직후에 어머니와 자신을 구하러 왔던 아버지마저 혈랑단에게 처참하게 살해당했다.

왕혜정은 아버지가 살해당했단 것을 그 당시에는 몰랐다. 나중에 노예로 팔려가면서 같이 붙잡혀 갔던 한 여인이 이야기해 주어서야 알게 된 것이다.

그때 혈랑단이 상당히 웅성거렸던 기억이 난다. 혈랑단이 겨울을 나는 기련산의 분지는 모르고선 찾아올 수 없는 곳이었기 때문이다. 그런데 그게 아버지가 자신들을 찾으러 온 때문이었을 줄이야. 어린 왕혜정은 아버지가 자신을 구해줄 거라는 믿음이 깨어지자 그만 절망하고 말았다.

왕혜정은 몽골의 명장(名將)이자 덕장(德將)인 부카에게 팔려왔다. 어린 나이에 온갖 참혹한 경험을 하여 거의 넋을 놓다시피 한 노예가 해야 할 일을 제대로 할 수 있을 리 만무했다. 왕혜정은 매일 매를 맞으며 살았다. 피골이 상접한 어린 노예가 넋이 빠진 듯 멍하니 있는 모습을 본 부카가 의아하게 여겨 사연을 알아보곤 동정심에 아끼고 보살펴 주지 않았다면 맞아 죽었을지도 모른다.

몇 년이 흐르고 왕혜정을 보살펴 주며 정이 들었던 부카가 왕혜정을 양녀로 맞아들였다. 의지할 곳을 찾자 왕혜정은 조금씩 밝은 모습을 되찾았고 부카는 그런 왕혜정을 보며 기뻐했다. 그러나 이런 잠시의 행복은 오이랏트의 지도자 마흐무드가 1416년 죽으면서 끝이 나버렸다. 마흐무드의 아들 토곤 테무르가 자리를 이어받으며 부카가 숙청당했던 것이다.

왕혜정은 다시 노예가 되어 동몽골의 아다이칸에게 선물로 넘겨져 한없는 수모를 받았다. 노예 중의 하나에게 겁간을 당하기도 하고 노예가 해야 할 일을 제대로 못해 또 매일매일 맞기도 했다. 아룩타이가 선물 목록을 살펴보다 왕혜정이 명장 부카의 양녀란 것을 알고 구해주기 전까지 왕혜정은 또 한 번 지옥에서 살았던 것이다.

아룩타이는 부카를 존경하는 사람이었다. 그래서 아룩타이는 왕혜정을 노예에서 빼내어 자신의 집에서 살 수 있도록 해주었다.

세상에 대한 한이 끝없이 솟구칠 법도 하건만 타고난 천품이 그런지 왕혜정은 그 모두가 자신의 운명이라 감내하고 새로운 희망을 가지려고 노력했다. 아룩타이는 그런 왕혜정을 좋게 보고 양녀로 삼았다. 그 때부터 왕혜정은 아룩타이의 보살핌을 받으며 안정을 찾을 수 있었다.

그러던 어느 날 아룩타이의 중매로 훤칠하게 생긴 젊은 무장 다얀과 결혼을 한 후 왕혜정은 자신의 인생에 불행은 다시없을 거라고 생각했다. 다얀은 왕혜정을 끔찍이 위해주었으며 불행한 과거를 따뜻한 마음으로 이해하고 상처를 다독여 주었다. 그러나 불행의 그림자는 여전히 왕혜정의 곁을 떠나지 않고 있었다. 명의 몽골 침입을 저지하기 위해 참전했던 다얀이 그만 전사(戰死)해 버린 것이다. 왕혜정은 그 충격으로 사산(死産)을 했고 다시 자신을 덮친 불행의 그림자에 좌절해 버렸다. 아룩타이의 따뜻한 보살핌도 아무런 소용이 없었다. 왕혜정이 간신히 의욕을 되찾은 것은 전쟁 고아들을 보살피면서부터였다.

원의 마지막 황제 순제가 내몽골로 밀려온 이후 끊임없는 명의 침입으로 몽골에는 전쟁 고아들이 많이 있었다. 그런 전쟁 고아들은 대부분 굶어 죽기 마련이었으나 왕혜정이 그 일을 맡으면서 많은 어린 생명들을 살릴 수 있게 되었다. 물론 이 모든 것은 아룩타이의 배려였다. 왕혜정은 삶을 지속할 의미를 찾을 수 있었다. 부차적으로 왕혜정의 이름도 널리 알려지게 되었다.

"휴우~"

한숨이 절로 나왔다. 세상에 자신처럼 박복하게 살아가는 사람도 없을 것이다. 준가르에게 미안하지만 자신은 이제 평생을 혼자서 살 생각이었다. 준가르가 속된 뜻으로 자신을 받아들이려 하는 것이 아니라 보호하고자 하는 것은 알고 있었지만 자신은 몽골의 사람이 아니라 고려의 사람이다. 준가르의 뜻을 받아들일 수는 없었다. 친부는 고려의 사람이란 것을 잊지 않도록 자신을 교육시키셨다. 당신은 고려로 돌아갈 생각을 못하셨지만.

동몽골은 올해 명의 침입을 받았는데 내년에도 또 대규모 명의 침입을 걱정해야 하는 상황이었다.

영락제는 지금은 '정난(靖難)의 변' 이라고 미화된 역모를 일으켜 자신의 조카인 혜제(惠帝)를 죽이고 황위를 찬탈했다. 정당한 황위 이양이 아닌 무력으로 조카를 죽이고 보위에 오른 영락제에 대한 반발은 극심했고 세력도 강했다.

영락제는 자신의 정통성을 확립하기 위해서 반발하는 자들을 잔인무도한 방법으로 뿌리 뽑았고—주원장의 스승인 방효유가 영락제의 황위 찬탈을 도적질에 비유하자 방효유의 일가 친척과 문하생 870여 명을 방효유가 보는 앞에서 하나씩 잔인하게 죽이며 마음을 바꾸라 했으나 방효유가 결코 자신을 인정하지 않자 결국 방효유마저도 공개 처형을 하고 저잣거리에 매달았다─북경에 거대한 성을 지어 천도(遷都)했다.

엄청난 물량과 인원이 동원된 대공사가 무려 17년이나 행해지면서 역적질을 한 영락제의 정통성 문제는 묻혀지는 듯했다. 그러나 아직도 반대 세력이 적지 않았다.

결국 정통성 문제를 흐리기 위해 영락제는 몽골로 시선을 돌렸다. 영락제는 1409년에 고비사막을 넘어 10만의 정병을 몽골로 보냈다. 그러나 몽골 기마병의 기습을 받아 10만 명의 대군이 거의 몰살당해 버렸다.

몽골은 비록 중국 백성들의 반란에 북으로 밀려갔으나 전투에서는 명나라 군이 상대할 바가 아니었다. 동몽골의 울제이 테무르칸과 서몽골 오이랏트의 지도자 마흐무드가 연합한 세력이 명의 대군을 씨몰살시켜 버린 것이다.

대경실색한 영락제는 아예 몽골의 뿌리를 뽑아버리기 위해 오이랏트와 비밀리에 협약을 하고 직접 군사를 이끌고 동몽골을 쳤다. 잘못하다간 정통성 문제가 아니라 명이 다시 강성해지는 몽골에 무너질 수도 있는 문제였다.

명의 대규모 군대가 칭기스칸의 고향인 다달솜 근처까지 격파하면서 밀고 올라갔고 동몽골은 크게 세력이 약화되었다. 이때 오이랏트마저 동몽골을 쳐서 동몽골을 거의 복속시켰다. 이제는 명의 힘이 필요 없어진 오이랏트는 바로 명과 관계를 단절시켰고 이에 격분한 영락제는 오이랏트를 치기 위해 왔다가 대패를 당하고 물러났다.

이때부터 오이랏트와 명의 관계는 적대적이 되었다. 그러나 동몽골은 칭기스칸의 정통이 있는 곳이었다. 오이랏트는 동몽골을 거의 복속시켰으나 그 이후에 동몽골 쪽은 칸 자리를 둘러싼 혼란이 거듭된 뒤 칭기스칸의 동생 가문인 호르친부 출신의 아다이라는 인물이 칸 자리에 올랐다.

이 아다이칸이 점차 동몽골에서 세력을 형성해 강대해지자 오이랏트는 몽골 내에서의 입지가 위협받았고 아다이칸이 힘을 키우는 것을 막지 못했다. 그래서 오이랏트와 명은 다시 협력할 필요가 있었고 명도 이를 거절하지 못했다.

명은 오이랏트가 관계를 단절한 이후에는 적대적이었으나 동몽골은 칸의 정통을 잇는 곳이므로 오이랏트와는 사정이 달랐다. 다시 동몽골이 강성해지는 것을 두려워하는 명과 입지가 약해지는 것을 두려워하는 오이랏트의 이해관계가 맞아떨어졌다. 그러나 동몽골에서는 오이랏트와 명이 은밀한 협약을 맺은 것을 모르고 있었다.

명나라가 매년 연례 행사처럼 동몽골을 침략해 오니 동몽골인들은 명나라라고 하면 이가 갈릴 지경이었다. 그런데 올해도 여지없이 침입하다가 쫓겨난 명나라의 군대가 내년에는 대규모의 전쟁을 일으킬 준비를 하고 있다고 하는 소문이 동몽골을 휩쓸고 있었다. 그리고 명에서 전해져 오는 소식도 실제로 영락제가 군비를 확충하고 징병을 강화하는 등 전쟁 준비에 광분하고 있다는 것이다.

동몽골인들은 영락제라고 하면 모두들 치를 떨었다. 세상에 그렇게 지독한 사람이 있나 하는 것이 동몽골인들의 생각이었다.

전쟁을 일으켜 이기지 못하고 때론 대패당하여 돌아가니 명나라도 큰 피해를 입었을 것이다. 국가의 재정은 그렇다 치더라도 얼마나 많은 백성들이 전쟁에 동원되면서 죽었을지는 영락제 자신도 모를 것이다. 그러면서도 끊임없이 전쟁을 걸어오는 것이다. 동몽골도 수차례의 전쟁이 자국 내에서 일어나면서 입은 피해가 말로 다 하지 못할 지경이다. 그러니 동몽골인들은 영락제라면 치를 떨고 한족이라면 뼈를 갈아 마시고 싶어하지 않을 수 없었다.

장무위는 40여 일 동안 말을 달려 동몽골로 들어왔다. 그리고 수소문을 한 지 단 하루 만에 왕혜정의 소식을 들었다. 다시 10여 일 동안 말을 달린 장무위는 드디어 왕혜정이 살고 있는 게르의 앞에 설 수 있었다.

몽골의 전통 복장 토르고트를 입고 있는 왕혜정의 모습은 생전 처음 보는 모습인데도 낯설지가 않았다. 타향에서 동족을 만난 그런 친숙함이 아니었다. 맑고 깨끗한 눈 속에는 따사로움과 겨울의 찬바람 속에 꽃을 피우는 매화의 고결한 의지 같은 것이 녹아 있었다. 장무위의 기억에 아직도 생생히 남아 있는 어머니의 눈빛과 왕혜정의 눈빛은 묘하게 닮아 있었다.

왕혜정은 장무위를 보자 그 사나이다운 기상이 다안을 보는 듯해서 잠시 추억에 잠겼다. 그러나 멀리서 찾아온 손님을 앞에 두고 생각에만 잠길 수는 없는 노릇인지라 왕혜정은 침착한 조선 말로 질문했다.

"저를 찾아오셨다고 하셨는데 조선에서 오셨다고요?"

장무위도 이내 정중히 읍을 하면서 말했다.

"예, 왕 부인을 찾아서 조선에서 왔습니다. 혹시 왕정문이란 분을 아십니까?"

이름을 듣자마자 왕혜정은 왕정문이 누군지 바로 알 수 있었다. 끝없는 고통을 당하면서 스스로 침잠해 들어갈 때마다 항상 생각하던 가족들의 이름과 얼굴 중에 왕정문이라는 이름이 있었던 것이다.

"아, 혹시 저의 할아버지를 말씀하시는 건가요?"

"그렇습니다. 저는 왕정문 노인의 부탁을 받고 부인의 선친을 찾다가 여기까지 오게 됐습니다.”

왕혜정의 눈에 슬픔이 가득 어렸다. 왕청기가 단신으로 혈랑단을 찾아왔다가 처참하게 살해당할 때 왕혜정은 열한 살의 어린 나이였다.

“아버지는 혈랑단의 손에 무참히 돌아가셨어요.”

“알고 있습니다. 청해에 들러서 소식을 알아보고 온 것입니다.”

그 악명 높던 혈랑단이 한 사람의 무인에게 무너졌다는 것은 이미 동몽골에도 소문이 퍼져 있었다. 왕혜정은 그 소문을 듣고 얼마나 기뻐했는지 모른다.

“혹시 귀공이 혈랑단을 무너뜨렸다고 소문난 장 공(張公)이신가요?”

“예, 제가 장무위입니다.”

그러자 왕혜정이 눈물을 주룩 흘리며 일어서더니 큰절을 했다.

“불구대천지수를 갚아주셔서 감사합니다.”

장무위가 급히 다가가 왕혜정을 일으켜 세웠다.

“해야 할 일을 했을 뿐입니다. 제가 아닌 그 누구라도 기회가 되었다면 그렇게 했을 겁니다.”

“그 누구라도 해야 할 일이었으나 그 누구도 하지 못했던 일이지요. 장 공의 은혜를 어찌 다 갚아야 할지 모르겠습니다.”

장무위는 왕혜정이 큰절을 하자 급히 부축해서 일으켜 세웠으나 바로 코앞에 있는 왕혜정의 젖은 눈을 보자 그만 크게 당혹해하고 말았다. 무상대능력을 조화경까지 익혀 항상 최적, 최상의 신체를 유지하는 그가 병이 걸렸나 생각할 정도로 아찔한 느낌을 받았던 것이다.

장무위는 얼굴을 붉히며 급히 한 걸음 물러섰다.

“나는 왕정문 어르신의 은혜를 입었습니다. 그래서 은혜를 갚고자 한 일이니 마음에 두지 마십시오.”

장무위는 이제까지의 사정을 짧게 요약해서 이야기해 주었다. 왕혜정은 친부에게 할아버지의 이야기를 듣기는 했지만 아직까지 살아 계신 줄 모르고 있다가 장무위의 말을 듣고는 그만 오열을 터뜨렸다. 자신들 3대의 사정이 어찌 이리 기구할까 생각하며 눈물을 멈출 줄 몰랐다.

다음날 인편으로 왕정문 노인에게 지금까지의 소식을 간략하게 정리해서 보낸 장무위는 아룩타이가 자신을 찾는다는 소릴 듣고 만나러 갔다. 아룩타이는 초로의 노장군으로 6척의 체구에 초원의 사자를 보는 듯 용맹한 기개가 전신에 서려 있는 사람이었다. 더욱이 이국적인 용모와 깊은 눈은 한 번 보면 잊혀지지 않을 듯했다.

"장무위입니다."

장무위가 몽골 말로 인사를 하자 아룩타이의 얼굴이 환해졌다.

"어서 오시오. 그대의 소문은 익히 들었소이다. 몽골 말을 하실 줄은 몰랐습니다."

"이번 겨울에 배웠습니다. 아직 모자람이 많을 것입니다."

"하하, 아니오. 그대의 몽골 말은 이 아룩타이보다 더 훌륭하오."

"무슨 그런 말씀을……."

적수가 없는 무예에 한눈에 보아도 범인이 아님을 알 수 있는 당당한 체격과 기상, 현기가 어려 있는 눈에 아룩타이는 한눈에 이 장무위란 인물이 마음에 쏙 들었다.

"혜정이를 찾아오셨다고요?"

"예, 왕 부인의 조부이신 왕정문 노인의 부탁을 받고 오게 됐습니다."

"그렇군요. 그럼 이제 혜정이를 데리고 조선으로 돌아가려 하시는지……?"

“글쎄요. 그건 제가 판단할 수 있는 문제가 아닌 듯합니다. 왕 부인의 의사가 우선시되어야 할 것 같습니다.”

“그럼 혜정이가 할아버지를 만나고 싶어한다면 어떻게 하시렵니까?”

“조손이 서로를 그리워하는 것은 인지상정이나 왕정문 어르신이 연로하셔서 모시고 오는 것은 힘들 것 같습니다. 왕 부인이 원하시면 제가 바로 요동으로 왕 부인을 모시고 가겠습니다.”

“예, 잘 알겠습니다. 혜정이의 의사를 물어보도록 하겠습니다.”

장무위가 진심을 가득 담아서 정중히 읍을 했다.

“왕정문 어르신을 대신해서 감사의 말씀을 드립니다.”

아룩타이가 빙긋 웃으며 장무위의 인사를 사양했다.

“별말씀을……. 혜정이를 돌봐주는 것이 나에게도 큰 기쁨이었으니 그런 말씀은 하지 마십시오.”

잠시 후 왕혜정이 아룩타이의 부름을 받고 왔다.

“할아버지의 소식을 들었을 것이다. 어찌하겠느냐?”

“살아 계시다는 이야기를 들으니 뵙고 싶은 마음이 간절합니다. 그렇지만 지금 아이들을 돌보고 있는데 제가 자릴 비울 수는 없습니다. 한 서너 달 동안 저를 대신해서 일해줄 사람을 구하고 그 사람이 일을 다 배운 후 할아버지를 찾아뵙고 싶습니다.”

아룩타이가 왕혜정의 말을 듣고 있다가 장무위를 보면서 물었다.

“장 공은 어떻게 생각하십니까?”

장무위는 이미 왕정문 노인에게 인편으로 서찰을 보냈으니 자신이 할 일은 다 했다 생각했다.

“왕 부인의 말씀대로 하는 게 좋을 듯합니다.”

“좋소이다. 그리고 장 공께 한 가지 부탁의 말씀을 드리고 싶습니다.”

"부탁이라뇨?"

"장 공이 특별히 급한 일이 없으시다면 혜정이가 조선으로 갈 때 장 공께서 동행해 주셨으면 합니다. 요즘 나라의 상황이 복잡해서 혜정이를 호위할 군사들을 사사로이 보낼 수가 없습니다. 그러나 조선까지 가는 길은 수월치 않으니 혜정이를 혼자서 보낼 수도 없는 노릇이고 장 공께서 동행해 주시면 사례를 하겠습니다."

원래 장무위는 이번에 왕혜정의 일이 끝나면 조일봉을 만나보고 추풍검문에 들렀다가 바로 백두산으로 들어가려고 생각하고 있었다. 그러나 급할 것은 없었다. 당분간 여기 있다가 3, 4개월 후에 왕혜정을 보호해서 같이 왕정문 노인을 만나러 가는 것도 괜찮을 듯싶었다.

"사례는 당치도 않습니다. 제가 바쁜 일이 없으니 그렇게 하도록 하겠습니다."

옆에서 조용히 듣고 있던 왕혜정이 인사를 했다.

"장 공의 은혜가 이미 크고 높은데 또 은혜를 베풀어주신다니 뭐라 감사의 말을 드려야 할지 모르겠습니다."

"아닙니다. 전에도 말씀드렸다시피 왕정문 어르신의 은혜를 갚는 일이니 더 이상의 치사는 받지 못하겠습니다."

장무위가 진중하게 말하자 왕혜정도 고마움 가득한 눈빛을 보낼 뿐 다른 말은 하지 않았다.

아룩타이는 자신의 저택 내에 장무위가 머물 곳을 마련해 주었다.

왕혜정이 기거하는 곳과 가까워 항시 왕혜정을 지켜볼 수 있는 거리였다. 왕혜정은 낮에 아룩타이의 저택 한곳에 마련된 고아원에서 아이들을 돌보았다. 왕혜정은 살아온 삶의 영향인지 웃음을 짓는 일이 드

물었는데 유독 고아원에서 아이들을 돌볼 때는 왕혜정의 얼굴에도 활짝 웃음이 피었다.

장무위는 왕혜정의 웃는 얼굴이 상당히 보기가 좋아서 종종 고아원에 들러 덩달아 아이들을 돌보며 시간을 보냈다. 조일봉이 기다릴까 걱정되어서 다녀오려 했으나 왕혜정을 지켜줘야 한다는 마음의 명령을 거부하지 못하고 인편으로 서신을 보내는 것으로 대체하고 말았다.

고아원에 가지 않을 때는 저택에 있는 연무장에서 무상구도를 수련했고 매일 밤 명상을 하면서 태산에서 수련할 때처럼 가상의 칼이 혼자서 움직이길 바랐으나 어찌 된 일인지 그때 이후로 다시 살아 있는 가상의 칼은 볼 수 없었다. 태산에서 수련할 때와 그 이후 무슨 차이가 있어서 그런지 비교해 봤지만 원인을 찾을 수가 없었다.

결국 무상구도의 수련은 진척이 없었고 장무위는 명상을 할 때 천진에서부터 생각하던 호신강기에 대한 수련을 계속했다. 기련산에서 겨울을 나면서 호신강기를 이론적으로 완성했던 것이다. 호신강기의 전제 조건으로 장무위가 생각했던 세 가지의 전제 중 두 가지 난제를 해결했던 것이다.

첫째, 몸 밖에 강기를 형성하는 것은 강기를 형성하기 위한 수련을 계속하다 보니 그렇게 어렵지 않았다. 이미 탈태환골을 하고 전신 세맥이 모조리 타통된 장무위였기에 어렵지 않았다. 다만 옷이 터져 나가는 게 문제였다. 그런데 그 문제는 뜻밖에 간단하게 해결할 수 있었다. 무공에는 격산타우라는 게 있었다. 산을 격하고 소를 때린다는 발경의 이치였는데, 장무위는 그 원리를 이용해서 옷 밖의 일정 지점에 진기를 집약시켜 강기를 형성할 수 있게 되었다.

두 번째의 전제로 생각했던, 상대의 공격은 막고 자신의 공격은 통과

시키는 강기는 세상에 없었다. 결국 그 문제는 포기했다. 그래서 아주 짧은 시간 동안 상대의 공격을 막고 즉시 호신강기를 거두어 공격하는 방법을 생각해야 했다. 이 문제는 뜻이 일면 기가 이는 경지에 오른 장무위라 할지라도 얼마나 많은 수련을 더 해야 할지 아직은 상상이 안 가는 문제였다. 수없이 많은 반복 수련만이 해결할 수 있는 문제였다.

세 번째로 생각했던 문제, 즉 전신을 감싸며 넓게 퍼진 강기로 어떻게 상대의 집중된 공격을 막을 수 있는가 하는 문제는 해결 방법을 찾았다. 무상구도의 선풍소무를 창안할 때 생각했던 강기의 회전으로 그 문제를 해결했던 것이다.

도처럼 실체가 있는 것이 아닌 무형의 기를 회전시킨다는 것은 말처럼 쉬운 것이 아니었다. 그러나 이미 오래전에 도강을 터득한 장무위에게 기는 이미 실체나 다름없었다. 아니, 오히려 실체보다 더 영활하고 자유스러운 움직임을 기를 이용하여 만들어낼 수 있었다.

그러나 그렇게 해도 넓게 퍼진 강기가 강력하게 집중된 도강 같은 것을 막을 수는 없었다. 그래서 장무위는 그 문제를 보완하기 위한 방법으로 단순히 기를 회전만 시키는 게 아니고 상대의 공격을 당겨서 호신강기의 회전을 따라 같이 회전시켜 다시 되돌리는 방법을 생각해냈다. 실제로 써본 적은 없지만 강기의 숙련도가 높아지면 가능할 것 같았다. 가능하기만 하다면 상대의 공격을 받아서 회전의 힘을 더해 되돌려줄 수도 있을 것이다.

장무위는 기련산에 있으면서 연구한 대로 그동안 호신강기를 형성시키는 수련을 꾸준히 해왔다. 그래서 지금 장무위는 가슴둘레를 따라서 한 치 넓이의 시퍼런 강기의 고리가 눈에 보이지 않는 속도로 회전하게 할 수 있었다.

한 치 넓이의 강기 고리는 실전에선 아무런 도움이 되지 않을 것이다. 즉, 현재 수준의 호신강기는 아무런 쓸모가 없다는 것이다. 그렇지만 혼원기의 내공이 깊어지고 많은 반복 수련을 통해 극히 짧은 시간 내에 회전하는 호신강기를 발출하고 거둘 수만 있다면 공, 수에서 상당한 효용을 발휘할 것이다.

현재 장무위가 수련한 호신강기는 강기 본래의 가공할 파괴력 이외에 회전으로 인한 점(粘), 착(捉)의 속성을 함께 가지고 있었고 더 나아가 탄(彈)의 속성도 가지고 있었다.

장무위의 혼원기 공력이 높아지고 호신강기의 수련도가 높아진다면 상대의 공격을 호신강기만으로 막아내고 오히려 역공을 할 수도 있을 것이다. 상대의 공격을 점자결, 착자결로 끌어당겨서 그냥 흘려 버릴 수도 있을 것이고 점자결, 착자결로 끌어당긴 상대의 공격을 회전시킨 후 다시 상대에게 되돌려줄 수도 있는 것이다. 그렇게 되면 상대는 자신의 공격에 회전의 힘을 이자로 쳐서 되돌려받을 것이다.

장무위는 그래서 자신이 연구하고 있는 호신강기를 생사탄강(生死彈罡)이라 이름 지었다. 생각대로만 된다면 장무위의 의지에 따라 상대의 공격을 흘려 버릴 수도, 더욱 강하게 되돌려줄 수도 있으니 상대의 공력이 장무위의 공력보다 월등히 높아서 회전의 힘으로도 막을 수 없는 정도가 아니라면 상대의 생사를 장무위의 의지대로 할 수 있는 것이다.

장무위는 자신이 이름을 짓고도 잘 지었다는 생각이 종종 들었다. 다만 생각대로 되지 않을 수도 있다는 것이 문제였지만.

한 달 정도 그렇게 시간이 흐르자 장무위는 무상구도의 초식 수련이 의미가 없음을 알고 낮에는 수련을 잠시 접어두고 왕혜정을 따라서 아이들을 돌보는 데 시간을 투자했다.

왕혜정은 자신이 없을 때 아이들을 돌볼 사람을 구해서 업무를 가르치고 그 이외의 시간에는 아이들을 돌보고 또 몸속에 유전되는 장인 가문의 손재주를 발휘해 각종의 탈을 만들어주기도 하였다.

장무위가 하는 일은 왕혜정이 탈을 만들 때 같이 만드는 것과 아이들이 말을 안 들을 때 인상을 한두 번 찡그려 주는 것이었다.

장무위도 생전 처음 어린 아이들과 같이 시간을 보내고 있으니 기분이 좋았다. 그러나 시간이 흐르면서 아이들의 꾀가 늘었는지 장무위의 위협(?)이 먹히지 않았다. 결국 장무위는 아이들의 뒤치다꺼리를 할 수밖에 없었다.

두 사람은 아이들을 돌보면서 많은 대화를 했고 또 서로에 대해서 많이 알게 되었다. 장무위는 왕혜정의 험난한 삶을 듣고 안타까워했으며 또 그것을 이겨낸 정신력을 높이 샀다. 그러다 보니 어머니의 눈빛을 지닌 왕혜정에게 차츰 호감을 가지게 되었다. 왕혜정도 장무위가 불구대천지수를 갚아준 은인이었으므로 처음부터 호감을 가지고 있었으니 두 사람 사이에는 묘한 감정의 흐름이 오고 가기 시작했다.

준가르가 왕혜정을 찾은 것은 장무위가 이곳에 온 지 두 달째가 되던 날이었다. 준가르는 30대 중반으로 보이는 7척의 건장하게 생긴 대장부였다.

"제수씨의 뜻을 전해 들었습니다. 괜찮겠습니까?"

왕혜정은 준가르에게 공손히 자신의 뜻을 전했다.

"예, 제 걱정은 하지 마세요. 전 이대로 행복하답니다. 아이들을 돌보며 평생 혼자서 살고 싶어요."

"언제든지 나의 힘이 필요하다고 생각되면 주저하지 말고 말씀하시오. 내 동생을 생각해서라도 제수씨에게 내가 할 수 있는 한 최선을 다해서 도움을 드리겠소."

"고마우신 마음 평생 잊지 않고 기억할게요."

그런 둘의 모습을 보면서 조용히 서 있는 장무위에게 준가르가 인사를 하며 말을 건넸다.

"저는 준가르라고 합니다. 장 공의 소문은 멀리 전방에 있을 때부터 많이 들었습니다. 만나뵙게 되어 영광입니다."

"반갑습니다."

"제가 오늘 찾아온 것은 제수씨의 뜻을 확인하고 또 장 공의 소문을 듣고 꼭 한 번 뵙고 싶어서였습니다. 제수씨를 돌봐주신다는 말씀 들었습니다. 앞으로도 잘 부탁드리겠습니다."

말을 하면서 준가르가 깊이 고개를 숙여 보였다.

"요동에 계신 왕 부인의 조부님을 뵐 때까지 동행을 하겠습니다. 그 점은 염려 마십시오."

"감사합니다, 장 공. 제가 해야 할 일이었으나 제수씨도 원하지 않고 저도 원하지 않는 풍습 때문에 주저하다 정작 작은 도움 하나 못 드리고 지켜보기만 하고 있었습니다. 이제 장 공께서 계시니 저도 안심할 수 있겠습니다."

몽골에는 형사취수(兄死取嫂)의 풍습이 남아 있었다. 환경적인 요인으로 인해서 아직 그런 풍습이 만연하였던 것이다. 그러나 준가르도 왕혜정도 그런 풍습을 달갑게 생각하지 않는 사람들이었다. 그래서 준가르는 책임감을 느끼면서도 적극적으로 나서지 못했고 왕혜정도 준가르의 책임감을 부담스러워했다.

"별말씀을요. 제가 해야 할 일을 하고 있을 뿐입니다. 왕 부인의 조부께서 저에게 큰 도움을 주셨습니다."

준가르와 장무위는 서로의 기상에 감탄하면서 의기가 투합했다. 그러나 왕혜정이 불편해하는 기색이 있어 준가르는 오래 머물지 못하고 다시 한 번 왕혜정을 부탁한 다음 돌아갔다.

보름 뒤 장무위와 왕혜정은 뜻밖의 손님을 맞이하게 됐다. 왕정문이 장무위가 서신을 적어 보냈던 사람을 따라 노구를 이끌고 몽골로 왔던 것이다. 그 소식을 듣자마자 왕혜정은 눈물을 줄줄 쏟으며 달려갔다.

아룩타이의 저택에는 한참 동안 서로 담소를 나누고 있었던 듯 아룩타이와 왕정문이 웃으면서 이야기를 나누고 있었다.

왕혜정을 따라온 장무위는 왕정문이 몇 년 사이에 많이 늙었다는 느낌을 받았다. 삼왕으로 만든 영단을 먹었다 해도 흐르는 세월을 막을 수는 없었나 보다.

왕혜정이 눈물로 범벅된 얼굴로 왕정문을 바라보았다. 왕정문도 금세 왕혜정이 누군지 알고 얼굴이 굳어버렸다.

"할아버지!"

왕혜정이 큰 소리로 왕정문을 부르더니 뛰어가서 안겼다. 이내 노인의 눈에서도 뜨거운 눈물이 쏟아졌다. 한눈에 서로를 알아본 조손의 상봉은 눈물로 시작되었다. 그리고 한참 동안 뭐라 말도 못하고 계속해서 눈물만 흘릴 뿐이었다. 장무위도 괜히 눈시울이 뜨거워져 참느라고 애를 먹고 있었다.

한동안 회포를 나눈 왕정문의 눈에는 왕혜정을 만난 기쁨과 자식을 잃은 슬픔, 그리고 장무위에 대한 고마움이 멈출 줄 모르고 쏟아지는 눈물을 따라 흘러내렸다.

"자네, 정말 고마우이. 내 자네의 은혜를 무엇으로 갚아야 할지 모르 겠네."

"어르신의 도움으로 제 평생의 지기를 얻었습니다. 어찌 은혜라 하 십니까? 아직 어르신의 은혜를 갚으려면 멀었습니다."

"이 사람… 그 성격은 여전하구먼. 자네가 뭐라 해도 내 고마워하는 마음을 막을 수는 없을 걸세."

왕정문이 그렇게 말을 해도 장무위는 그냥 미소만 지었다. 그런 장 무위의 눈시울도 불그스레하게 변해 있었다.

그날 밤 왕정문과 왕혜정이 있는 방에선 연신 끊임없는 탄식과 한숨, 그리고 눈물이 끊이지 않았다.

왕정문은 아룩타이를 만나서 자신의 손녀를 돌봐준 고마움을 표하 고 아예 이곳에 정착하고자 하는 뜻을 전했다. 자신의 나이 이미 70이 다 되어간다. 지금 손녀와 헤어지면 죽기 전에 다시 볼 수 있을지 모른 다. 아예 여기서 정착해서 손녀와 같이 살고자 했다. 아룩타이는 흔쾌 히 왕정문의 집을 마련해 주고 왕혜정과 같이 살 수 있도록 해주었다.

왕정문의 집에는 대장간이 차려졌고 아룩타이의 심복이 왕정문이 비 고에 숨겨둔 재산을 찾아오기 위해서 요동으로 떠났다. 왕정문은 요동 을 떠나면서 재산을 은밀히 숨겨두었던 것이다. 왕정문은 아룩타이의 심복이 돈을 찾아오면 아룩타이에게 진 신세를 단단히 갚을 생각이었다.

장무위는 더 이상 자신이 있을 이유가 없자 이제는 조일봉을 만난 이후에 조선으로 가야겠다고 생각하고 왕정문에게 인사를 하러 갔다가 뜻밖의 제안을 받았다.

"자네가 배워준다면 내 소원이 없겠네. 다른 사람에겐 전하고 싶지도 않아. 안 되겠는가?"

"어르신의 뜻은 감사합니다만 전 무인입니다. 제대로 배울지도 또 후세에 전할 수 있을지도 모르겠습니다."

장무위가 사양의 뜻을 표한 것은 배우기 싫어서가 아니라 그것을 배워서 제대로 쓸 자신이 없기 때문이었다. 그러나 왕정문은 그런 것은 아랑곳없었다.

"제대로 배울 수 있음은 내가 장담하네. 후세에 전하고 말고는 자네가 알아서 판단하게. 어쩌겠는가? 내 나이 이미 예순여덟이야. 이제 얼마 남지 않았음을 느끼고 있어. 우리 가문에 전승되어 오던 장인 기술을 내 대에서 끝내고 싶지는 않네."

장무위는 왕정문의 부탁을 거절할 수가 없었다.

"그러면 가르쳐 주십시오. 열심히 배우겠습니다. 급하게 조선으로 돌아가야 할 이유도 없습니다."

왕정문은 장무위에게 자신의 가문에 전승되는 모든 장인 기술을 전하고자 했다. 은혜를 갚고 싶은데 장무위에게 돈을 줄 수도 없는 일이었고 현천도 이상 가는 병기를 만들어줄 수도 없었다. 그래서 생각한 것이 가문의 비법을 전해주는 것이었다. 왕정문이 진정으로 원하는 것은 따로 있었지만 차마 말을 꺼낼 수는 없었다.

왕정문은 손녀에게 살아온 이야기를 다 들었다. 왕혜정의 이야기가 계속될수록 가슴이 찢어지는 아픔을 느꼈다. 어린 나이에 세상의 추악함을 다 겪은 것이다. 다행히 아룩타이를 만나 행복을 찾은 것 같았지만 얼마 후 다얀이 전사하고 그 충격으로 사산도 경험했다. 장무위에게 손녀 사위가 되어달라고 말을 꺼낼 입장이 아닌 것이다.

'무위 같은 손녀 사위를 얻는다면 내 편히 눈을 감을 수 있겠는데 혜

정이의 사정을 뻔히 알고 있으니 어떻게 그런 욕심을 내겠는가? 안타깝구나.'

　그렇게 해서 장무위의 귀로는 또 늦춰지게 됐다. 왕정문에게 하루 종일 왕씨 가문의 금속 제련술을 배우고 고령의 왕정문이 지치면 시간을 내어서 왕정문과 같이 왕혜정이 있는 고아원을 찾아갔다. 그러다가 장무위도 왔다 갔다 하기가 귀찮아져 아예 왕정문의 집으로 옮겨가서 같이 살았다.
　언제나 배우고 익히는 것을 좋아하는 장무위였다. 왕씨 가문의 수준 높은 기술들을 몸으로 익히는 것은 앞으로도 오랜 시간이 필요하겠지만 이론은 그렇게 오래지 않아 배울 수 있었다. 장무위가 이론을 거의 다 배울 즈음 해서 왕혜정도 할아버지의 연세를 생각해 고아원을 전에 인수인계를 하려고 했던 사람에게 잠시 맡기고 하루 종일 왕정문의 곁에서 수발을 들면서 같이 살게 되었다.
　장무위가 직접 쇠를 다루기 시작하면서 왕정문은 손녀와 나란히 앉아서 장무위가 일하는 모습을 구경하며 기꺼워했다. 그리고 왕정문은 장무위와 왕혜정 두 사람 사이에 어떤 인연이 생기지 않을까 하며 점점 기대하는 마음이 들기 시작했다. 왕정문이 가만히 지켜보고 있노라니 두 사람은 간혹 시선이 마주칠 때 둘 다 얼굴을 붉히면서 급히 시선을 돌리는 것이 상대에게 호감을 느끼고 있음이 분명했던 것이다. 왕정문이 오기 전에 같이 있었다고 하더니 그새 정이 들었나 보다고 생각했다.
　'어쩌면 좋은 일이 생길 수도 있겠어. 잘하면 우리 혜정이가 행복해하는 모습을 보고 죽을 수도 있겠구나. 부디……'
　왕정문은 끊임없이 기도했다. 하늘이 있다면 노인의 기도를 들어줄 것이다.

장무위가 전혀 새로운 방면의 지식을 배우고 익히며 또 눈빛으로 왕혜정과 마음의 교분을 나누고 있을 때 조일봉은 박효양에게 눈물이 쏟아지도록 혼이 나고 있었다. 박효양이나 조일봉 모두 몽골 말을 못했다. 명나라 말이나 조선 말을 할 줄 아는 몽골인을 찾아야 했으나 급히 서둘러 오느라 안내할 사람을 구하지 못했다. 몽골에 와서 말도 통하지 않는 상태에서 안내를 구하려니 그냥 장무위를 찾아가는 것보다 안내를 찾는 게 더 어려울 지경이었다.

두 사람은 반년이 넘게 몽골 이곳저곳을 돌아다녔다. 넓은 평원에서 어디가 어딘지 몰라 헤맨 적도 많았다. 그렇게 허송세월을 하다 운이 좋아서인지 지금은 북원이라 부르는 이곳과 거래하는 조선 상인을 만나게 되었고 자신들이 이미 장무위가 있는 곳을 지나쳐 왔다는 것을 알게 되었다. 당시 박효양이 들러보자고 한 몽골의 왕도 카라코람에 장무위가 있었으나 조일봉은 장무위가 아무래도 조선과 가까운, 그리고 왕정문 노인과 가까운 곳에 있을 거라 생각하고 그냥 지나치자 했던 것이다.

조일봉은 모르고 있지만 지금 박효양은 자신의 생이 얼마 안 남았다고 생각하고 있었다. 내일 당장 죽어도 하등 이상할 것이 없는 나이였다. 물론 안 죽고 10~20년을 살 수도 있지만 불안했다. 그래서 하루가 아까운 심정이었다. 그런데 조일봉이 확신을 가지고 있는 듯 말하며 몽골을 떠돌게 만들었으니 분노가 지나쳐 살의까지 치솟았다.

조일봉은 설마 자신을 죽이기야 하겠냐는 생각을 하고는 있었지만 살기 띤 박효양의 기세는 조일봉이 감당할 수 있는 게 아니었다. 박효양이 간신히 살기를 억눌렀을 때 조일봉은 그의 기세에 질려 거의 초주검이 되어 있었다. 조일봉은 거의 8개월 이상을 돈도 못 받는 시종 생활을 하다가 말 한마디 잘못해서 죽을 뻔한 것이다.

어찌 되었든 간신히 안내를 구해 장무위를 찾아온 조일봉은 장무위를 보자마자 닭 똥 같은 눈물을 주르륵 흘렸다. 울타리를 벗어나 사자에게 쫓기던 어린 양이 다시 주인이 지켜주는 울타리 속으로 돌아온 것 같은 기분이었던 것이다.

"형님! 정말 보고 싶었습니다. 형―니―임! 흑! 흑!"

장무위는 솔직히 조일봉이 찾아오자 많이 놀랐다. 몽골 말도 모르는 조일봉이 이 머나먼 곳까지 찾아오는 일은 쉬운 일이 아니었을 것이다.

"나도 보고 싶었네. 내 황 방주께 부탁드려 소식을 전했는데 자네가 여기까지 찾아올 줄은 몰랐네. 반가워."

"혀―엉―님! 흐윽! 흑!"

다 큰, 아니, 이제는 늙어가는 조일봉이 그것도 7척의 대장부가 닭 똥 같은 눈물을 흘리고 있는 모습은 쉽게 볼 수 있는 광경이 아니었다. 장무위는 조일봉의 울음에 반가움과 슬픔이 함께 들어 있자 얼떨떨해졌다.

"자네, 무슨 일이라도 있었나?"

"형님, 말도 마십시오. 제가 형님을 뵙지 못하고 죽는 줄 알았습니다."

조일봉은 여전히 닭 똥 같은 눈물을 줄줄 흘리면서 입을 열었다. 실제로 조일봉은 박효양의 가공할 살기에 눌려 죽다가 살아났다. 박효양의 살기는 단순히 '살기'라고만 말할 수 없는 실체화된 공포라고 할 수 있었다. 박효양의 그 가공할 살기에 당한 이후 조일봉은 심적으로 워낙 큰 타격을 입어 회복하는 데 적지 않은 시간이 걸렸다. 지금 이렇게 눈물을 멈추지 않고 흘리는 것도 그런 까닭이었다.

"무슨 일인지 자세히 말해 보게. 당금의 명에서 자네를 함부로 할 수 있는 사람은 몇 사람 되지 않을 터인데 이 무슨 일인가?"

“그게 무슨 일인가 하면요… 헉!”

고자질을 하려던 조일봉은 박효양의 전음성이 울리자 그만 입이 얼어버렸다.

“남아 대장부가 아무리 못나도 그게 뭐 하는 짓인가! 그만 촐랑대고 나를 소개시켜 주게.”

조일봉이 먼저 들어가서 장무위에게 인사를 드리고 박효양을 소개시켜 주기로 한 것이다. 조일봉은 그제야 박효양이 밖에서 기다리고 있음을 기억하고 더 이상 지체할 수 없어 급히 소개했다.

“형님, 그 이야긴 나중에 들으시고 먼저 제가 조선의 한 이인을 소개시켜 드리겠습니다. 제가 이곳까지 온 것도 그분이 형님의 이야기를 듣고 만나고 싶어하셨기 때문입니다. 저도 천진에서 혼자 기다리기 뭣해서 그분을 모시고 왔죠.”

“그래, 자네 이야긴 나중에 듣도록 하지.”

조일봉이 밖으로 나가 박효양을 모시고 들어왔다. 장무위는 조일봉을 따라온 노인을 보자 저절로 긴장이 되며 몸이 뻣뻣해지는 것을 느꼈다. 노인은 이제껏 본 그 어떤 고수보다도 강해 보였다. 세상에 자신의 적수가 없지 않을까 은연중 생각하던 장무위로서는 마치 벼락을 맞은 듯한 충격을 받았다. 장무위는 손님을 앞에 세워두고 온몸이 뻣뻣해져서 멍하게 서 있는 추태를 보일 수밖에 없었다. 잠시 후 간신히 신색을 가다듬은 장무위가 정중히 읍을 하면서 조선 말로 인사를 했다.

“장무위라고 합니다.”

박효양은 순간 흠칫한 표정을 지었다.

‘내가 기세를 일으켰는데도 저렇게 빨리 자신을 수습하다니 최광보다 나은 듯하구나. 그리고 아무리 봐도 탈태환골을 한 것 같은데 실제

나이를 속이고 있는 것인가?

박효양이 일으킨 기세에 조일봉은 다시 또 멍해져 부들부들 떨고 있었다. 아무래도 심령(心靈)의 타격이 큰 것 같았다.

"나는 조선 사람 박효양이라고 하네. 내 자네의 이야기를 듣고 만나고 싶은 마음을 억누를 수 없어 이렇게 찾아오게 된 것이네. 듣던 것보다 더 대단한 성취를 이룬 듯하이. 우리 민족이 자네와 같은 훌륭한 인재를 배출해 내었으니 이는 하늘의 보살핌이 있었음이야."

"과찬이십니다. 어르신을 보니 제가 개안을 한 듯합니다. 작은 성취에 자만하고 있던 제 자신이 부끄러울 정도입니다."

박효양은 장무위가 당당한 체구에 사나이 대장부의 기상이 흘러넘치고 현기가 어린 눈을 하고 있는 데다가 얼핏 보기에도 높은 경지의 무를 터득한 것이 분명해 보이자 너무나 기뻤다. 대한민족의 후예 중에 저런 인물이 났으니 같은 민족으로서 어찌 기쁘지 않을쏜가.

박효양은 장무위를 자세히 살펴보았다.

'피부가 티끌 한 점 없이 깨끗하고 전신의 근육과 뼈가 완벽하게 조화되어 있구나. 저것은 분명 탈태환골을 한 흔적이야. 일봉이 저놈의 말을 완전히 믿지 않았었는데 사실이구나.'

장무위와 박효양은 서로 탁자를 마주하고 앉아서 이런저런 얘기들을 나누었다. 조일봉은 박효양이 슬쩍 일으킨 기세를 거두자 즉시 이런저런 핑계를 대고 왕혜정을 따라 나갔다.

"내 자네가 심도를 터득했다는 일봉이 놈의 말을 듣고 찾아오지 않을 수 없었어. 나도 평생을 무도만 수련한 사람으로 조선의 후예 중에 자네 같은 인물이 있다는데 어찌 먼 길을 마다하겠는가."

"어르신 같은 분이 계신 줄 알았다면 진즉에 찾아가서 인사를 드렸을 겁니다. 제 눈이 어두워서 어르신이 찾아오시게 했으니 죄만합니다.”

“아니야. 난 오랫동안 흑룡강에 있는 이륵호리산의 절지에서 수련했다네. 세상에 나온 지 얼마 되지 않아 날 알고 있는 사람이 없을 것이야.”

“그러셨군요. 그런데 어르신의 경지는 제가 미처 짐작을 못하겠습니다만 전인미답의 경지에 이르신 듯합니다.”

“하하하, 아닐세. 내가 290년을 살아오면서 평생을 수련했지만 원하는 경지에 이르진 못했어. 선인이 다 갈고닦아 놓은 길을 가는 데도 그 오랜 세월 동안 나에겐 선인의 경지를 들여다볼 기회가 없더군.”

290년을 살았다면 분명히 탈태환골을 한 사람이었다. 현세에 자신 이외에 또 탈태환골을 한 사람이 있을 줄이야! 장무위는 놀라움을 금치 못했다. 단지 이상한 것은 노인의 눈 깊은 곳에 은은히 어려 있는 붉은 기운이었다.

“어르신께선 탈태환골을 하신 것 같습니다.”

“확실히 그런 일이 있었네. 자네도 역시 그렇지 않은가? 본래의 나이가 어떻게 되나?”

“스승의 높고 크신 은혜로 저도 탈태환골을 했습니다만 제 능력이라고 할 수는 없습니다. 올해 서른세 살입니다.”

박효양은 장무위가 실제로 서른세 살밖에 안 됐다고 하자 도대체 어떤 배움을 얻었는지 궁금하기 짝이 없었다.

“도대체 자네의 은사께서는 누구시기에 자네에게 그런 홍복을 베푸셨는가?”

장무위는 박효양이라면 스승의 존재를 이해할 수 있을 것 같았다. 그래서 숨기지 않고 간략히 설명했다.

장무위의 설명을 들은 박효양은 세상에 그런 초인이 존재했었는데 자신과는 연이 닿지 않았음을 애석해하고 안타까워했다. 장무위의 말이 사실임을 박효양은 알 수 있었다. 사람의 상단전을 인위로 열어줄 수 있는 능력이나 26세의 나이로 탈태환골을 할 수 있게 한 공부는 상식의 수준을 이미 오래전에 벗어난 경지인 것이다. 신적인 존재가 있어서 권능을 발휘한 것이 아니라면 어찌 그럴 수 있겠는가. 박효양으로서도 상상할 수 없는 그런 경지였다.

"안타깝구나! 정말 안타깝구나!"

박효양은 연거푸 탄식을 토했다. 당시에 민간에 도는 소문을 좀 더 신경 썼더라면 위대한 초월자를 만날 수도 있었을 것이다. 박효양은 당시 민간에 도는 이야기를 그냥 우스갯소리 취급을 했었다.

"내 젊은 날에 세상을 떠돌며 스승을 찾았으나 가르침을 주실 분을 찾지 못했다네. 그래서 여행을 통해서 책에서 배우지 못하는 것을 배우고자 많은 곳을 가보았는데 백두산에도 한두 번 올라가 본 것이 아니었어. 그분이 나에겐 기회를 주지 않으셨으니 이 어찌 안타깝다 하지 않을 수 있겠나. 안타까워, 진정으로 안타까워."

장무위는 박효양의 안타까워하는 마음이 절실하자 위로하듯 몇 마디 덧붙였다. 자신이 스승을 만난 것도 그렇고 스승의 배움을 얻은 것도 그렇고 어찌 보면 인연이란 한마디로 요약될 것이다. 자신의 자질이 특별히 뛰어나 스승의 눈에 든 것이 아님을 장무위도 잘 알고 있었다.

"스승께서 죽음의 위경에 처한 저를 구해주셨을 때 저는 양친도 돌아가시고 갈 곳도 없는 천애고아의 신세라 스승께서 계신 곳에 머무를 수 있었습니다. 제 신세가 그때 너무 험하였는지라 스승께서 불쌍히 여기셔서 가르침을 주신 듯합니다."

박효양은 그런 장무위를 보면서 안타까움을 떨쳐 버리고 말했다.

"그런 분은 만나고 싶다고 만날 수 있는 분이 아니겠지. 그보다 자네는 그런 홍복을 얻었으니 앞으로의 성취가 얼마나 될지 상상이 가지 않는구먼."

"……."

장무위가 민망해하면서 말을 하지 못하자 박효양이 장무위를 보며 미소 지었다.

"내가 보기에 자네는 능히 무형검의 경지에 이를 수 있을 것 같네. 내 생명이 좀 더 길었다면 자네가 무의 극에 이르는 것을 볼 수도 있을 것이건만, 이래저래 안타깝기 그지없네."

"제 좁은 소견으로는 어르신께서 이미 초극의 경지에 이르신 것 같습니다."

박효양은 한숨을 푹 내쉬었다.

"내 자질이 모자라는 것 같아. 얼마나 많은 시간을 무형검을 이루기 위해서 노력했는지 모른다네. 그렇지만 부끄럽게도 무성의 진전을 고스란히 이었으면서도 내 능력으론 안 되는 것 같아."

장무위는 노인이 무성의 진전을 이었다는 말에 '그러면 그렇지' 했다. 얼핏 보이는 노인의 경지는 그야말로 대단해서 '전설의 무성이 저랬을까' 하고 생각하던 참이었다. 장무위가 은연중 가지고 있던 모든 자만심을 단지 처음에 슬쩍 드러낸 기세만으로 날려 버리는 존재가 바로 박효양이었다.

"무형검을 터득하지 못하셨다고 해도 이 세상에 어르신과 손을 나눌 수 있는 사람은 없을 겁니다."

"아닐세. 난 내 자신도 제대로 통제 못하는 부끄러운 지경에 처했네. 어찌 남보다 낫다고 할 수 있겠는가? 조급한 마음에 서두르다 심마가 들었는지 요즘 자꾸 살생의 충동마저 느끼고 있네. 억누르고 있기가 쉽지 않을 정도야.”

박효양이 말끝에 표정을 흐리면서 심경을 토로했다. 요즘 들어서 박효양은 자신이 너무 조급하게 무형검을 성취하려다가 심마가 들었음을 자각하고 있었다. 자신은 이성대로 판단하고 이성대로 행동하는 것 같은데 조금 지나서 돌아보면 결과는 평상시의 자신이라면 절대로 하지 않았을 행동을 하고 있는 것이었다. 충동적이기도 하고 살기도 짙었다.

박효양은 세상에 나와 두 명의 고수를 보았다. 다른 고수니 하는 사람들은 자신의 눈에 차지 않았고 오직 최광과 장무위만이 그의 눈에 제대로 수련한 사람으로 보였다. 그러니 연배를 잊고 자신의 심경을 토로하게 되었던 것이다.

장무위는 그제야 박효양의 눈 깊은 곳에 어린 붉은 기운이 심마의 흔적임을 알고 순간 머리끝이 쭈뼛 섰다. 박효양 같은 사람이 세상을 피로 덮고자 한다면 막을 수 있는 존재가 있을까 생각하니 절로 머리끝이 쭈뼛 서는 것이다.

“어르신, 심마란 결국 마음이 허해서 생기는 것 아니겠습니까? 마음을 편히 하시면 곧 없어질 것입니다. 너무 걱정하지 마십시오.”

까마득히 어린 후배가 진지하게 충고를 하자 박효양은 그것이 기특해 보였다.

“하하하, 그래. 자네 말이 맞아. 한 걸음만 더 나아가면 될 것 같은데 그 한 걸음이 천길 벼랑같이 앞을 막아서니 내 자꾸 조급하게 서두르다 그렇게 된 것 같아. 자네 말대로 마음을 편히 먹어야겠네. 자네도 경지가 높아지면 어느 순간 두꺼운 벽이 막아설 때가 있을 것이네. 그 때는 절대로 조급한 마음을 먹지 말고 순리에 따르게.”

"예, 그렇게 하도록 하겠습니다."

박효양은 원래 욕심이 없는 사람이었다. 배우고 익히는 것에는 욕심이 있었지만 그 이외의 어떤 것에도 마음이 흔들리지 않았다. 그러다 천단부에 들어서 수십 년의 세월을 수련만 했다. 어느 정도 성취를 이루고 세상에 나갔을 때 부모님은 이미 돌아가셨고 형제들도 자신을 알아보지 못하자 자신이 있을 세상이 아님을 자각하고 이륵호리산으로 돌아가 죽을 때까지 그곳에서 나오지 않을 생각이었다. 다시 천단부로 돌아간 이후로 박효양의 마음 상태는 물과 같이 고요하고 평온했다.

박효양 자신은 몰랐지만 이미 그가 세상에 다시 나온 것부터가 심마에 들었기 때문인 것이다. 다만 그의 정신 수양이 워낙 깊어서 세상에 피해를 끼치지 않고 있을 뿐이었다.

심마(心魔)란 형태가 정해진 것이 아니었다. 그렇기에 '심마에 들면 이렇게 된다'란 것은 없었다. 사람들은 누구나 심마가 들 수 있었다. 영토에 대한 욕심으로 전쟁을 일으키는 군주나 권력욕에 사로잡혀 암투를 일삼는 고위 관리들, 자신이 가진 만금(萬金)보다 가난한 자가 가진 한 푼에 탐욕을 일으키는 사람들 모두가 심마에 든 경우라 할 수 있을 것이다. 무인들이 가진 심마의 속성도 그와 다르지 않았다.

그러나 무인들은 남을 힘으로 제압하기 위한 기법을 익히는 사람들이다. 어떻게 힘을 사용하고 어떻게 변화를 부려서 남을 제압하는가 하는 것만을 평생 연구하는 것이 무인이다. 무에도 도가 있어서 심신을 강녕하게 하고 자아를 완성하는 데 치중하기도 하지만 이미 기법(技法)을 익히고 초식을 익히는 과정의 특성상 상대를 제압하고자 하는 투쟁심이 저변에 깔려 있게 마련이다. 그런 까닭에 무인이 심마가 들면 투쟁심이 극도로 발현된다. 특히 기를 연성한 무인들이 심마에 들면

기가 혼탁해져 칠정육욕(七情六欲)을 자극한다.

상승의 기를 이용한 무인들이 심마에 사로잡힐 경우 그러한 투쟁심과 칠정육욕의 자극은 피를 부르게 되는 경우가 다반사였다. 상승의 기를 익힌 무인이므로 그를 막을 수 있는 사람은 그 이상의 경지에 있는 무인이어야만 하고 심마에 든 무인이 상대를 봐가면서 손을 쓰는 것은 아니므로 피바람을 일으키게 되고 결국은 혈마(血魔)가 되어 처참한 최후를 맞는다.

박효양은 탈태환골을 한 존재였다. 전신이 항상 최적, 최상의 상태를 유지하는 그가 심마에 들 일은 없어야 했다. 그러나 다시 노화가 진행되어 그런 최적, 최상의 상태는 깨어지고 무형검을 이루고자 하는 욕망이 그의 얼마 남지 않은 시간과 어울려 조급함을 불러일으켰다.

결국 박효양은 운공 중에 잡생각을 하는 실수를 저지르고 말았다. 그렇게 되니 불순한 기혈의 흐름이 뇌를 자극해 손상을 입히고 안구에 출혈을 일으키게 만들었으며 장기도 피해를 입게 되었다. 박효양은 운공 중에 피를 토하는 심각한 상태가 되었다. 박효양이 장무위처럼 무상대능력을 익히지 않은 이상 손상된 뇌가 어찌 치료는 되겠지만 원상복구될 리는 없었다. 박효양의 수양이 워낙 깊어서 특별한 증후를 드러내진 않고 있지만 이미 박효양의 몸과 마음은 심각한 손상을 입은 상태였던 것이다.

박효양과 장무위는 얘기를 하면 할수록 상대방에 대해서 감탄했다. 장무위는 박효양의 해박한 지식과 오랜 수련에 대해서 존경심을 느꼈고 박효양은 장무위의 무한한 가능성이 부럽고 놀라웠다. 그리 오래지 않아 최광을 넘어설 수 있을 것 같기도 했다. 서로가 서로에 대해 감탄을 하니 분위기는 자연 화기애애했다.

그러나 장무위와 헤어진 뒤 박효양은 마음 깊은 곳에서 장무위에 대한 질투심이 은근히 솟아났다.

'나에게는 장무위와 같은 복이 없었다. 내가 마자샤드니께 배움을 얻었다면 이까짓 무형검에 얽매여 허송세월하지 않고 더 높은 경지를 바라볼 수 있었을 것이다. 왜 하늘은 나에게 그런 인연을 주지 않고 장무위에게만 그런 인연을 주셨는가? 장무위의 무엇이 나의 것보다 뛰어나 그런 홍복을 주셨는가! 원망스럽구나.'

그렇게 생각을 하니 갑자기 참을 수 없는 살기가 일어났다. 천단부를 파괴시킬 때와 같이 모든 것을 파괴해 버리고 싶은 충동이 일었다. 그러나 곧 자신이 도대체 무슨 생각을 하고 있나 하면서 반성하고 부끄러움을 금할 수 없었다.

'평생을 수련한 내가 고작 이것밖에 되지 않으니 무형검이 깨달아지지 않을 수밖에. 박효양아! 박효양아! 부끄럽구나.'

박효양은 다시 여행을 떠나야겠다고 생각했다. 한곳에 오래 있으면 주변의 사람들에게 어떤 피해를 끼칠지 몰랐다. 이민족들이 있는 곳에서는 심마가 발동해도 괜찮다는 어설픈 생각은 이미 버린 지 오래였다. '세상을 여행하며 평생 가보지 못한 곳을 둘러보며 남은 인생을 보내야겠다' 하고 생각하자 마음이 편해졌다.

장무위는 박효양에게 배움을 청하고자 했으나 박효양이 받아줄지가 의문이라서 어떻게 할까 고민했다. 더 이상 비무를 안 하려고 했지만 그것은 어찌 보면 더 이상 내 칼을 받을 수 있는 상대가 없다는 자만심의 발로였다. 박효양 같은 지고한 경지에 이른 고수를 보게 되니 어찌 배움을 청하지 않고 싶겠는가? 그러나 박효양이 보통 사람도 아니고 이미 나이가 300에 가까운 분이라 선뜻 입에서 말이 나오지 않았다.

다음날 박효양이 떠나겠다는 뜻을 비치자 장무위는 다급한 마음이 들어 박효양을 붙잡았다.

“어르신, 어르신께 배움을 얻을 수 있는 기회를 주십시오.”

박효양은 빙긋 미소 지으며 장무위에게 말했다.

“하하하, 나랑 손을 섞어보자는 말인가, 아니면 무성의 무공을 가르쳐 달란 말인가? 자네가 원한다면 내 당장 가르쳐 줄 용의가 있네.”

순간 장무위의 얼굴이 붉어졌다. 자신도 나름대로 자신의 길을 가고 있다. 무성의 무공처럼 수준높은 무공을 배운다면 앞으로 자신의 무공이 아니라 무성의 무공을 배우는 데 평생을 매진해야 할 것이다. 물론 무성의 무공을 배워도 익히지 않고 자신의 무공에 참조만 한다면 상관은 없겠으나 바로 눈앞에 쉬운 길이 있는데 어찌 험한 길을 갈 수 있겠는가. 무성의 무공을 배운다면 자신의 길을 갈 수는 없을 것이다. 장무위도 새로운 경지를 이미 들여다본 상태. 자신도 무성의 경지는 가능할 것이라는 확신이 있었다. 그러니 장무위의 말뜻은 당연히 비무를 한번 해보자 하는 것이었다. 그렇지만 자신이 박효양의 상대가 아님을 뻔히 느끼면서 비무를 하자고 하는 것이니 부끄럽지 않을 수가 없었다.

“어르신께 한 수 가르침을 받고 싶습니다.”

“좋아, 자네의 호기가 마음에 드는군. 젊은이라면 당연히 그런 호기가 있어야 할 것이야.”

“감사합니다, 어르신.”

박효양은 장무위가 너무 마음에 들었다. 처음 볼 때 자신의 기세를 슬쩍 드러냈는데도 불구하고 손을 섞어보자고 하는 것이 당돌하게 보이는 게 아니고 호기가 넘치는 모습으로 보였다.

“아니야. 자네가 그 말을 하기 전엔 몰랐으나 자네 말을 듣고 보니 나도 즐겁기 그지없네. 평생 동안 배운 것을 제대로 한번 써본 일이 없었는데 자네 덕분에 나도 배운 것을 한번 써보게 되는구먼. 하하하! 이곳에서 손을 쓸 수는 없을 것 같으니 어디 넓은 장소가 있으면 안내해 보게.”

“예, 어르신.”

장무위와 박효양은 비무를 하기로 결정하자마자 신형을 날려 인적이 없는 곳으로 갔다. 굳이 소문을 낼 필요는 없었다.

전력을 다해 신형을 날리는 장무위에 비해 박효양은 느긋하게 움직였지만 속도는 전력을 다하는 장무위를 쉽게 따라잡고 있었다. 10갑자의 가공할 내공으로 도약하는 그를 조화구법의 신묘함만으로 거리를 떨어뜨리는 것은 불가능했다. 무성의 봉황비상신법(鳳凰飛翔身法)도 조화구법에 못지않은 신법이었다. 무상대능력의 조화경의 경지에서 완성되는 조화구법이었다. 그 이상의 신법은 무림에 있을 수가 없을 것이다. 그렇지만 무의 성인이라는 고금제일인 연의민도 무상대능력의 경지로 치면 조화경을 완성한 인물이라 할 수 있었다. 결코 그의 봉황비상신법이 조화구법에 비해 처지는 신법이 아니었다. 거기다 박효양이 비록 무형검을 깨닫지는 못했지만 다른 모든 무공은 완벽의 경지에 이르러 있는 상태니 그 가공할 공력으로 펼치는 신법이야 오죽하랴. 결국 내공의 차이가 신법의 차이를 낳게 되어 장무위가 박효양의 속도를 도저히 따라가지 못하고 있었다.

둘은 차 한 잔 마실 시간에 백 수십 리를 달려 아무도 없는 넓은 평원으로 갔다. 이곳이라면 마음 놓고 무공을 겨룰 수 있을 것이다. 주위는 시야가 닿는 한계까지 넓은 평원이고 간간이 작은 구릉들이 들어서 있었다.

“자네가 심검을 완성했다 하나 일견 보기에도 나보다 내공이 많이 모자라네. 최선을 다해 무공을 펼쳐 보게.”

장무위는 박효양의 말대로 전력을 다해 무공을 펼쳐 볼 생각이었다.

"예, 어르신."

"하하하, 정말 통쾌하고 기쁘네. 넓은 평원에서 앞날이 창창한 젊은 후배를 만나 서로의 배움을 겨루니 이 어찌 기쁘지 않을쏜가. 가슴이 확 뚫리는 듯하네. 손을 써보게나."

서로 5장을 격하고 마주 선 이후에 다시 한 번 장무위가 예를 취하고 현천도를 뽑아 무상구도를 시전할 준비를 취했다.

박효양은 장무위가 현천도를 뽑아 들자 나름의 예의를 지켰다. 맨손으로 상대해도 무방하겠으나 그것은 상대를 무시하는 처사라 생각하고 무형검의 수련 과정에서 부산물로 얻은 무형검강(無形劍罡)을 일으켰다. 그러자 박효양의 손에서 2장 가까이 되는 거검(巨劍)이 돌출되었다. 오로지 강기로만 만들어진 검이었다. 아무것도 없던 손에서 갑자기 길이 2장의 푸른 강기의 검이 생성되는 광경은 신비롭기 그지없었다.

더군다나 강기는 특성상 불꽃처럼 이글거리기 마련인데 박효양의 손에 들린 무형검강은 이글거리는 기색은 전혀 없고 흡사 푸른 유리로 만들어진 것 같은 순청 일색의 검이었다.

"아!"

장무위는 박효양의 무형검강을 보고 절로 감탄을 터뜨렸다. 자신은 그런 식으로 강기를 운용하는 것을 상상도 못했던 것이다. 강기를 얼마나 집약시켰으면 투명한 푸른 유리같이 보이겠는가.

"어르신, 제가 정말 개안을 하는 듯합니다."

박효양은 순간 씁쓰레한 표정을 지었다. 무형검강은 그가 무형검을 터득하지 못했기에 만들어진 것이었다.

"별거 아니야. 무형검을 터득했으면 이런 것을 만들어낼 필요도 없었을 것이네. 이제 시작하세.”

“예, 그럼 제가 선공을 하겠습니다.”

장무위는 내공을 극도로 돋워 무상구도의 뇌전교격을 펼쳤다. 그 순간 넓은 초원 위에 한줄기 벼락이 솟구쳐 올랐다.

박효양은 전혀 당황한 기색 없이 천지신검결의 신검만류(神劍萬流)를 펼치며 뇌전교격을 막았다.

콰―아―아―아―앙!

도강과 검강이 부딪치며 폭음이 울려 퍼지고 순간 뇌전교격이 흔적도 없이 사라졌다. 장무위는 뒤로 주르륵 밀려 나가서 간신히 신형을 안정시킬 수 있었다. 그것도 밀려오는 압력에 저항하지 않고 바로 몸을 뒤로 물렸기 때문에 내상을 입지 않을 수 있었다. 출도 이후 처음으로 뇌전교격이 이렇게 허무하게 무너진 것이다. 자인 도장도 뇌전교격을 쉽게 흘려버리기는 했으나 박효양의 경우와는 차원이 달랐다. 박효양은 아예 맞서서 뇌전교격을 부숴 버린 것이다.

장무위는 급히 현천도를 살펴보았으나 다행히 무형검강에 부딪치고도 현천도에는 흠집이 없었다. 안심이 되어서 다시금 호흡을 가다듬고 전력으로 출천일기를 펼쳤다. 이후 장무위의 현천도에선 무상도의 전 6초식이 폭포수처럼 쏟아졌으나 박효양은 느긋하기만 했다.

태양조산을 펼치면 무형검강을 강하게 한 번 찔러서 중심을 깨뜨려 버렸고 벽력진산을 펼치면 바람을 타고 흐르듯 무형검강을 움직여 벽력의 기세를 흩트려 버렸다. 뇌전종횡을 펼치면 그 하나하나의 도강을 일일이 다 막아버리고 선풍소무를 펼치면 아예 그 바람을 타고 둥실둥실 떠올라 힘을 쓰지 못하게 하였다.

한마디로 무상구도의 무상이란 이름을 버려야 할 지경이었다. 천지신검결은 무상구도의 경지를 넘어선 듯했다. 장무위가 그동안 초식 상으로는 완벽하다고 생각했던 것들이 너무도 쉽게 깨어져 버리는 것이었다.

그러나 박효양은 다그치지 않고 장무위가 남은 실력을 모두 쏟을 수 있게 승기를 잡고도 핍박하지 않고 기다려 주었다. 도강과 검강이 어우러지고 천지가 무너질 듯한 폭음이 연신 들리며 넓은 평원에 굉량한 울림이 퍼져 나갔다. 박효양이 장무위의 공격을 맞받으면 검과 도가 부딪치는 주위 3장 내의 땅이 온통 뒤집혀졌고 흘려버리면 귀청을 찢을 듯한 파공음이 요란하게 퍼졌다.

박효양은 오로지 천지신검결의 신검만류로만 장무위의 무상구도를 상대했다. 처음에는 무심코 손을 썼는데 장무위의 내력이 생각보다 약하여 제 기량을 발휘하지 못하는 듯하자 은근히 내력을 낮추어 장무위와 맞추어주기까지 했다.

장무위는 더 이상 무상구도의 전 6초를 펼치는 것은 무의미하다고 생각했다. 광풍폭우가 몰아치듯이 움직이던 장무위가 멈추어 서며 현천도를 수평으로 천천히 휘둘렀다.

스윽!

마치 공간이 스윽 소리가 나며 베어지듯 하늘과 땅이 현천도의 도배를 따라 나뉘었다. 검은 천이 현천도에서부터 죽 펼쳐지며 박효양을 덮어갔다. 무상구도의 후 1초 천지획분이었다.

그 순간 이제까지 느긋하던 박효양도 긴장한 기색으로 하늘과 땅을 나눌 듯한 검은 도의 선을 뚫어지게 주시하다 순식간에 삼 검을 내쳤다. 천지신검결의 신검삼격(神劍三激)이었다.

쫙! 쫙! 쫘아악!

마치 비단폭 베어지는 소리가 들리는 듯하였다. 검은 천이 베어진 곳에선 무형의 기세가 빗발치듯이 퍼져 나갔다.

공간을 나누고 있던 검은 천이 신검삼격에 너무도 허무하게 베어져 버렸다. 무성의 천지신검결은 명불허전이었다. 장무위도 천지획분이 이렇게 허무하게 무너질 줄은 몰랐다. 순간 허탈해진 장무위가 잠시 손을 늦추었다. 그리고 이내 입술을 질끈 깨물며 젖 먹던 힘까지 끌어 올려 후 2초 백두지명(白頭之鳴)을 펼쳤다.

현천도가 장무위의 가슴 앞에서 수직으로 세워졌다.

우─우─웅!

장무위의 가슴 앞에 곧추세운 현천도에서 무시무시한 울림이 퍼져 나갔다. 그리고 장무위가 곧추세운 도를 내리긋자 도세를 따라 공간이 이지러지며 내리긋는 현천도의 칼날 아래로 쫓아 들어가듯이 빨려 들어갔다. 박효양은 어디로 피하더라도 그 공세를 피할 수 없음을 느끼고 신검분뢰(神劍分雷)를 펼쳐 맞받아쳤다.

위─이─이─잉!

눈 깜짝할 사이에 무려 108검이 펼쳐졌다. 그리고 백두지명과 신검분뢰가 한 점에서 만나는 순간 주위 10장 반경이 확 뒤집히며 하늘을 덮을 듯한 먼지구름이 일어났다.

콰─콰─콰─쾅!

"윽!"

장무위는 박효양의 가공할 내공이 깃든 신검분뢰에 밀려 백두지명이 산산이 흩어지면서 내장이 뒤집히는 충격을 받고 10장 이상을 죽 밀려났다. 세상을 빨아들일 듯한 백두지명을 신검분뢰가 갈가리 찢어 버린 것이다.

츠츠츳!

그렇게 밀려나고도 아직 두 힘이 부딪친 여력을 완전히 벗어나지 못했는지 장무위의 살갗이 얇게 저미듯이 마구 베어졌다.

"쿨럭!"

장무위는 가공할 힘에 내장이 진동되어 한 사발이 넘는 피를 토해냈다. 박효양의 경지는 진정 가공스러워 장무위로서도 어찌 상대할 방법이 없었다. 아니, 경지 이전에 내공의 차이가 너무 컸다.

"자네, 괜찮나? 이런!"

장무위가 피를 토하며 물러나자 박효양이 급히 다가와 장무위를 살펴보았다. 장무위의 경지가 내공에 비해서 너무 높아 어지간히 해선 공격을 막을 수가 없을 것 같아서 힘을 과하게 썼는가 보다.

"쿨럭! 괜찮습니다. 그, 금세 회복될 겁니다."

장무위는 또 한 번 피를 토하고 그 자리에 털썩 주저앉으며 간신히 말했다. 더 이상 서 있을 기력도 없을 뿐더러 내상도 심했다.

"조섭을 취하게나. 내가 호법을 서겠네."

"예……."

장무위는 간신히 가부좌를 틀고 앉아서 무상대능력을 운용했다. 이번에 기련산에서 화살의 상처를 치료할 때 이렇게 하면 훨씬 더 효과가 크다는 것을 배웠다. 그냥 둬도 상처가 낫겠지만 아무래도 전력으로 상처를 돌보는 것보다는 못했다.

박효양은 가부좌를 틀고 상처를 다스리는 장무위를 보며 감탄이 나오지 않을 수 없었다. 장무위의 무공 정도가 자신의 예상을 훌쩍 뛰어넘은 것이다. 장무위의 마지막 초식은 박효양이라 하더라도 쉽게 받을 수 있는 것이 아니었다. 그래서 박효양이 심마가 든 이후에 생긴, 손을 과하게 쓰는 버릇대로 신검분뢰를 펼칠 때 거의 구성의 내력을 쏟았으니 장무위가 이만한 것도 천만다행이었다.

'손을 쓰기만 하면 독수를 쓰게 되는구나. 내상이 무척 깊은 것 같은데 걱정이야. 탈태환골을 한 신체니 후유증은 없겠지만 선홍빛 피를 토했으니 적지 않은 내력의 손실이 있을지 모르겠어.'

장무위는 한 시진 동안 조식을 취하고 나서야 일어났다. 내상이 생각보다 깊어 완쾌된 것은 아니지만 큰 불편은 느끼지 않을 정도였다. 박효양은 한 시진 만에 일어난 장무위의 상태가 상당히 호전되어 있는 것을 보곤 입이 딱 벌어졌다. 전신을 얇게 저미다시피 했던 외상은 이미 아물어가고 있었다. 그러나 외상보다 내상이 치료하기가 더 어려운 법이다. 고통도 더 심하고 후유증도 외상보다 훨씬 더 심각하다.

박효양은 절세의 기재로 이름 높았던 사람답게 의술에도 일가견이 있었다. 분명히 장무위의 상태를 보건대 몇 달은 조섭해야 할 상처였는데 금세 얼굴이 혈색을 되찾고 있었다. 생각할수록 불가사의한 일이었다.

"자네, 이제 괜찮은가?"

"견딜 만합니다. 박 어르신의 무공은 제 좁은 안목을 크게 넓혀주셨습니다. 감사합니다."

"아니야. 자네의 도법은 내 예상을 크게 벗어난 것이었네. 자네의 내공이 내 반 정도만 되었더라도 내가 크게 고전했을 것이네."

장무위는 박효양의 말이 자신을 위로하기 위한 것이라고 생각했다.

"제가 시전한 모든 도법이 어르신의 일검에 추풍낙엽처럼 깨어졌는데 어찌 그렇게 말을 하십니까? 부끄럽습니다."

"그건 자네 생각이 틀렸어. 자네의 도법은 천지신검결보다 못하지 않았어. 자네가 자연스러움을 갖추지 못해서 파탄이 일어났을 뿐이야. 그보다 자네 내상이 깊었던 것 같은데 어떻게 그렇게 빠르게 회복할 수 있나? 내가 의술을 조금 알아서 하는 소리네만, 그렇게 쉽게 회복될 상처는 아니었던 것 같아."

"제가 익힌 내공이 상처 치유에 효과가 있습니다. 그래서 그런가 봅니다."

장무위가 익힌 무상대능력은 무가의 내공심법이라고 하긴 무리가 있었지만 그걸 일일이 설명할 수는 없어 간략하게 말했다. 그렇지만 그것만으로도 박효양은 장무위가 수련한 내공의 양적 절대 치는 낮으나 내공심법의 효능은 실로 불가사의함을 알 수 있었다. 세상에 어떤 내공이 이렇게 상처를 빨리 치료할 수 있겠는가.

"대단한 무공이야. 자네의 내공은 정말 불가사의하군. 정말 앞으로의 성취가 기대되네."

"하나 어르신께는 발끝에도 못 미치는 것 같습니다."

"지나친 겸손일세. 그보다 자네가 능히 몸을 가눌 수 있을 것 같으니 난 이만 가봐야겠네. 내 젊은 시절부터 여행하기를 좋아했으니 남은 생은 여행을 하면서 보내려고 하네. 인연이 있으면 다시 보세나."

"예, 어르신. 강녕하시길 바랍니다. 그리고 언제고 다시 뵈올 수 있기를 진심으로 바랍니다."

"그래, 잘 있게. 앞으로 자네가 대공을 이루길 멀리서라도 빌겠네."

박효양은 마지막으로 한마디 던지더니 걸음을 떼었다. 장무위가 부상을 치료하는 시간이 오래 걸려서 이미 평원에는 석양의 붉은빛이 가득했다. 유유자적 걸음을 옮기는 박효양은 선인의 풍모를 지니고 있어 마치 신선인 듯했다. 석양의 붉은빛을 온몸으로 휘감은 신선.

"형님, 그분은 가셨습니까?"

조일봉은 장무위가 돌아오자마자 서둘러 질문했다. 조일봉은 어제 왕혜정을 따라 나간 이후 장무위가 돌아오기 전까지 잠적하고 있었다.

"그래, 여행을 하신다면서 가셨네. 그런데 자네, 어제부터 왜 그러는 건가?"

조일봉은 한숨을 푹 내쉬었다.

"휴우~ 형님, 말도 마십시오. 전 정말 죽다가 살아난 기분입니다."

"……?"

"제가 형님을 찾아오다가 실수를 해서 시간을 많이 지체하게 되었었죠. 그러자 그분이 살기를 일으키시는데 살기가 마치 형체가 있는 무슨 올가미처럼 제 온몸을 옥죄는 기분이 들었습니다. 아니, 형체가 있는 것 같은 게 아니고 형체가 있었어요. 이런 말씀 드리기 부끄럽습니다만 제 평생 그렇게 무서운 것은 처음이었습니다."

박효양은 무의 궁극에 한 걸음만을 남겨두고 있는 사람이다. 의형살인이라는 신화의 경지가 가능할지도 모른다. 조일봉이 심령에 큰 타격을 입었음을 짐작한 장무위는 조일봉에게 주의를 줬다.

"음, 그분이 살기를 일으키셨다면 가만히 앉아서 받을 수 있는 게 아니었을 거야. 앞으로 혹 그분을 만나게 되더라도 그분의 심기를 상하게 해서는 안 되네. 그리고 자네는 당분간 조섭을 취하는 게 좋을 것 같아."

"예, 형님."

장무위는 박효양에 대해 생각하자 자꾸 안타까움이 들었다.

'그런 분이 시간을 지체했다는 이유로 일봉이에게 살기를 일으키셨다면 심마가 생각보다 깊은 것 같구나. 앞으로 잘못하면 큰 혈풍이 일어날지도 모르겠어.'

박효양이 걸어갈 때 그의 등을 감싸고 있던 석양의 빛이 너무 붉었다. 장무위는 자신의 불길한 예감을 떨쳐 버리려는 듯 머리를 세차게 흔들었다.

조일봉은 장무위의 말대로 자신에게 무슨 일이 생겼다는 것을 느꼈다. 작은 일에도 크게 동요하고 마음이 안정되지 않았던 것이다. 박효양에게 혼이 난 것은 이미 한 달 전의 일이었는데도 그 타격이 아직까지 남아 있는 것이다. 지금도 자꾸 당황스럽고 동요가 일어나 구전심법에 따른 조식을 취하지도 못할 지경이었다. 결국 그런 조일봉을 보다 못한 장무위가 혼원기를 조일봉의 체내에 주입해서 놀란 기혈을 가라앉혀 주었다.

장무위가 도와주자 조일봉은 간신히 기혈을 다스려 구전심법을 운공할 수 있었다. 2갑자가 넘어가는 기는 태산 수련 이후 모조리 자신의 것이 되어서 자유자재로 운용이 가능했다. 그런데 어느 순간 경혈과 골수를 빠르게 돌던 기가 자꾸 어디로 새는 것이 느껴졌다.

'헉! 주화입마?'

운공의 와중에 얼마나 놀랐는지 간신히 진정시켜 놓았던 진기가 흐트러지면서 바로 위험한 지경에 놓이고 말았다. 주화입마에 들면 운이 좋아도 반신불수다. 운이 조금만 나쁘면 바로 죽음이었다. 진기가 새는 듯한 느낌은 조일봉이 무공을 익힌 이후에 처음 있는 일이었다. 그러니 얼마나 당황스럽겠는가? 입을 열어서 뭐라고 말하고 싶은데 말이 나오지 않았다.

옆에서 생각에 잠겨 있다 조일봉을 힐끔 본 장무위는 대경실색했다. 주화입마의 조짐이 보이는 것이다. 장무위는 즉시 조일봉의 뒤에 가부좌를 틀고 앉아서 전력을 다해 혼원기를 주입해 조일봉의 진기를 다스려 주었다.

"마음을 가라앉히고 계속해서 심법에 따라 운공햇!"

경로를 벗어난 기들이 이리저리 오가며 내부 장기를 훼손시키고 있었다. 장무위가 주입시켜 주는 기가 조일봉의 사납게 날뛰는 진기를 잡아주며 진기도인의 순서대로 이끌었다. 조일봉은 그야말로 필사적으로 진기를 조절하기 위해 애를 썼다. 진기가 간신히 다시 제 경로를 지나기 시작하자 다시 아까처럼 진기가 새는 것이 느껴졌다. 조일봉에게 혼원기를 주입하고 있던 장무위가 그것을 느끼고 조일봉의 귀에 대고 내공을 운용하라고 소리쳤다.

"세맥 타통의 조짐이야. 진기를 계속해서 도인하고 새어 나가는 진기는 걱정하지 말고 흐르는 대로 그냥 내버려 둬. 강제로 막지 말아야 해."

사실 조일봉은 사부에게서 제대로 무공을 전수받지 못했다. 사부인 탈혼도객은 중상을 입고 죽어가는 와중에 조일봉을 만났다. 조일봉에게 수라구류도를 전수하는 데만도 시간이 모자랐고 또 경지도 지금 조일봉의 경지보다 못했다. 그래서 조일봉은 어떤 단계에 어떤 조짐이 있는지를 몰랐다. 생사현관 타통 시에도 장무위가 도와주지 않았다면 백 중 백 죽음을 당했을 것이다.

조일봉은 장무위의 말을 듣고 너무 기뻐서 다시 주화입마할 뻔했다가 간신히 정신을 가다듬고 전력을 다해 운공했다. 그러자 경혈과 골수를 끊임없이 돌던 진기에서 계속해서 기가 새어 나갔다. 그러나 진기의 절대량은 줄어들지 않았다. 그렇게 새어 나가는 기는 없던 것이 갑자기 하늘에서 뚝 떨어진 것처럼 보였다. 도인하고 진기에서 빠져나갔음에도 본래 진기의 양은 그대로 유지되었던 것이다. 아니, 오히려 진기의 양이 점점 많아졌다. 그리고 빠져나가던 진기가 조일봉의 각 세맥을 파고들었다.

조일봉은 전신이 찌릿해지기도 하고 따끔거리기도 해서 두려움도 있었으나 장무위를 믿고 계속해서 진기를 돌렸다. 그러자 세맥을 파고 들어 가던 기가 조일봉의 막힌 세맥들을 하나둘씩 뚫기 시작했다. 처음에는 하나씩 뚫리다가 조금 지나자 동시에 수십 개씩 한 번에 뚫리기 시작했다. 그때마다 조일봉의 몸이 꿈틀거리고 들썩였다. 뚫린 세맥을 통해 진기가 시원한 물을 피부에 흘리듯, 혹은 수은이 흐르듯 또르르 굴러다녔다.

조일봉이 운공조식을 멈춘 것은 다음날 오후가 되어서였다. 마침내 조일봉도 세맥을 타통하여 절대고수의 반열에 오를 수 있게 된 것이다. 전신이 이상하게 끈적거리는 땀과 얼룩으로 물들어 냄새가 진동했지만 조일봉은 기쁘게 웃으며 자리를 박차고 일어났다. 조일봉의 기쁨에 찬 모습을 흐뭇한 모습으로 바라보던 장무위가 축하를 해줬다.

"앞으로 노력 여하에 따라 큰 성과를 얻을 수 있을 거야. 축하하네."

"형님! 제가 죽는 날까지 형님의 은혜를 잊지 않겠습니다."

장무위가 조일봉에게 은혜를 베푼 것이 어디 한두 가지라야 어떻게 빚을 갚고 말고 하는 말이라도 할 수 있을 것이다. 조일봉은 그저 죽을 때까지 잊지 않겠다는 말만을 계속 반복했다.

"하하, 내가 좋아서 하는 일인데 은혜는 무슨. 쓸데없는 소린 하지 말게나."

장무위도 연신 싱글벙글하면서 기쁜 마음을 감추지 못했다. 조일봉이 31세에 세맥을 타통했으니 앞으로 노력만 하면 5갑자의 내공을 쌓을 수도 있을 것이다. 명의 무림에 큰 인물이 탄생한 것이다. 다만 약력의 도움을 받아 급격하게 내공을 올린 까닭에 내공 수준이 같은 다른 사람들에 비해 내공의 정순함이 떨어졌다. 그러나 조일봉의 천생 신력은 그런 단점을 보완해 주고도 남음이 있을 것이다.

옆에서 지켜보던 왕씨 조손도 조일봉에게 축하의 말을 건네주었다. 연신 인사를 하며 즐거워하는 조일봉에게 장무위는 다시 한 번 큰 선물을 주기로 결심했다.

"일봉이 자네의 수라구류도는 천하의 일절이라 다른 무공이 필요치 않겠지만 내 자네에게 내 도법을 전수하고 싶은데 생각이 있나?"

"헉!"

조일봉은 장무위의 말을 듣자 숨이 턱 막혔다. 조일봉의 수라구류도가 비록 최상의 내가 도법으로 천하구대도법의 하나라고는 하지만 장무위의 무상구도는 수라구류도를 능가한 지가 오래였다. 그 사실은 옆에서 지켜보고 있던 조일봉이 제일 잘 알았다. 배우고 싶은 마음이야 굴뚝같았지만 아무리 체면이 없어도 장무위에게 무공까지 가르쳐 달란 소리는 할 수 없었다.

"형님……."

"물론 지금 당장은 아니야. 박 어르신과 비무하면서 완벽하다고 생각했던 무상구도에 몇 가지 허점이 있음을 발견했어. 그것을 보완하고 자네에게 가르쳐 주겠네."

"형님, 저에게 어찌 이런 큰 은혜를 베푸십니까?"

"일봉이 자네가 나를 보고 형님이라고 부르지 않나? 형이 동생에게 못해줄 게 뭐가 있겠는가. 하하하!"

왕정문이 옆에 있다가 불쑥 한마디 한다.

"말만 형제라고 하지 말고 의형제를 맺게나."

왕혜정도 그 말에 공감하는지 왕정문을 거들었다.

"맞아요. 두 분이 서로를 대하시는 것을 옆에서 잠시 지켜보았는데 친형제 못지않은 것 같습니다. 할아버님의 말씀대로 하세요."

"일봉이 자네 생각은 어떤가?"

장무위가 그 말이 마음에 들었는지 조일봉의 의사를 물어보았다.

조일봉은 비록 장무위를 형님이라고 부르고 있었지만 사실은 상전 모시듯 하고 있었다. 이미 깊이 존경하고 있었고 심복하고 있었다. 장무위가 상전 모시듯 하는 것을 싫어해서 어쩔 수 없이 형님이라고 부르고 있었던 것이다. 언감생심 장무위를 의형님으로 모시는 꿈을 꾸기나 해보았겠는가. 호칭만 형님이었지 조일봉에게 장무위는 하늘이나 마찬가지였던 것이다. 그저 눈물만 나올 뿐이다. 비응문주가 잘 대해 주긴 했지만 현관 타통에 도전하다 목숨을 잃은 이후 그의 어머니마저 돌아가시고 의붓 형제들은 조일봉을 형제로 취급하지도 않았다. 조일봉도 장무위처럼 홀로 되긴 마찬가지였다.

"혀—엉—님! 흑!"

그런 조일봉을 따뜻하게 지켜보던 장무위도 눈시울이 뜨뜻해지는 것을 느끼곤 급히 시선을 돌려 왕씨 조손을 보면서 말했다.

"하하! 일봉이도 거절하지 않는 것을 보니 싫지는 않은가 봅니다."

"혀—엉—님!"

이젠 상전이 아니라 형으로 생각하고 불러보는 형님 소리였다. 똑같은 단어였지만 그 속에는 전과는 다른 울림이 있었다. 조일봉이 감격에 겨워 눈물을 참지 못하며 무릎을 꿇어 절을 했다. 장무위는 그런 조일봉을 잡아 일으키며 손을 꼭 잡아주었다.

장무위와 조일봉은 제단을 차리고 의형제의 연을 맺지는 않았다. 서로가 그런 형식에 얽매일 사람들은 아니다. 이제 동생이다, 이제 형님이시다 하고 서로에 대한 인식을 바꾸며 굳게 손을 마주 잡았을 뿐이다. 그러나 그 마주 잡은 두 사람의 손은 호화로운 제단을 차려놓고 도원결의의 예를 치르는 그 어떤 사람들의 것보다 진실하고 아름다운 정이 오갔다.

조일봉의 생애 가장 기쁜 날이 지나고 날이 밝았다. 아침 일찍 장무위를 찾아간 조일봉은 기가 막힌 생각이 났다는 듯 장무위에게 연신 뭐라고 종알거리고 있었다.

"형님, 제 생각이 어떻습니까? 하하하."

"좋아. 나도 요동에서 만나 천진까지 여행하면서 소백이를 남처럼 생각한 적이 없어."

"형님, 그럼 소백이가 막내가 되는 것이죠?"

"허참, 기다려 보게. 소백이 의사도 물어봐야 하지 않는가. 우리만 좋다고 해서 될 문제가 아니잖은가."

조일봉은 자신을 믿으라는 듯 가슴을 세게 두드렸다.

"형님, 저만 믿으십시오. 소백이도 좋아서 덩실덩실 춤을 출 겁니다."

"알았네. 믿을 테니 다음에 소백이를 만나면 그렇게 하세나."

"예, 형님!"

장무위는 너무 좋아하는 조일봉을 보자 백두산으로 돌아가는 것을 늦춰야겠다고 생각했다. 왕정문의 기술을 전수받는 것은 그렇게 오랜 시간이 필요치 않을 것이다. 숙련된 기술을 쌓으려면 10년도 더 걸리겠지만 배우는 것은 몇 달 정도만 더 배우면 될 것이다. 그런데 의제(義弟)가 된 조일봉이 평생 동안 자신을 따라다닐 태세였다. 장무위는 백두산으로 가기 전에 조일봉이 기반이라도 잡게 해주어야겠다고 생각했다.

"일봉이 자네가 정착한다면 어디가 좋겠는가?"

조일봉은 어리둥절한 표정으로 말을 받았다.

"형님, 제가 정착을 하다니요? 저는 그냥 형님을 따라다니면서 평생

밥을 얻어먹으면서 살려고 합니다.”

남들이 들으면 욕할 소리였으나 조일봉은 그게 당연하단 듯이 말했다.

“누가 뭐래나? 단지 내가 명나라에 집을 하나 장만하려고 하는데 내가 명에 대해서 아는 거라고는 비무행을 하면서 지나친 곳들뿐이라 어디가 좋은지 모르겠네. 그래서 자네가 정착을 한다면 어디에서 살고 싶은가 물어본 것이야. 대답해 보게.”

조일봉은 눈을 이리저리 굴리면서 생각해 보았다.

‘아하, 형님이 매일 객잔에 숙박을 하셔서 불편하셨나 보구나. 그러면 소주나 항주에 아름다운 여인네들이 많고 경치도 좋으니까 거기에 집을 마련할까? 아니지. 형님은 여인네들이 많다고 좋아하실 분은 아니야. 아! 이런, 참, 나도 정말 돌머리가 다됐구나. 천진에 집도 사놓고 치장도 다해놓았는데 다른 장소를 찾고 있었다니… 거기로 하면 되겠구나. 흐흐, 형님이 거기에 머무르시면 매화랑 다시 만나서 놀 수도 있고……’

“형님, 천진이 좋을 것 같습니다.”

“천진? 거기가 특별히 좋은 점이라도 있나?”

“거기에 집을 사놓으셨잖습니까.”

천진이라면 개방과 금도문의 영역이다. 두 문파와는 어느 정도 친분 관계가 있다고도 할 수 있지만 조일봉이 정착하면서 세력을 키우기에는 곤란할 것이다.

그때 문득 장무위의 뇌리에 떠오르는 곳이 있었다.

“그럼 천진 근처에 봐둔 곳이 있으니 그리로 하세나. 그리고 그 일로 내가 자네에게 한 가지 부탁을 좀 해야겠는데……”

순간 조일봉의 순진하고 큰 눈이 광기를 뿜으며 희번덕거렸다.

“형님, 부탁이라뇨? 그냥 시키기만 하십시오. 무엇이든지 시키시는 대로 하겠습니다!”

조일봉의 광포한 기세에 깜짝 놀란 장무위는 급히 조일봉을 달래주지 않을 수 없었다.

“그래, 알았네. 진정하게. 자네는 천진에 있는 집을 팔아버리고 전에 우리가 올 때 봤던 화북평원에 장원을 하나 사게나. 큰 것으로. 없으면 새로 지어서라도 장만했으면 해.”

“하하, 역시 형님이십니다. 천진의 장원도 그렇게 작은 편은 아니지만 형님의 위치를 생각했을 때는 역시 모자람이 있다 생각했습니다. 제가 아주 큰 장원을 하나 사놓겠습니다. 경치 좋은 곳으로요.”

“그래, 그리고 화북평원에 있는 농토도 될 수 있는 한 많이 사놓게. 내 거기서 지주 노릇 좀 해야겠네. 하하하!”

“형님, 제가 모조리 다 알아서 하겠습니다. 믿어주십시오.”

조일봉은 자신에게 있는 거금을 생각하고 큰소리쳤다. 아직도 은 2천 냥 정도 있으니 모자람은 없으리라.

“나는 조선 사람이니 모든 명의는 자네의 이름으로 해놓게. 알겠지?”

조일봉은 뭣도 모르고 계속해서 가슴을 두드리면서 큰소리쳤다. 가진 게 돈밖에 없는 조일봉이다. 돈 쓰는 일은 자신있었다. 잘 모르겠으면 금도문주나 등방에게라도 찾아가서 자문을 구하면 될 것이다.

“저를 믿으십시오. 제가 다 알아서 해놓겠습니다.”

장무위가 어울리지 않는 농을 하면서 은 천 냥을 내놓았다.

“하하, 자네 자꾸 그러다 가슴에 멍들겠네.”

“…….”

“이 정도면 모자라지는 않을 거야.”

“형님, 저도 돈 많습니다. 하하하! 이 돈은 그냥 넣어두십시오.”

장무위가 알기로는 조일봉이 가진 돈이라야 자신이 경비로 쓰라며 준 은 100냥이 정도가 다였다.

“내 말을 듣게. 이거 가지고 가서 사.”

“형님, 저한테도…….”

조일봉은 자신이 큰돈을 가지고 있음을 자랑하려고 했으나 불현듯 그 돈이 꺼림칙한 돈이란 것을 생각하고는 말을 잇지 못했다. 장무위가 그것을 알면 좋지 않게 생각할 것이다. 그래서 조일봉은 장무위가 주는 돈을 받아 넣을 수밖에 없었다.

‘나중에 형님에게 이 돈은 되돌려 드려야지.’

“며칠 동안 내가 가르쳐 주는 도법의 투로를 외우고 나서 길을 떠나게. 가면서 심심할 때마다 익히면 가는 길이 지루하진 않을 거야.”

“예, 형님.”

며칠 후 조일봉이 천진으로 떠난 후 장무위는 다시 왕정문 노인에게 금속 제련술을 배웠다.

“이거 드시고 좀 쉬세요.”

왕혜정은 장무위가 두 시진을 연속해서 망치를 두드리자 걱정이 되는지 물잔을 건네며 말했다. 왕정문은 장무위가 자신의 기대 이상으로 빨리 배우자 안심이 되는지 오수를 즐기고 있었다. 장무위는 급히 물잔을 받았다.

“예, 고맙습니다, 왕 부인.”

“그렇게 열성적으로 하시니 오래지 않아 기술을 다 배우실 것 같군요.”

“아닙니다. 어떻게 하면 되는지는 알지만 실제로 무엇을 만들어보면 제대로 되는 게 없습니다."

왕혜정은 장무위의 겸손함이야 항상 봐왔지만 너무 겸손한 것도 탈이라고 생각했다. 몽골의 사람들은 솔직하다. 그것은 장점이 될 수도 있고 단점이 될 수도 있지만 왕혜정이 보기에 솔직한 것은 장점이었다.

"훗! 지나친 겸손이세요. 그런데 장 공께선 할아버지의 기술을 모두 전수받으신 이후 어찌할 생각이신지요?"

"예, 일봉이를 만나고 백두산으로 가서 수련을 할 생각입니다."

순간 왕혜정의 얼굴이 살짝 흐려졌다.

"그러시군요. 몽골에서 정착하실 생각은 없으세요? 장 공의 무공은 천하제일이라고 사람들이 말하던데 무슨 수련을 더 하신다는 건 지……?"

왕혜정의 얼굴이 흐려지자 장무위는 까닭 모르게 가슴이 덜컥 하는 기분이 들었다.

'어? 내가 왜 이러지? 수련을 게을리 하지 않았는데 이상하구나.'

장무위는 인격과 가치관이 형성되는 시기에 백두산의 결계 속에서 수련만 했다. 그 이후에 세상에 나와서 적지 않은 경험을 하면서도 목적은 오직 수련뿐이었다. 더 강하고 더 완벽하게 무상구도를 가다듬는 게 그가 세상에 나온 이유였던 것이다. 스승 마자샤드니가 염려하신 대로 장무위는 스승을 우상화해 무도의 궁극을 추구하며 스승의 행적을 따르고자 하는 일념뿐이었다. 물론 스승의 경지는 꿈도 못 꾸고 있지만. 그런 장무위가 남녀의 일에 대해서 이해하는 것은 불가능했다. 장무위는 가슴이 덜컥 하는 원인이 왕혜정에게 있다는 것은 알았지만 왜 그런지는 모르고 있었다.

"왕 부인께서 잘못 알고 계신 것이 있습니다. 수련은 아무리 해도 항상 모자란 것입니다. 그리고 제가 천하제일이란 것은 어불성설입니다. 저번에 이곳에 오셨던 박 어르신은 저 같은 사람 열 명이 있어도 대적을 못할 분이십니다. 그런 분이 계시는데 감히 천하제일을 말하겠습니까. 몽골의 광활한 대초원이 제 마음에 쏙 들기는 합니다만 수련을 하기에는 백두산보다 못하단 생각입니다.”

장무위의 장황한 설명에도 왕혜정의 얼굴은 밝아지지 않고 오히려 더 흐려졌다. 몇 달 동안 같이 생활하면서 이제는 죽어버렸다고 생각했던 방심이 흔들렸던 것이다. 남몰래 장무위를 생각하면서 한숨 짓는 일도 많았다.

흰칠하면서도 당당한 체격과 기상, 의젓하면서도 겸손한 성품, 현기가 어려 있는 깊은 눈이 자려고 누워 있으면 끊임없이 생각났다. 자신의 처지로써는 감히 생각도 못할 일이었지만 자꾸 욕심이 났다. 그런데 장무위가 곧 떠나려 한다는 말을 하니 마음이 아팠다.

“장 공께선 혼례를 치르지 않을 생각이신가요?”

“음… 이런 말씀을 믿으실지 모르겠습니다만 저는 다른 사람들과 달리 아주 오래 살 수 있습니다. 남의 해침을 받지 않는다면 얼마나 오래 살지……. 제가 누구와 결혼을 한다면 또 혼자 남게 될 것입니다. 그런 상황을 맞지 않으려면 제가 목숨을 끊어야 하는데 부모님이 주신 목숨을 어찌 함부로 하겠습니까. 제 운명은 누구와 혼례를 치르지 않아야 할 운명인 것 같습니다.”

어릴 때 부모님이 한 분씩 차례로 돌아가시고 믿고 의지하던 스승께서도 가셨다. 장무위는 그때마다 큰 상처를 받았다. 더 이상 그런 상처는 받고 싶지 않았다.

장무위의 설명은 길었지만 왕혜정의 마음에 남는 말은 하나뿐이었다. 장무위는 혼자 남게 되는 게 싫어서 혼자이길 원한다는 것.

'장 공께서도 마음에 아픔이 있으시구나.'

여인들이 지니는 예리한 감각으로 장황한 장무위의 말을 한마디로 정리한 왕혜정은 자신이 그런 아픔을 감싸주고 싶다는 생각이 자꾸 들었다.

눈만 감으면 선명하게 보이던 남편 다얀의 얼굴이 이제는 흐릿해지고 어느샌가 장무위의 얼굴만 보였다. 그렇지만 자신의 처지를 잘 알고 있기에 마음을 숨길 수밖에 없었다.

"장 공의 생각을 알겠어요. 그렇지만 장 공께 좋은 인연이 생긴다면 거부하지는 마세요."

"……."

이상하게도 왕혜정의 안색이 흐려지면 장무위는 가슴이 자꾸 답답한 것을 느꼈다.

'아무래도 수련이 모자라는 것 같아. 더욱 정진해야겠구나.'

왕혜정은 장무위가 자신의 말에 대꾸를 안 하자 장무위의 결심이 확고한 것을 알고는 마음을 다잡았다.

"제가 무례한 소리를 한 것 같군요. 죄송해요."

"아닙니다. 몸에 잠시 이상이 생긴 것 같아서 그랬습니다. 무례라니요. 그런 생각은 하지 마십시오. 그보다 오늘은 망치를 놓고 명상을 좀 해야겠습니다."

왕혜정은 장무위가 몸이 안 좋다고 하자 깜짝 놀랐으나 이내 자신을 피하려고 그런 말을 한 것이라 생각하고 민망함에 얼굴을 들지 못했다.

"…예……."

"예, 그럼."

왕혜정이 모깃소리만하게 말하자 장무위는 흠칫했으나 아무래도 안 되겠다 싶어 명상을 하러 자신의 방으로 가버렸다. 뒤에 혼자 서 있는 왕혜정의 모습이 유난히 어두워 보인다.

장무위는 왕혜정을 당분간 피해야겠다고 생각했다. 왕혜정을 보면 자꾸 혼원기가 흐트러지는 듯 가슴이 울렁거리고 진정이 안 됐다. 수련 중에 오는 고비인가 걱정도 되고 해서 당분간은 피하는 게 좋을 듯했다.

그러나 장무위의 결심은 며칠을 못 갔다. 시선을 안 마주치려고 노력했지만 왕정문과 같이 서서 자신이 일하는 모습을 보고 있는 왕혜정의 존재감은 절실히 피부에 와 닿았다. 또 지금 무엇을 하고 있는지 자꾸 궁금해져서 견딜 수가 없었다. 그래서 왕혜정에게 극도로 신경을 집중하고 있으니 안 보고 있었지만 무엇을 하는지 뻔히 알 수 있었다.

왕혜정은 왕혜정대로 장무위에 대해서 은인 이외의 감정은 갖지 말아야겠다고 맹세를 했지만 차라리 안 하느니만 못했다. 사람의 정이란 마음대로 되는 것이 아니다. 저절로 싹트는 정이 머리로 억눌러서 사라진다면 세상에 실연의 아픔을 겪는 사람은 없을 것이다. 가슴으로 느끼는 정을 머리로 억제하려고 하니 더욱 애틋하게 느껴지며 더욱 사무치는 것이었다.

그런 두 사람을 옆에서 지켜보는 왕정문 노인의 안색이 흐려졌다. 두 사람 다 서로를 마음에 두고 있는 듯한데 장무위가 먼저 말을 하지 않으니 자신들의 입장에선 말을 할 수가 없는 것이다.

조가장(曹家莊)

조가장(曹家莊)

몽골을 떠난 조일봉은 매일 장무위에게 전수받은 1초식의 도법을 연습했다. 천진에 다다를 쯤에는 투로를 천천히 펼칠 수 있게 됐다.

"정말 대단하구나. 강(强), 유(柔), 완(緩), 급(急)이 조화롭게 이루어져 있으니 형님이 도제라 불리시는 것도 다 이유가 있어."

눈으로 볼 때와 직접 휘둘러 볼 때는 달랐다. 1초식 뇌전교격은 단순히 위로 치솟는 듯한 한줄기 벼락 속에 얼마나 많은 변식들이 숨어 있는지 감탄이 안 나올 수가 없는 것이다. 수라구류도보다 한 단계 높은 도법임에 틀림없었다. 도법이라고 하면서 검법의 장점들도 대부분 포함하고 있었다. 한마디로 검, 도법의 장점들이 고루 녹아 있는 도법인 것이다.

조일봉은 자신의 수라구류도가 비록 천하의 구대도법으로 불리지만 초식의 날카로움을 추구하는 경향이 강해 심도의 경지에는 이를 수 없

다는 것을 잘 알고 있었다. 그래서 조일봉은 이제 거의 대성한 수라구
류도는 접고 무상구도의 1초를 끊임없이 수련했다.

천진에 도착하자마자 조일봉은 금도문을 먼저 찾았다. 몽골을 떠날
때부터 자신이 혼자서 장원을 사고 땅을 살 생각은 추호도 없었던 조
일봉이었다. 금도문에 귀찮은 일은 다 시키고 자신은 도법을 수련할
생각이었다. 금도문은 조일봉이 오랜만에 찾아오자 칙사라도 온 듯이
우르르 몰려나와 반가이 맞으며 돈독한 정을 과시했다.

한참 번잡케 인사를 나누고 난 이후 송 문주가 조일봉의 손을 잡아
끌며 객청으로 안내하면서 연신 반가움을 표시했다.

"조 대협, 정말 오랜만입니다. 그동안 어찌 소식 한 장 없으셨습니
까?"

조일봉은 처음 한 달 정도를 제외하곤 박효양의 시종 노릇만 하다가
그것마저도 잘못한다고 맞아 죽을 뻔했으니 어찌 소식을 보낼 틈이 있
었겠는가. 그리고 시간이 있었다고 해도 송 문주에게 따로 그렇게 할
생각은 아예 없었다. 그렇지만 어찌 사실대로 말할 수 있으랴.

"하하, 세상 구경 좀 하고 왔습니다. 소식을 전할 틈이 없었지요. 지
금 몽골에서 오는 길입니다."

"그렇군요. 장 대협은 찾아뵈셨습니까?"

"예, 형님은 지금 몽골에 계십니다. 제가 여기에 새로 장원을 하나
사서 정돈하고 연락을 드리면 오실 겁니다."

금도문주는 조일봉의 말을 듣고 어리둥절한 듯이 고개를 갸웃하더
니 말했다.

"전에 거금을 투자해서 장원을 수리해 놓으셨는데 새로 장원을 사시

다니요?"

"형님은 천하에 이름이 높은 분이신데 어찌 작은 장원에서 옹졸하게 사실 수 있겠습니까? 화북평원에 적당한 크기의 장원을 하나 사야겠습니다. 괜찮은 장원이 없으면 새로 하나 지어야겠지요. 그리고 넓은 땅을 사서 정착하실 겁니다."

금도문주는 속으로 지금 천진에 있는 장원에 투자한 돈이 얼만데 새로 집을 또 사느냐며 욕이 나왔지만 속마음을 숨겼다.

"하하, 역시 품위를 지키기 위해서라도 사시는 곳이 좁아서는 안 되겠지요."

"그렇고말고요. 형님이 화북에 정착하시면 앞으로 좋은 관계가 계속 유지되도록 합시다."

금도문주는 머리 속으로 주판을 마구 튕겼다. 화북평원이라면 자신이 있는 금도문의 영역이 아니니 앞으로 금도문의 세력이 지금보다 두 배 정도 더 커지면 영역 다툼이 생길지 모르겠지만 지금은 자신과 친분(?)이 있는 도제가 머문다는 게 도움이 됐으면 됐지 손해는 없을 것 같았다.

"하하, 이렇게 고마우실 데가 어디 있겠습니까. 저야 감히 청하지는 못했지만 바라던 바입니다. 화북평원이라면 본 금도문에서 말을 달려 이틀이면 닿을 수 있는 거리니 자주 찾아뵙고 인사드리도록 하겠습니다."

"제가 드릴 말씀입니다. 송 문주께서 전번에 장원을 수리할 때 물심양면으로 많은 도움을 주셨는데 어찌 잊을 수가 있겠습니까."

조일봉이 말을 해놓고 은근히 송 문주를 보면서 뭔가 대답을 기다리는 듯한 표정을 짓자 강호 생활 30년의 송 문주가 즉각 낌새를 알아차렸다.

"조 대협, 제가 도울 일이 없겠습니까? 좋은 이웃이 생기는데 이 송강이 나 몰라라 하면 하늘이 벌을 내리실 것 같습니다."

송 문주의 말을 듣자마자 조일봉이 파안대소를 했다.

"하하하! 실은 송 문주께 드릴 말씀이 있습니다. 제가 워낙 배운 바가 모자라고 하북에 대해서 아는 게 없습니다. 또 장원을 사려면 어떻게 사야 하고 땅을 사려면 어떤 땅을 어떻게 사야 하는지 하나도 모르겠습니다. 송 문주께서 도움을 주셨으면 합니다."

금도문주가 듣기에 그것은 정말 별일이 아니었다. 은근한 조일봉의 표정을 보고 이번에는 크게 돈을 써야 할 줄 알았는데―물론 거절할 생각은 없었다―의외로 돈도 안 들이고 생색은 많이 낼 수 있는 도움을 원하자 '이게 웬 떡이냐?' 하고 생각했다. 전에 조일봉을 도와 장원을 수리할 때도 송 문주가 적지 않은 투자를 했지만 불과 일 년도 되지 않아서 원금의 몇 배를 회수했다.

"조 대협, 이 송 모를 믿어주시오. 내 화북평원 일대의 모든 장원 중 최고의 장원과 최고의 땅을 사실 수 있도록 도와드리리다."

장무위에게 받은 은 천 냥과 광명교주로부터 받은 은 2천 냥을 합하면 무려 은 3천 냥의 거금이었다. 가진 것은 돈뿐인 조일봉은 아무리 비싸고 좋은 장원이라도 못 살 것이 없으므로 느긋하게 큰소리를 떵떵 쳤다.

"우리 형님이 사실 곳이니 최고의 장원이었으면 좋겠습니다. 그리고 이건 말씀 안 드리려고 했는데 저와 형님은 의.형.제. 사입니다. 형님을 도와주시는 것은 곧 저를 도와주시는 것이나 마찬가지니 이 조일봉이 먼저 송 문주의 우의에 깊은 감사를 드립니다."

조일봉은 묻지도 않은 말을 먼저 하며 송 문주에게 포권했다.

이제까지 송 문주는 조일봉이 장무위보고 형님, 형님 하는 것을 보고 두 사람이 전혀 닮지 않았으니 친형제는 아닐 것이고 의형제라고 생각하고 있었다. 조일봉이 자랑하는 기색이 역력해서 조금 이상했지만 개의치 않고 아부를 했다.

"경하드립니다. 천검과 도제 중의 도제 창천신룡 장 대협과 십영의 첫 손에 꼽히시는 조 대협이 의형제라는 사실은 무림의 홍복입니다."

"푸하하하하하! 감사합니다만 무림의 홍복이 아니고 저의 홍복이지요. 하하하!"

조일봉이 연신 대소를 터뜨리자 송 문주의 뒤에서 조용히 시립하고 있던 등방이 싱긋 웃으며 말했다.

"조 대협, 전에 사놓으셨던 장원에서 지금 손님이 기다리고 계십니다."

"하하! 엥? 손님이라니요? 등 형, 그게 무슨 말씀이오?"

"조 대협께서 천진을 떠나시는 날 팽가에서 손님이 오셨는데 뭔가 중요한 일이 있나봅니다. 크게 안타까워하면서 돌아갔죠. 그리고 한 세 달 전에 팽여주 낭자께서 오셔서 그때 이후로 장원에서 기다리고 계십니다. 조 대협과 팽여주 낭자가 친한 것을 알고 막지 않았습니다."

조일봉은 팽여주가 하인들만 있는 집에서 기다리고 있다는 말을 듣자 금도문주와 등방을 향해 급히 인사를 했다.

"등 형, 알려주셔서 감사합니다. 저는 이만 가봐야겠습니다. 앞으로 자주 찾아뵙겠습니다."

송 문주와 등방도 예를 받으며 말했다.

"조 대협, 그렇게 하시구려. 그리고 장원과 땅은 우리 금도문에서 알아볼 테니까 걱정하지 마십시오.”

“조 대협, 좋은 매물이 있으면 제가 연락을 드리겠습니다.”

“예, 그럼 이만.”

조일봉이 걸음을 서둘러 집으로 가자 아니나 다를까, 안색이 초췌해
진 팽여주가 하인들이 일하는 모습을 멍하니 보고 있는 것이 아닌가?
조일봉은 신법을 펼쳐서 몰래 팽여주 뒤로 돌아가 와락 소릴 질렀다.

“여주야! 나 왔다!”

거의 일 년 가까이 소식이 없던 조일봉이 바로 뒤에까지 살금살금
다가와서 벼락같이 소릴 지를 줄이야 팽여주가 어찌 상상이나 했겠는
가?

“앗!”

화들짝 놀라서 뒤를 돌아보자 꿈에도 그리던 조일봉이 뒤에서 싱글
벙글 웃고 있는 것이 아닌가! 팽여주의 눈에서 갑자기 눈물이 주르륵
흐른다. 그리고는 냉큼 조일봉에게 폴짝 뛰어 안겼다.

“일봉 오라버니! 흑!”

팽여주가 느닷없이 뛰어 안기며 울음을 터뜨리자 조일봉은 자신이
장난을 친다고 한 게 잘못되었나 해서 머쓱하게 머리를 긁적이며 사과
했다.

“미안해. 반가운 마음에 나도 모르게 장난을 친 거야. 울지 마.”

“아니에요. 오라버니가 너무 보고 싶어서 지금도 생각하고 있었는
걸요. 너무 반가워서 눈물이 나오는 거예요.”

조일봉은 팽여주의 정이 마음에 확 와 닿아 그만 참지 못하고 어깨
를 꼭 안아주었다. 그렇게 잠시 꼭 안고 있다가 조일봉은 화들짝 놀라
며 팽여주를 살짝 떼어놓았다. 막상 안고 보니 팽여주도 널 모레면 스

무 살이 되는 다 큰 처녀였던 것이다. 조일봉이 매화를 만나기 전이었다면 몰랐을 미묘한 반응들이 조일봉의 몸에서 일어나 버렸다. 급히 떼어놓지 않으면 큰 창피를 당했을 것이다. 조일봉은 붉어진 얼굴을 슬쩍 돌리고 당황한 마음을 감추려 말을 돌렸다.

"그런데 여주 네가 여긴 어쩐 일이냐? 금도문의 등 형에게 들었는데 이미 몇 달 동안 여기 있었다고?"

팽여주가 부끄러운 듯이 얼굴을 붉힌다.

"일봉 오라버니가 보고 싶어서 왔어요. 어디 멀리 가셨다는 것은 알았지만 곧 돌아오실 거라고 생각하고……."

조일봉은 아직도 몸의 미묘한 반응을 다스리지 못하고 심호흡을 열심히 하고 있었다. 자연 말이 제대로 나올 리 없었다.

"혼자서 기다리기 심심했을 텐데… 이제 내… 가 왔으니 내가 심심하지 않게 해줄게."

"예, 오라버니. 이제 멀리 가지 마세요……."

조일봉은 간신히 몸을 정상으로 되돌렸다.

"하하하, 멀리 안 가마. 형님도 여기서 정착하실 거니까 앞으로는 자주 볼 수 있을 거야."

팽여주의 얼굴이 활짝 밝아졌다. 몇 달 동안 조일봉이 생각나 밥도 제대로 못 먹었다.

"정말이죠? 앞으로는 안 가신다는 말이 정말이죠?"

"응. 내가 언제 거짓말했어?"

팽여주는 그제야 안심이 되는 듯 방긋 웃었다.

"아뇨. 오라버니는 절대로 거짓말을 안 해요."

순간 조일봉은 뭔가 모를 섬뜩함에 몸을 흠칫 떨었다.

'앞으로 여주 앞에서는 절대로 거짓말을 하면 안 되겠구나. 사나이 조일봉이 귀여운 여주에게 빈말을 할 수는 없다.'

"…하하… 하! 그래, 이 조일봉은 절대로 거짓말을 안 해."

조일봉이 약간의 식은땀을 흘리면서 말하는 것을 보며 팽여주의 귀엽기만 한 얼굴에 앙큼한 빛이 살짝 떠올랐다 사라졌다.

"그런데 너 혼자서 이곳까지 왔는데 집에선 아무 말씀이 없으셔?"

"아뇨. 당연히 가지 말라 하셨죠. 그렇지만 오지 않을 수 없었어요."

팽여주는 이미 마음을 결정한 뒤였다. 팽가에선 은근히 팽여주와 조일봉이 잘되었으면 하는 바람이 있었지만 팽여주가 혼자서 날뛰다가 소문이 잘못 나면 평생 시집도 못 가고 살아가야 할 가능성도 있어서 팽여주가 혼자서 천진으로 가는 것을 뜯어말렸다. 그러나 팽가의 고집은 딸에게도 그대로 유전되었는지 팽여주가 단식투쟁을 하자 어쩔 수 없이 네가 알아서 하라면서 포기해 버린 것이다. 물론 포기하는 뒷면에는 잘되길 바라는 집안 어른들의 간절한 바람이 섞여 있었다.

"그건 무슨 말이지?"

팽여주는 아무것도 아니란 듯이 태연하게 말했다.

"저는 이제 평생 일봉 오라버니와 살래요."

"하하하! 내가 그렇게 좋으냐? 그렇게 하지 뭐. 하하… 헉! 평생?"

팽여주가 똘망똘망한 표정으로 말하자 조일봉은 기분이 너무 좋았다. 그래서 대소를 터뜨리다가 뭔가 심상찮음을 느낀 것은 평생이란 단어가 의미하는 바가 간단치가 않았기 때문이다. 그래서 순간 당황해서 질문을 했는데 팽여주는 벌써 눈물이 그렁그렁해서 또다시 달려들어 안긴다. 그리고 조일봉이 무슨 말을 할 틈을 주지 않고 모든 것을 결정해 버렸다.

"일봉 오라버니처럼 거짓말을 안 하시는 분이 저와 평생 같이 사시 겠다고 허락하셨으니 이제 저는 오라버니의 곁에만 있을 거예요. 고마 워요, 일봉 오라버니. 저는 혹시 거절하시면 어쩌나 해서 마음을 많이 졸였어요. 흑!"

조일봉은 뭔가 당하는 것 같았지만 뭐가 어찌 된 영문인지도 몰랐 다.

몽골에 있던 장무위는 한 통의 서찰을 받고 너무나 기뻐 대소를 터 뜨렸다.

"하하하! 일봉이가 팽 낭자와 결혼을 한다? 이거 참, 사람의 일은 모 른다고 하더니 일봉이와 팽 낭자가 결혼을 할 줄이야! 하여간 잘된 일 이야. 당장 찾아가 보지 않을 수 없구나."

장무위는 이미 왕정문 노인의 기술을 모두 전수받았다. 이제는 왕정 문 노인이 따로 가르칠 것은 없었고 장무위가 얼마나 배운 바를 몸으 로 익히는가 하는 숙련도의 문제만 남아 있을 뿐이었다. 요즘 들어서 왕혜정의 얼굴이 계속 떠올라 명상도 제대로 못할 지경이었는데 장무 위는 아예 이 참에 멀리 떠나야겠다고 생각했다. 왕혜정만을 생각하면 서 수련을 못하고 있으니 장무위도 답답하던 참이었다.

장무위는 당장 왕정문을 찾아갔다.

"어르신, 동생 일봉이가 혼례를 치른다고 연락이 왔습니다. 가봐야 할 것 같습니다."

왕정문은 눈을 끔뻑거리면서 조일봉의 얼굴을 떠올렸다.

"허허, 그 순진하게 생긴 동생이 결혼을 한다고? 축하할 일이네. 축 하해."

“예, 감사합니다.”

“그런데 지금 가면 언제 다시 올 참인가?”

“동생이 정착하는 모습을 좀 지켜보다가 백두산으로 가서 수련을 하려고 합니다.”

결국은 돌아오지 않겠다는 말인지라 왕정문의 얼굴이 흐려졌다. 손녀를 위해서라도 무슨 수를 내야 했다.

“자네도 알다시피 내가 앞으로 살 날이 얼마 남지 않았네. 이번에 의제의 결혼식을 보고 한 번 더 들러주게. 내 자네에게 하고 싶은 말이 있네.”

왕정문의 말을 장무위가 어찌 거절할 수 있겠는가. 예전에는 평생의 지기인 현천(玄天)을 얻었고 이제는 가문에 전승되던 모든 기술을 배운 처지이다.

“예, 어르신. 그런데 하실 말씀이라니요? 지금 말씀해 주십시오.”

“아니, 내 자네가 다시 오면 그때 말함세. 그리고 너무 늦지 않게 해주게나. 내 삶이 얼마 남지 않았음을 자꾸 느끼네. 죽기 전에 자넬 보고 싶어.”

“예. 일봉이의 혼례를 보고 금세 돌아오도록 하겠습니다.”

왕정문이 자리에서 일어나 장무위의 두 손을 꼭 잡으며 말했다.

“고맙네. 내 자네가 우리 혜정이를… 아닐세. 다녀오도록 하게.”

마음에 있는 말을 하고 싶은데 입이 떨어지지 않았다. 왕정문은 ‘무위도 동생의 결혼을 보고 돌아오면 뭔가 마음의 변화가 있겠지’ 하는 기대를 가지고 말을 멈추었다.

“예, 어르신. 그럼 그동안 강녕하십시오. 왕 부인에게 인사를 하고 바로 떠나도록 하겠습니다.”

장무위는 왕혜정과 관련된 무슨 일이란 것은 알았지만 다녀오면 알게 될 것인지라 미리부터 궁금해할 필요는 없다 생각하고 왕혜정에게도 인사를 하러 갔다. 왕 부인이란 말이 자꾸 마음에 걸려 한숨만 쉬는 왕정문을 뒤로하고서.

“장 공, 축하드립니다.”

왕혜정이 슬쩍 장무위의 얼굴을 외면하고 말했다. 당분간 장무위를 못 본다고 생각하자 벌써부터 마음이 아파왔다.

장무위는 문득 떠나고 싶지 않다는 생각이 들었지만 자신의 상태를 돌아보기 위해서라도 다녀올 필요가 있었다.

“감사합니다. 한 서너 달 후에 다시 찾아뵙겠습니다. 그동안 평안히 잘 계시길 바랍니다.”

“예, 조심해서 다녀오세요.”

장무위는 아룩타이에게도 들러 인사를 하고 여행 떠날 차비를 했다. 왕씨 조손이 대문 앞까지 따라 나와 배웅했다. 간단한 인사말이 다시 오가고 장무위가 말을 몰아가자 그때까지 말을 안 하고 조용히 배웅하던 왕혜정이 불현듯 몇 걸음 따라 나오면서 크게 소리쳤다.

“빨리 오셔야 해요! 꼭이요!”

장무위는 말을 잠시 멈추고 돌아서서 왕혜정에게 웃으며 목례하고 다시 말을 달렸다. 멀어지는 장무위의 등을 보고 있는 왕혜정의 눈에는 까닭 모를 누선(淚線)이 그려졌다. 점점 멀어지는 장무위의 뒷모습이 흐릿해졌다.

장무위는 동몽골로 올 때 서쪽을 통해서 왔다. 오이랏트를 경유해서 왔을 때는 몰랐는데 동몽골에서 천진으로 바로 내려가자 안타까움에 탄식이 절로 나왔다.

장무위가 동몽골로 오기 바로 전에도 전쟁이 일어났었다. 그래서 전쟁의 흔적이 아직 사라지지 않고 고스란히 남아 있었다. 초원의 곳곳에는 타다 남은 게르들이 보이고 인골로 보이는 뼛조각들이 널려 있었다. 창, 칼은 다 수거가 됐는지 보이지 않았지만 여기저기 남아 있는 흔적들만으로도 참혹한 전장의 풍경을 고스란히 짐작할 수 있었다. 남의 나라 일이라 생각하면서도 마음이 편치 않았다. 밤이면 넓은 몽골의 평원에 비친 달빛이 유난히 창백한 것이 마치 평원이 슬픔에 가득차 있는 듯했다.

한 달 정도 지나서 장무위는 천진에 도착할 수 있었다. 아직 혼례는 한 달가량 더 남아 있었으니 서두를 것은 없었다. 국경에서는 전쟁을 전후한 기간이라 검문이 심했지만 빙 돌아서 장성을 넘어오는 장무위를 검문으로 어찌 막을 수 있겠는가.

장무위는 힘들지 않고 검문을 벗어나 조일봉이 서찰─등방을 시켜서 대서를 함─에 적어 보낸 장소로 찾아갔다.

얼추 보기에 팽가의 1/5 만한 크기의 대장원이었다. 장원의 커다란 대문에는 수많은 사람들이 분주히 오가고 있었다.

천천히 말을 몰아 대문 앞으로 가자 나이가 한 40은 되어 보이는 장년인 한 사람이 탁자 하나를 가져다 놓고 앉아서 방명록을 작성하고 있었다.

40대의 장년인은 장무위의 비범한 기상을 보고 자리에서 벌떡 일어나 공손히 물었다. 나이는 어려 보였지만 전신에서 풍기는 기세는 가만히 앉아서 받을 수 있는 상대가 아님을 짐작케 했던 것이다.

"어디에서 오는 분이신지요?"

장무위는 이 장원을 조일봉의 이름으로 사두라고 했으므로 소유주가 당연히 조일봉일 것이라고 생각하고 말에서 내리며 물었다.

"저는 장무위라고 합니다. 이 장원이 조일봉의 장원이 맞습니까?"

"헛! 도제 장 대협?!"

장년인이 깜짝 놀라더니 장무위의 허리춤에 걸려 있는 손잡이가 긴 검은 장도를 보곤 즉시 포권을 하며 공손히 인사했다.

"조 대협과 장 대협의 장원이 맞습니다. 저는 팽기오(彭祺吳)라고 합니다."

아직 혼사를 치르지는 않았지만 팽가에서 조일봉 쪽에 사람이 없음을 알고 미리부터 준비를 대신해 주고 있는 모양이었다. 장무위도 상대방의 이름을 들어보고 팽무석의 숙부뻘이란 것을 알고 인사를 했다.

"반갑습니다. 팽가와 동생이 혼사를 치르게 되어서 팽가의 분이 남 같지 않습니다."

팽기오는 예전에 장무위가 비무를 하러 팽가에 들렀을 때 외지에 있었으므로 장무위를 본 적이 없었다. 장무위가 올해 서른네 살이라고 알고 있는데 이제 갓 20대 중반으로 보이자 속으로 많이 놀랐다.

'얼마나 무공이 지고한 경지에 이르렀으면 10년은 어려 보이는가! 예전부터 계속 저 모습이었다고 하던데……'

"장 대협을 뵙는 것은 저의 일생의 영광입니다. 기련산의 쾌거를 듣고 속이 다 후련했습니다. 장 대협의 장원이라고 하지만 처음 들르셨으니 낯설 것입니다. 제가 안내를 하겠습니다."

“예, 감사합니다.”

장무위는 조일봉이 팽가에는 자신의 장원이라고 했음을 짐작하고 달리 말을 하지 않고 따라갔다.

장원은 정말 크고 넓었다. 모용세가나 팽가에 비하면 많은 손색이 있었지만 ‘은 천 냥으로 이 장원을 샀다면 땅을 살 돈은 없었을 텐데’ 하며 걱정이 될 정도였다. 몇 개의 문을 지나자 멀리서 연신 안절부절 못하고 있는 조일봉과 그 옆에서 뭐라고 히죽거리면서 놀리고 있는 유소백이 보였다. 오랜만에 유소백의 얼굴을 보게 되자 반가움이 밀려왔다. 그래서 장무위는 조용히 팽기오에게 인사를 하고 자신이 혼자서 가겠다는 뜻을 전했다. 그때 조일봉과 유소백이 장무위를 발견했는지 반갑게 소리치며 뛰어왔다.

“형—님!”

“하하하. 오랜만이네, 소백이. 그동안 잘 지냈나? 그리고 일봉이 자네는 재주도 좋아.”

조일봉은 얼굴을 붉히며 고개를 푹 숙였다.

“형님, 그럴 일이 있었습니다. 나중에 설명드리겠습니다.”

유소백은 장무위의 손을 잡더니 반가움을 감추지 못했다.

“형님도 그동안 안녕하셨습니까? 형님 소식은 계속 듣고 있었습니다.”

“응, 무탈했네. 들어가서 얘기하지. 나를 계속 여기에 세워둘 참인가?”

세 사람은 서로 반가워하면서 내전으로 들어갔다. 조일봉은 무슨 까닭인지 두 사람을 따라가면서도 내내 얼굴을 붉히고 있었다.

"장 형님, 제 말이 그 말입니다. 팽 낭자의 나이가 올해 스무 살이라고 합니다. 조 형님이랑 나이 차가 무려 열두 살입니다. 어찌 조 형님을 탓하지 않을 수 있겠습니까? 조선에서는 조혼의 풍습이 있어서 열두 살 차이라면 딸이라고 해도 믿습니다. 허참!"

유소백이 연신 침을 튀기며 조일봉을 매도하고 있었다. 조일봉은 뭐라 할 말이 없는지 얼굴만 붉히고 좌불안석이었다.

"하하하, 그래도 좋다는데 어쩌겠는가? 내 그런 일에 대해선 잘 모르지만 일봉이가 도.둑.놈. 심보를 가진 사람은 아니네."

장무위가 이상한 억양을 주면서 말을 하자 유소백은 눈을 휘둥그레 뜨면서 말을 받았다.

"장 형님, 도.둑.놈. 심.보.라니요? 우리 조 형님이 그럴 리는 없죠. 절대로 도.둑.놈. 심.보.는 아닙니다."

오랜만에 격식을 차리지 않아도 될 반가운 사람들이 만났으니 계속해서 이런 대화가 지속되었다. 조일봉도 처음에는 뭐라고 몇 마디 대꾸를 했으나 일방적으로 밀리기만 하자 그냥 속만 끓이고 있는 실정이었다. 믿는 도끼에 발등 찍힌다고 장무위까지 이럴 줄은 몰랐던 것이다. 결국 참다못한 조일봉이 한소리 했다.

"아이고, 이제 그만 하십시오! 저도 사정이 있단 말입니다."

장무위와 유소백은 눈을 휘둥그레 뜨면서 처녀가 애를 배도 할 말이 있다더니 너에게도 무슨 할 말이 있느냐는 식의 눈빛을 보냈다.

"그게 어떻게 된 거냐 하면요……."

이어진 조일봉의 설명을 장무위와 유소백은 눈을 반짝이면서 들었다.

조일봉은 팽여주에게 그렇게 코가 꿰였지만 설마 팽여주가 자신을 남편감으로 생각하고 있을 거란 것은 짐작 못하고 어린 동생이 친오빠를 따르는 그런 것인 줄로만 알고 호탕하게 웃으면서 자꾸 수렁으로 빠져드는 말을 했다.

"하하하! 그래, 평생 같이 살자. 내가 너 하나 못 먹여 살리겠느냐."

팽여주의 동그란 눈에 행복의 눈물이 가득 고였다.

"일봉 오라버니, 저는 정말 행복해요."

"나도 그래. 내가 이번에 형님의 명을 받고 화북평원에 큰 장원을 하나 살 거야. 그러면 팽가랑 가까우니 아예 같이 살아도 될 거다. 내가 어른들에게 잘 말씀드리면 뭐라 하지는 않으실 거야."

조일봉의 말은 자주 놀러 와서 같이 살다시피 해도 된다는 말이었지만 듣는 팽여주는 다른 식으로 해석했다.

"일봉 오라버니, 그럼 지금 저랑 같이 본가에 가서서 말씀 좀 해주세요. 제가 본가의 어른들이 말리시는 것을 뿌리치고 나와서 지금 걱정을 많이 하실 거예요."

조일봉은 잠시 생각을 해보았다.

'장원을 사는 일은 금도문에 거의 떠넘기다시피 했으니 금세 다녀오면 될 것이다. 귀여운 여주를 위해서 그 정도는 해야지. 빨리 말을 달려서 갔다 오면 열흘 이내로 다녀올 수 있을 거야.'

"좋다. 말이 나왔으니 지금 당장 가서 말씀드리자. 얼굴이 별로 안 좋은데 괜찮겠어?"

팽여주의 얼굴이 초췌해 있으니 걱정해서 하는 말이었지만 지금 팽여주의 귀에는 그 소리가 들리지 않았다. 이제는 다된 밥인 것이다. 주걱으로 푸기만 하면 되는데 새로 쌀을 씻으러 갈 이유가 없었다.

"오라버니, 전 괜찮아요. 저도 하루 빨리 마음 편하게 오라버니와 있고 싶어요."

"하하하, 여주도 보기와는 다르게 나처럼 성격이 급하구나. 내 방금 멀리서 왔지만 너를 위해서 몸을 사릴 사람이 아니다. 지금 당장 나서자."

이렇게 해서 조일봉은 몽골에서 천진까지 먼 거리를 여행해 왔으면서 집에 들어가서 한번 앉아보지도 못하고 다시 팽가로 길을 떠났다. 중간에 팽여주가 급히 서신을 띄우는 것을 보았지만 조일봉은 무슨 급한 일이 있나 하고 단순하게 생각했다.

조일봉과 팽여주가 팽가에 도착하자 난리가 났다. 팽가에서 너무 반기는지라 조일봉은 어안이 벙벙할 지경이었다.

"어서 오시게, 조 소협. 곤륜에서의 이야기는 들었네. 이제 조 소협의 위명이 사해를 진동할 거야."

팽조혁이 소식을 들었는지 대문 앞까지 가솔들을 데리고 나와서 조일봉을 맞았다. 조일봉의 강호에서의 위치로 보아 이렇게까지 할 이유는 없는데 다들 조일봉을 극진히 맞는 것이다.

"우리 여주를 평생 데리고 있겠다고 약조하셨던 이야기를 들었습니다. 앞으로 잘 부탁드리겠습니다."

팽여주의 아버지인 팽기준의 말이었다.

"조 형, 앞으로 잘 지내봅시다."

팽무린이 연신 싱글벙글하면서 조일봉에게 말했다.

조일봉은 정신이 없는 상태에서도 연신 포권을 하면서 답례했다.

"너무 반겨주시니 어안이 벙벙하여 무슨 말씀을 드리러 왔는지도 모르겠습니다."

조일봉은 근 한 시진 동안 온갖 덕담을 들었고 인사를 받았다. 간신히 팽가의 주요 인물들과 따로 본채에 마주 앉아 이곳에 온 목적을 이야기할 수 있었다.

"형님이 이번에 화북평원에 큰 장원을 장만하시고 정착하려 하십니다. 그래서……."

팽조혁이 조일봉의 말을 자르면서 말했다.

"다 알고 있네. 그래서 자네가 우리 여주를 데리고 있겠다고 했다면서? 다른 말이 무슨 필요가 있겠는가. 장원을 장만하는 일은 우리 팽가가 적극 돕겠네. 자네는 이제부터 여주만 생각하게."

조일봉은 앞으로 팽여주가 자주 놀러 와도 된다는 말을 하려 했으나 자주 놀러 와서 오래 있으면 자기가 데리고 있는 것이나 별 차이가 없다고 생각했다.

"예, 그렇습니다. 여주가 이번에 천진으로 올 때 집안 어르신들이 반대를 하셔서 무척 곤혹스러웠다고 합니다. 제가 책임질 테니 편하게 있게 해주십시오."

"당연하지! 자네 같은 영웅호걸이 한 입으로 두 말을 하겠는가! 자네가 '책임지겠다'고 했으니 우리 여주는 이제부터 자네 마음대로 하게!"

팽조혁이 당장 말을 받아서 큰 소리로 일을 확정 지었다.

조일봉은 약간 당황스러웠다. 뭔지는 모르지만 분위기가 이상하단 것을 느끼기 시작했던 것이다. 하지만 팽여주를 조일봉 마음대로 하란 말은 도저히 받아들일 수 있는 말이 아닌 것 같았다.

"예? 어찌 사람을 마음대로 하겠습니까. 다만 여주가 불편하지 않도록 신경을 많이 쓰겠습니다."

조일봉이 그렇게 말하자 옆에 있던 팽여주의 아버지 팽기준이 벌떡 일어서더니 조일봉의 옆으로 와서 두 손을 꼭 잡으며 눈물까지 글썽이며 말했다.

"사위! 앞으로 우리 여주를 잘 부탁하네!"

사위란 말에 대경실색한 조일봉이 입을 벙긋벙긋거리자 팽가의 인물들이 서둘러 조일봉의 앞으로 와서 또 한 번 여주를 잘 부탁한다는 말과 함께 혼사를 맺게 되어 너무 기쁘다고 말해 조일봉은 말 한마디 제대로 못하고 연신 인사를 받아야만 했다.

이렇게 해서 조일봉은 스무 살의 귀여운 아가씨에게 완전히 코가 꿰게 되었다.

조일봉의 설명을 들은 유소백은 대경실색했다.

'진정으로 무서운 사람들이구나. 사람 하나 바보로 만드는 것은 일도 아니구나.'

중구삭금이란 말이 있다. 여러 사람들의 입이 모이면 쇠도 녹인다는데 이미 준비된 사람들이 입을 맞추는데 순진무구한 조일봉이 어찌 감당하겠는가.

장무위도 가만히 들어보니 조일봉이 의도와는 다르게 결혼하게 됐다는 것을 짐작했지만 심산에서 수련만 한 사람이라 팽가의 무서움은 알지 못하고 그냥 단순히 '말을 잘못하면 안 되는데 일봉이가 오해할 말을 했구나' 하고 생각할 뿐이었다. 장무위는 진지하게 한마디 했다.

"일봉이, 내 보기에는 팽 낭자가 자넬 무척 따르니 더 이상 다른 생각은 하지 말고 앞으로 행복하게 살기를 바라네."

"…예……."

조일봉은 그저 붉어진 얼굴로 간신히 대답할 뿐이었다.

"그런데 소백이 자네는 어떻게 나보다 더 빨리 오게 됐는가? 안동에서 이곳까지라면 아직 연락도 안 닿았을 것 같은데?"

유소백은 조일봉을 불쌍하단 듯이 한 번 힐끔 쳐다보고는 장무위에게 시선을 돌리며 대답했다.

"장 형님, 전 스승님의 명을 받고 요동 일대를 계속해서 탐문하던 중이었습니다. 그래서 소식을 빨리 들을 수 있었습니다. 도제 창천신룡의 의제이자 십영의 첫 손가락에 꼽히는 패도 조일봉 대협의 결혼에 대한 소문은 요동에도 자자하게 퍼졌습니다."

유소백마저 도제니 창천신룡이니 하는 되지도 않는 소리를 하자 장무위는 순간 민망함을 느꼈으나 곧 궁금함에 다시 질문했다.

"그렇게 됐구나. 그런데 탐문이라니?"

"예, 형님도 전에 요동에 큰 혈풍이 분 적이 있다는 것은 알고 계시겠죠?"

장무위가 옆에서 얼굴을 붉히고 고개를 숙이고 있는 조일봉을 돌아보며 옛일을 회상했다.

"그래, 나도 들어서 알고 있네. '풍백(風伯)'이란 무림기보 때문에 벌어진 일이라며? 일봉이가 그것 때문에 요동에서 고생을 많이 했잖은가."

그 말을 들은 조일봉도 그 당시의 자신의 처지를 생각하고 이미 붉어진 얼굴이 더욱 붉어졌다.

유소백은 잠시 공력을 돋워 주변에 인기척이 있나 없나 살피고는 목소리를 낮춰 이야기를 꺼냈다.

"예, 바로 그 이야기입니다. 그렇지만 '풍백'은 무림기보가 아니고 우리 한민족의 보물이자 신기(神器)인 천부인(天符印) 중 하나입니다. 근자에 스승님이 얻으신 책에 천부인에 대한 이야기가 간략하게 나와 있었습니다. 우리 민족의 보물인 천부인은 세 가지 물건을 나타내는 것인데 그 하나하나가 신능(神能)을 가진 보물이라 합니다. 그런데 천부인 중 두 개는 이미 세상에서 사라졌고 하나만이 오래전에 세상에 유출되었는데 그것을 회수하기 위해서 수호문이란 문파가 수천 년간 암중에서 노력했지만 아직도 회수를 못했다고 합니다. 스승님은 책에서 그 내용을 읽으시고선 풍백을 회수하거나 없애 버리기 위해서 저에게 탐문을 보내셨습니다.”

“음… 신능을 가진 물건이라? 그런데 그게 사실이라면 회수를 해야지 왜 없애 버리시려는 건가?”

“그것은 저도 잘 모르겠지만 이미 우리의 먼 조상 때에 세상에 이제 천부인의 힘이 필요하지 않으니 없애야 한다고 결정을 내리셨나 봅니다. 인세에 있으면 위험한 물건이란 뜻이겠지요.”

“신능을 가진 물건이라면 오용되면 큰 피해를 줄 수도 있겠구나. 그런데 수호문은 어떤 문파인가? 처음 들어보는 문파네만?”

“그건 스승님께서도 모르십니다. 단지 풍백을 회수하기 위해 만들어진 문파가 아닐까 짐작할 뿐이죠. 스승님께서 얻으신 책에도 수호문에 대한 이야기는 자세히 나와 있지 않았습니다. 다만 풍백을 회수할 수 있으면 반드시 찾아서 없애라는 내용의 글만이 천부인에 대한 설명과 같이 나와 있었답니다.”

장무위와 조일봉은 연신 그렇구나 하면서 머리만 끄덕였다. 특히 조일봉은 자신이 몇 년을 고생한 기억이 생생하여 남의 이야기 같지가 않았다. 연신 풍백을 떠올리며 탄식했다.

‘무림기보는 무슨 개뿔이 무림기보야? 소문을 낸 놈을 찾아서 주리를 틀고 싶구나.’

장무위는 한민족(韓民族)의 일이라면 자신도 모른 척할 수 없다고 생각하고 유소백에게 말했다.

“그래, 탐문 결과 무슨 소식이라도 얻었나?”

“아직… 미궁에 빠진 듯합니다. 해동검객은 그때 이후로 사라져 종적이 묘연합니다.”

“신능을 가진 물건이라면 갖고자 하는 사람들이 한둘이 아닐 것이네. 찾는 것도 쉽지가 않을 것이야. 고대의 조상들께서 없애 버리라 하셨다면 마땅히 그럴 이유가 있을 거야. 자네가 노력해 보게. 내 도움이 필요하면 말을 하고. 우리 민족이 해야 할 일이라면 나도 한 손을 거들겠네.”

“예, 감사합니다, 장 형님.”

조일봉은 두 사람이 한민족의 일이라고 하면서 연신 입을 맞추자 자신은 따돌림을 받는 듯해서 불현듯 뇌리에 떠오르는 말을 꺼냈다.

“형님, 이제 소백이가 왔으니 전에 생각하시던 바를 말씀하시지요.”

“전에 생각하던 바? 아! 알겠네.”

장무위는 조일봉의 말을 바로 알아듣지 못했지만 이내 짐작 가는 바가 있어서 유소백을 바라보면서 말을 했다.

“나와 일봉이는 의형제를 맺었네. 그래서 앞으로 자네를 만나면 셋이서 같이 의형제의 연을 맺자고 했는데 소백이 자네 생각은 어떤가?”

처음에는 무슨 말인가 귀 기울이며 멀뚱거리던 유소백이 장무위의 말이 끝나자마자 벌떡 일어나서 큰절을 했다.

“큰형님, 작은형님, 집에서도 막내이고 의형제를 맺어도 막내인 유소백이 인사드립니다."

장무위는 유소백의 절을 막지 않고 반절을 하며 말했다.

"따로 제단을 차리는 등의 형식은 필요없을 것 같네. 마음이 있으면 되는 것. 이제 자네는 내 동생이네."

조일봉도 덩달아 조선식으로 절을 하면서 말했다.

"막내, 정말 기쁘네. 내 자네가 바로 승낙할 줄 알았지만 정말……."

조일봉의 눈에 또 눈물이 맺혔다. 홀로 남 조일봉이 이제는 장가도 가게 됐고 형제들도 있으니 어찌 기쁘지 않겠는가? 순진한 조일봉의 눈에 기쁨의 눈물이 가득 맺혔다.

장무위와 조일봉은 유소백이 그동안 어떻게 지냈는지 궁금해서 이런저런 이야기들을 물었다.

유소백은 천진에서 돌아간 이후 수련을 하는 일 이외에는 가정에 충실한 남자가 되었다. 명나라에서 장무위와 조일봉의 이야기가 가끔씩 들려올 때는 유소백도 몸이 근질거렸으나 결혼하고 나서 얼마 되지도 않아 신부를 일 년 가까이 독수공방하게 한 책임이 있으니 또 떠난다는 말을 할 수가 없었다. 그리고 아들의 재롱에 흠뻑 빠져서 떠나고 싶은 생각도 서서히 없어지기 시작했다.

가정에 충실하면서도 수련을 등한시하지는 않았다. 이런저런 기연들이 겹쳐서 내공이 2갑자나 되는 유소백이었다. 고향에 돌아가서 수련을 한 지 얼마 되지도 않아서 스승의 도움을 받아 세맥을 타통했다. 그 이후 추풍검 72식을 검강을 일으킨 채로 시전할 수 있게 되었다.

한데 1년 전에 스승이 새로운 무공을 가르쳐 주시기 시작했는데 그것은 지금까지 듣도 보도 못하던 무공들이었다.

유소백이 가르치는 모든 무공들을 완전히 암기하자 스승께서는 풍백을 탐문하라며 유소백을 요동으로 보내셨다. 유소백은 요동에서 몇 달간 풍백을 탐문하고 있다가 조일봉의 소식을 듣자마자 바람같이 달려왔다.

조일봉이 유소백의 이야기를 듣고 있더니 한마디 했다.

"그러면 지금까지 한 일이라곤 무공 수련 좀 하다가 요동에서 허송세월한 것뿐이네?"

"헐. 일봉 형님, 요동에서 허송세월한 것은 사실이지만 수련을 좀 했다니요. 스승께 새로운 무공들을 배운 이후 하루도 수련을 게을리 한 적이 없습니다."

이미 초식의 운용에는 장무위보다 나은 점이 있던 유소백이었다. 당금 천하에서 유소백을 상대할 수 있는 사람은 스무 명도 안 될 것이다. 유소백은 최광도 놀랄 만한 무학의 천재였던 것이다. 더군다나 이미 경지에 이른 유소백이 비록 짧은 시간이라고 하지만 전심전력으로 수련했다면 큰 성과가 있었을 것이다.

"그래, 그럼 새로 배운 무공들은 완전히 익혔어?"

조일봉이 자못 궁금하단 듯이 물었다. 조일봉도 요즘 들어서 장무위에게 배운 도법의 수련을 게을리 하지 않았지만 투로를 외우고 있는 1초식도 제대로 펼치지 못하고 있었다.

그런데 조일봉의 말을 들은 유소백이 얼굴을 확 붉혔다.

"……."

조일봉은 그런 유소백을 보고 이제껏 당했던 것들이 생각나는지 놀리기 시작했다.

"소백이, 수련을 게을리 하지 않았다고 하더니 어째서 말을 못하는 거지? 하하하!"

그러자 유소백도 어쩔 수 없다는 듯 한숨을 내쉬더니 말했다.

"내 생전 그런 무공들이 있는지 처음 알았습니다. 얼마나 경지가 높은지… 실은 지금껏 수련을 하고서도 실전에서 써먹을 수 있을 정도로 익힌 초식은 하나도 없습니다. 형(形)의 경지에 있는 무공들이 아니었습니다."

"엥? 도대체 무슨 무공들을 배웠기에?"

장무위도 웃으며 듣고 있다가 호기심이 이는지 유소백의 얼굴을 바라보았다.

"스승님께서 비밀로 하라고 하셨지만 형님들에게까지 어찌 숨기겠습니까. 무성의 천단진경에 적힌 무공들입니다."

"헛! 무성의 천단진경이라고?"

조일봉은 대경실색했다. 무성이 남긴 것이 천단진경이란 것은 처음 알았지만 무성의 전인이 누군지는 잘 알고 있었다. 바로 자신과 1년 가까이 같이 다니던 박효양이 아닌가! 장무위에게 박효양이 누군지 들었었다. 그런데 어떻게 해서 유소백의 스승이 무성의 무공을 얻으실 수 있었는지 궁금하기 짝이 없었다.

옆에서 듣고 있던 장무위가 유소백에게 말했다.

"소백이, 최광 노사께서 혹시 박효양 어르신을 만나신 적이 있는가?"

그러자 유소백이 오히려 놀란 표정을 지었다.

"어? 큰형님께서 어찌 그 사실을 알고 계십니까?"

"그렇게 됐구나. 몽골에서 그분을 만나뵌 적이 있네. 일봉이가 그분을 모시고 몽골까지 날 찾아온 일이 있었네."

조일봉이 다시 그때 생각이 나자 두렵다는 듯 몸을 한 번 떨더니 유소백에게 그때의 일을 자세히 이야기해 줬다.

"그런 일이 있었군요. 스승님께선 바로 그 박효양 어르신께 천단진경을 받으셨습니다. 두 해 전 해동에서 박효양 어르신이 협행을 하셨는데 죄의 경중을 가리지 않고 악행을 일으키는 사람들을 제거하신 일이 있었지요. 스승께서 박 어르신이 너무 손을 과하게 쓰신다 생각하시고 그 어른의 길을 막아서셨는데, 그때 박 어르신이 스승께 책을 전하셨다고 합니다. 참, 제가 말씀드린 풍백에 대한 이야기도 그 천단진경에 적혀 있던 내용입니다. 그래서 풍백에 대해 확신을 가지고 찾으려 하는 것이죠."

유소백의 말을 들은 장무위는 고개를 끄덕였다.

'박효양 어르신이 그런 일을 하였었구나. 처음 본 사람에게 무성의 비전을 전해주시다니 확실히 보통 분은 아니시구나. 무성이 일부러 자신의 무공을 적은 책에 풍백을 거론한 것을 보면 풍백은 실존하는 물건일 확률이 높겠구나.'

조일봉도 나름대로 고개를 끄덕거렸다.

'나한테 한 것을 보면 악인이라고 생각되는 사람들은 다 초주검을 면치 못했을 거야. 같이 있지 않아서 다행이다. 이젠 그 어르신을 만나는 일이 없어야 할 텐데……. 나도 풍백을 찾아보아야겠다. 조선의 물건이라고 했으니까 형님께 드려야지.'

장무위나 유소백은 의형제의 책임감으로 혼사 준비를 도우려 했으나 아는 것이 있어야 어떻게 준비를 하는 데 도움을 줄 수 있지 당최 혼사에 대해서는 아는 것이 없었다. 장무위는 혼례에 대해서 아예 몰랐고 유소백은 조선의 혼례 풍습만 알 뿐이었다. 다행히 팽가에서 자신들이 다 알아서 하겠다고 말리고 또 금도문에서도 발벗고 나서서 도와주고 있었다.

개방도 적극 나서서 손님들을 초청하는 서신을 전달하겠다고 했지만 조일봉이 그것은 거절하였다. 시끄러운 것은 질색인 장무위와 유소백이었고 조일봉은 두 의형제가 꺼리는 기색을 보이자 자신의 혼사임에도 불구하고 덩달아 시끄러운 것은 질색인 사람이 되어서 반대했던 것이다.

이 거대한 장원은 팽가에서 상당한 지원을 해서 산 것이었다. 물론 조일봉의 수중에는 엄청난 거금이 있었지만 팽가가 혼수라고 장원을 사는 데 돈을 보태니 거절할 수가 없었다. 그래서 조일봉은 은 천오백 냥 정도는 땅을 사는 데 투자했다. 앞으로 장원의 운영을 생각해서 장무위가 사놓으라고 한 땅이었다. 소작농들을 만나서 7대 3의 소작세를 정하였고 세를 어떻게 거둘 것이고 어떤 식으로 도움을 주겠다는 이야기도 다 되어 있었다.

그래서 따로 할 일이 없어진 장무위는 조일봉에게 무상구도의 전 6초식을 완전히 전수했다. 배우고 익히는 것은 조일봉이 앞으로 하기 나름이겠지만 초식의 투로는 이제 완전히 전했다. 유소백은 이곳에 와서 배운 대로 형식적이지만 풍습에 따라 납채(納采:구혼 절차를 말하는 것으로 남자의 집에서 중매인을 통해 예물을 보내며 청혼하는 것이다. 여자 측은 청혼을 수락하는 의미로 예물을 받는다)를 위한 예물을 장만해서 다녀왔고 육례(六禮)가 후닥닥 이루어졌다. 이제 조일봉이 친영(親迎)만 해오면 되었다.

결혼식을 열흘 정도 앞둔 날, 세 의형제는 장원의 대문 앞에 모였다.

"선물이네. 받게."

장무위와 유소백이 커다란 천에 싸인 것을 조일봉에게 내밀었다. 가로 1장, 세로로 반 장 정도의 얇은 나무판 같았다. 조일봉이 졸지에 끌려 나와서 어리둥절해하다가 선물이라고 하자 좋아라 하면서 받아 천을 풀어보았다.

〈조가장(曹家莊).〉

거대한 나무로 만들어진 현판에는 조일봉도 읽을 수 있는 세 글자가 적혀 있었다. 말도 못하고 어벙하게 있는 조일봉을 보고 유소백이 싱글벙글 웃으며 축하해 주었다.

"결혼을 축하합니다, 조 장주님."

조일봉은 아직도 무슨 의미인지를 몰라 유소백의 말에 대꾸도 못하고 장무위를 보았다.

"형님, 조가장이라니요? 글자가 잘못된 것 같습니다."

조일봉이 아무리 '학문단!'이라지만 읽는 데는 큰 지장이 없는 사람이었다. 조일봉의 지식에 따르면 조(曹) 자가 아니라 장(張) 자가 적혀 있어야 맞는 것이다. 해서 왜 자신에게 이걸 선물로 주는지 궁금하기 짝이 없었다. 설마 천진에 있는 장원을 자신에게 주는 것은 아닌가 하고 생각하고 조일봉은 커다란 기대로 가슴이 떨려왔다.

장무위는 일단 조일봉의 손에 든 현판을 빼앗아 대문 위에 달았다. 그리고 두 사람을 돌아보았다.

"일봉이와 소백이는 잘 듣게. 난 부모님과 스승님이 잠드신 백두산에서 평생 수련하면서 살고 싶네. 자네들에게 말은 안 했지만 난 이 세상에서 스승과 함께 있던 백두산의 결계 속이 가장 좋아. 그러니 이 장원은 내게 필요가 없네. 무슨 말인지 알겠지?"

유소백은 장무위에게 이미 들은 말이 있었고 또 조선의 고인들 중에는 은거하면서 자아의 완성을 위해 수련하는 경우가 적지 않으므로 참견은 하지 않고 가만히 듣고만 있었다.

그렇지만 조일봉의 경우는 아닌 밤중에 홍두깨 격인 장무위의 말이 받아들여지지가 않았다. 천진에 있는 장원이 아니고 화북평원에 있는 이 거대 장원을 자신에게 준다는 것 같았다.

'형님이 정착하기 위해서 장원을 장만하라고 하셨을 때는 그러면 무슨 생각으로……'

조일봉은 고개를 갸웃거리다 물었다.

"형님, 도대체 그 말씀이 무슨 뜻인지요? 저는 머리가 너무 모자라 도저히 무슨 말인지 모르겠습니다."

"하하, 이 장원은 자네 것이란 말일세. 그렇지만 내가 놀러 올 때를 대비해서 좋은 방 하나는 항상 준비해 놓아야 할 것이야. 알았나?"

조일봉이 비로소 장무위의 뜻을 알아들었지만 어찌 그럴 수 있겠는가. 불복하는 마음으로 무슨 말을 하려고 하는데 유소백의 전음이 들렸다.

"일봉 형님, 무위 대형의 뜻을 받아들이십시오. 대형은 우리 같은 보통 사람들과는 다른 분이십니다. 삶에 대한 인식이 우리들과는 다릅니다. 일봉 형님이 대형의 뜻을 받아들이지 않으신다면 대형의 기분이 불편하실 겁니다."

조일봉은 유소백의 전음에도 이해가 안 갔지만 형님의 기분을 불편하게 해드릴 수는 없어서 그냥 눌러 참았다. 장무위는 두 사람의 사이에 전음이 오갔다는 것을 짐작했지만 모른 척하고는 다시 쾌활하게 말했다.

"자, 오늘부터 이곳은 조가장이야. 더 이상 이견(異見)이 있다고 해도 안 듣겠네. 들어가서 술이나 한잔하세."

셋은 내실로 들어가서 다시 술을 마시며 이런저런 얘기들을 나눴다. 장무위는 물론 차만 마셨지만. 얘기를 나누면서 조일봉은 장무위가 무슨 마음으로 이 장원을 장만하라 하였는지 깨닫고 깊이깊이 느껴지는 장무위의 정에 목이 메어 연신 술을 마시며 흐르는 눈물을 감추지 못했다.

드디어 조일봉의 결혼식 날이 되었다. 전에 천진에 사놓았던 장원은 팔지 않고 그대로 두면서 관리하고 있었다. 팽가에서 직접 친영을 해오기는 너무 멀어 천진에 있는 장원에 팽여주가 이미 와 있었다. 조일봉은 이틀 전에 친영을 하기 위해 천진까지 가서 신부를 데리고 왔다.

하북팽가는 몇 년 전부터 위세가 점점 커져서 작금에는 남궁세가와 어깨를 나란히 하게 되었다. 가히 천하제일세가라 해도 무방하였다.

방방곡곡에서 초대받은 사람들 뿐만 아니라 초대받지 못한 사람들도 물밀 듯이 밀려들었다. 조용한 결혼식이 좋지 않겠느냐고 생각해서 하객을 초대하지도 않은 조일봉 측은 상당히 당황할 수밖에 없었다. 자신들만 생각하고 팽가는 생각 못했던 것이다. 아무리 신랑 측이 조용히 보내려고 해도 신부 측에서는 그것을 모르고 초청장을 마구 날렸으니 거대한 장원이 문전성시로 발 디딜 틈을 찾기가 어려울 지경이었다. 팽가의 위세와 신랑 측의 위세가 맞물려 있으니 단순한 결혼식이 아니라 명나라 무림의 큰 사건이었던 것이다.

구파일방과 오대세가, 광명교, 오독문에서도 축하 사절을 보냈다.

워낙 많은 사람들이 방문해서 제대로 된 인사를 나눌 수는 없었지만 신주이십사인의 고수들도 간간이 보였다.

장무위와 유소백은 혼주로서 하루 종일 인사를 받는다고 자리에 한 번 앉아볼 수도 없었다. 천하 각처에서 몰려온 사람들은 신주이십사인 중에 해동의 도제가 신랑의 의형임을 잘 알고 있었으므로 이 기회에 어떻게든 안면이라도 익히려고 온 사람들도 많았다. 더군다나 신랑의 의제가 당금의 무적고수인 해동제일검 최광의 적전제자라는 사실이 알려지면서 두 사람은 잠시의 쉴 틈도 없이 인사를 받았다. 상대가 인사를 하는데 가만히 앉아서 인사를 받는 법은 조선에 없었던 것이다.

중인들의 관심은 시간이 흐르자 자연 신랑에게 쏠렸다. 신랑인 패도 조일봉은 불과 5년 전만 해도 청해에서 밥이나 축내던 인물이었는데 5년도 안 되어 천하에서 이름 높은 신주이십사인의 십영 중에서도 첫 손가락에 꼽히는 인물이 되었고, 의형은 심검을 연성한 자인 도장을 꺾었으며, 단신으로 악의 온상이라는 혈랑단을 물리친 불세출의 고수 도제 창천신룡이었다. 거기에다 의제는 당대의 무적고수 해동제일검 최광의 적전제자였다. 또한 신부는 팽가에서 움직이는 복덩어리라는 소릴 듣고 있는 다정소옥(多情小玉) 팽여주(彭如姝)이다. 유유상종(類類相從)이라는 말이 있듯이 조일봉의 주변에 있는 사람들의 면면을 볼 때 조일봉 또한 보통의 인물이 아닐 것임은 의심의 여지가 없었다.

하객들은 연신 조일봉의 7척이나 되는 거대한 체구와 나이에 걸맞지 않게 소처럼 둥그런 눈을 끔벅거리며 얼굴을 불그스레하게 물들인 순진한 얼굴을 주시하며 순진한 얼굴 속에 가려진 비범함을 찾으려고 했다. 아무리 봐도 커다란 체구에 약간은 어수룩한 면모였다. 그러나 안목(?)이 있다고 알려진 무림의 고인들은 조일봉을 보면서 연신 입에 침이 마르도록 칭찬에 칭찬을 멈추지 않았다.

산서 응조문의 문주인 대력조(大力爪) 곽성(郭誠)은 수행해 온 제자들을 보고 다음과 같이 말했다.

"조 대협의 눈을 보라. 한 점의 사기도 깃들이지 않은 순수함이 느껴지니 천생의 대협이라 할 수 있을 것이다. 산악 같은 체구에서 느껴지는 패도적인 힘은 지고한 내공과 천생의 신력을 나타내는 것이라. 앞으로 강호무림은 패도 조 대협이 주관하게 될지도 모르겠다."

귀에 걸면 귀고리, 코에 걸면 코걸이라고 약간은 어수룩한 느낌이 드는 조일봉의 외모가 배경에 의해서 탈태환골하듯이 바뀌어 버렸다.

사람들은 조 대협의 외모에서 풍기는 어수룩함이 경지에 이른 고수의 허허로운 기상이라고 생각했다. 그래서 속으로 '얼마나 지고한 경지에 이르렀으면 저런 모습이 될까' 하면서 존경의 마음을 가지는 자가 적지 않았다.

그렇지만 지금 그 조 대협은 스무 살짜리 어린 아가씨의 기지에 코가 꿰여 결혼을 하게 된 사람이었고 현재 속으로 연신 '내가 어쩌다가 이 지경이 되었나? 막내 동생이라고 해도 좋을 어린 나이의 여주와 내가 결혼을 하게 됐으니 사람들의 시선이 저렇지' 하고 생각하고 있었다. 자신을 뚫어지게 쳐다보는 수많은 사람들의 시선에서 '도둑놈아!' 하는 감정이 섞여 있는 듯한 느낌을 받았던 것이다. 자신을 보는 사람들의 시선은 꼭 자신을 해체라도 시킬 듯이 날카로웠고 온 전신을 훑고 있었다.

각설하고, 사나이 대장부의 표본 같은 장무위와 관옥같이 생긴 얼굴에 온화한 미소를 머금고 있는 귀공자 풍의 유소백, 허허로운 기상을 온몸에 두른 거한 조일봉. 세 의형제는 외모만으로도 사람들의 탄성을 자아내기 충분했다.

　조일봉의 결혼식이 끝나고 어찌어찌해서 첫날밤을 보낸 이후 유소백은 조일봉을 놀리는 재미에 빠져서 잠시도 가만두지 않았다.
　"일봉 형님, 그래, 재미는 좋았소? 전에 천진의 홍등가에서 매화락(梅花落)이라는 위명을 날리셨다는 소문이 자자하던데 체구도 작은 형수님이 초야(初夜)를 어떻게 견뎌냈습니까?"
　조일봉은 유소백의 말을 듣자마자 깜짝 놀랐다.
　"헛! 매화락! 자네가 그걸 어떻게 알았나?!"
　"헐, 천진에 이미 그 소문이 파다해서 제가 천진에 들어오자마자 들은 소리가 바로 매.화.락. 조. 대.협.의 소식이었습니다."
　조일봉의 얼굴에 다급한 기색이 어렸다.
　"매화락이니 뭐니 하는 소리는 여주의 귀에 절대로 안 들어가게 해주게. 내 이미 과거를 청산하고 새 삶을 시작한 처지 아닌가! 부탁하네."
　조일봉은 기녀 매화를 몸져눕게 한 전력이 있다. 절륜한 정력으로 천진의 홍등가에서 매화를 떨어뜨렸다 해서 한동안 인구에 회자된 일이었다. 그렇지만 지금은 혼사를 치른 몸으로 민망하기 이를 데 없는 이야기였다. 더군다나 둥방에게 그 이야기를 듣고 난 이후 거금을 들여 매화의 입을 막은 직후였다. 유소백의 입을 통해 팽여주에게 이 이야기가 전해진다면 곤란을 겪을 것이다. 아직 팽여주에 대한 호칭은 못 바꾸어서 여주, 여주 하지만 이제 팽여주는 조일봉의 내자였다.
　팽여주는 강호무가의 영애라 여염의 여인들과는 다르다. 강호무가의 여인들은 밖으로는 어떨지 몰라도 안에서는 큰소리 내는 여인들이 적지 않았다. 조일봉도 팽여주의 무서움(?)을 이미 절감했는지라 유소백이 놀리는 말을 하자마자 안색이 바뀔 정도로 당황했다.

"맨입으로야 어찌 입을 닫겠습니까? 안 그렇습니까, 큰형님?"

유소백이 장무위까지 끌어들여 조일봉을 놀리려 하자 장무위가 싱긋 웃으며 거절했다.

"하하, 난 모르겠네. 자네들끼리 얘기 나누게나. 자꾸 나를 끌어들여서 어쩌자는 것인가. 난 일어남세. 생각할 게 좀 있어."

장무위가 웃으면서 자리를 피했다. 조일봉과 유소백이 일어나서 예를 취하는 것을 뒤로하고 장무위는 자신의 방으로 돌아왔다. 뒤에서 유소백과 조일봉이 이상한 흥정을 하는 소리가 투닥투닥 들려왔다.

제14장

아애장무위(我愛張武威)

아애장무위(我愛張武威)

팽가와 금도문이 얼마나 신경을 썼는지 장무위가 기거하고 있는 방은 무슨 황제의 침실같이 호화찬란했다. 깨끗하고 단순한 것을 좋아하는 장무위에겐 거추장스럽기 이를 데 없는 것이었지만. 침상에 앉은 장무위는 명상을 하려다 말고 멍하니 한 사람의 얼굴을 생각했다.

몽골을 떠난 이후 처음 한동안은 괜찮았는데 시간이 흐르면 흐를수록 자꾸 생각나는 얼굴이었다. 조일봉의 결혼을 전후해 한동안 너무 바빠서 잠시 잊기도 했지만 조용해지자마자 하루 온종일 왕혜정의 얼굴이 눈앞에 아른거려 보고 싶은 마음을 참기가 어려웠다.

'지금 무엇을 하고 있을까?'

길을 떠날 때 뒤에서 소리치던 왕혜정의 목소리가 자꾸 들려왔다.

'빨리 돌아오라고 했는데, 그건 무슨 의미일까?'

장무위는 팽여주가 조일봉을 바라보던 눈빛이 낯설지가 않음을 알았다. 왕혜정이 자신을 볼 때와 팽여주가 조일봉을 볼 때의 눈빛이 비슷했다. 다만 왕혜정의 눈빛에는 팽여주의 눈빛에 없는 슬픔이 어려 있을 뿐. 장무위가 아무리 남녀의 일에 둔하다 해도 이제는 왕혜정의 눈빛이 의미하는 바를 모를 수가 없었다. 저절로 한숨이 나왔다.

"휴우~ 보고 싶은 마음을 참지 못하겠구나. 그렇다고 결혼하자고 할 수도 없는 노릇이고."

왕혜정이 준가르의 청을 거절할 때 혼자서 살고 싶다는 뜻을 전하는 것을 옆에서 보고 들었던 장무위였다. 그 말에 장무위 자신만은 제외 라는 것은 몰랐지만. 자신이 백두산에 은거하지 않고 왕혜정과 살고 싶다고 해도 왕혜정이 받아주지 않을 것 같았다. 스스로 생각하기에 왜 이렇게 한 사람에게 빠져드는지 도저히 이해가 되질 않았다. 조일 봉의 결혼식을 본 후 행복해하는 팽여주의 얼굴을 보면 자꾸 왕혜정의 얼굴이 떠올랐다.

갈수록 갈증 같은 것이 느껴졌고 시간이 지날수록 그것은 더욱 심해 졌다. 사람들이 말하는 사랑에 대해서 장무위는 아는 바가 없었다. 무 엇이 사랑인지, 어떤 식으로 사랑을 해야 하는지에 대해서 주관이 잡혀 있지 않았다. 다만 날이 갈수록 왕혜정의 얼굴이 눈에 자꾸 밟히고 생 각하게 되고 더욱 보고 싶어졌다. '혹시 이것이 사랑이 아닐까?' 하고 생각했지만 아는 바가 없으니 정의를 내리지는 못했.

"도대체 이 마음은 무엇인가? 몽골로 돌아가면 어떻게 해야 할지 모 르겠구나."

전전반측(輾轉反側)이란 말이 있다. 생각과 고민이 많아서 잠을 이루 지 못하고 뒤척이는 것을 나타내는 시경(詩經)의 한 구절이다. 잠을 잘 필요가 없는 장무위였으나 그 마음만은 전전반측이란 말이 딱 어울리는 그런 밤이었다.

  조일봉의 결혼식이 있을 즈음 해서 영락제가 30만 대군을 이끌고 동
몽골을 침략하러 떠났다는 소문이 퍼졌다. 나라 안이 술렁거리고 있었
다. 조일봉도 대지주로서 전비(戰費)를 충당하기 위해 거금을 세금으로
냈다. 장무위가 국경을 넘을 때 유난히 많은 병력이 모여 있었는데, 그
때부터 이미 병력을 국경 부근으로 모으기 시작했던 모양이다.

  조일봉의 결혼식이 있은 지 20일 정도가 지났다. 조일봉이 완전히
정착한 것을 보았으므로 장무위는 이제 떠날까 생각하던 참이었다. 명
이 몽골을 치러 갔다가 좋은 꼴을 본 적이 없으므로 동몽골의 카라코
롬에 있는 왕씨 조손의 안위는 별로 심각하게 생각하지 않았다. 명군
이 동몽골을 대파하지 않는다면 그곳까지 이를 확률은 없다고 봐야 한
다. 이번에도 몽골 기마병에 혼쭐이 날 확률이 높다고 생각하는 장무
위였다.

  장무위도 몽골 기마병들이 얼마나 대단한지 여러 차례 견식할 기회
가 있었다. 말을 흡사 자기 몸처럼 다루고 궁술도 대단했다. 기마전에
대해서 잘 모르는 장무위가 보기에도 세상에 저런 강군은 없을 것이라
고 생각할 정도로 몽골의 기마병들은 빠르고 강했으며 조직적이었다.
그래도 전쟁이 일어났다고 하니까 왕씨 조손의 옆에 있어야 안심이 될
것 같았다. 장무위는 막상 몽골로 가야겠다고 마음을 먹자 하루라도
지체하고 싶지가 않았다.

  조가장을 나선 장무위는 멀리까지 배웅을 나온 조일봉 부부와 유소
백을 보면서 말했다.

"일봉이, 잘살아야 하네. 이곳에는 종종 들를 터이니 너무 상심하지 말고. 몽골에서 특별한 일이 없다면⋯ 백두산으로 가서 수련에 매진할 생각이네."

조일봉은 아쉬워하는 기색이 역력한 얼굴이었다.

"형님, 저도 백두산으로 형님을 자주 찾아뵙겠습니다. 형님께서 위치를 잘 설명해 주셨으니 찾기는 그리 어렵지 않을 겁니다."

옆에서 팽여주가 덩달아 말했다.

"아주버님, 저도 같이 가도 되죠?"

장무위는 조일봉과 팽여주를 보며 빙긋 웃었다. 거대한 체구의 조일봉과 자그마한 체구의 팽여주가 의외로 잘 어울려 보였다.

"하하, 내가 있을 곳을 가르쳐 준 것은 혹시 긴요한 일이 있을 때 연락을 하란 뜻입니다. 제수씨와 일봉이가 와도 움막 하나 짓고 수련하려 하는 내가 대접할 방법이 없소이다. 내가 종종 들를 터이니 백두산까지 찾아와서 고생할 생각은 아예 하지 마시오."

"형님, 저야 원래 백두산 근처에서 거지 꼴로 일 년 넘게 살았던 경험이 있으니 움막이 아니라 산 중턱에서 그냥 자도 아무런 불편이 없습니다."

"일봉이, 그건 자네 혼자만의 생각이야. 자네는 견뎌도 연약한 제수씨는 못 견뎌. 그냥 내가 찾아올 때 보도록 하세나. 백두산으로 오면 내가 부담스러워."

장무위가 부담스럽다고 말하니 조일봉이 무슨 말을 더 하랴. 형님이 아무리 보고 싶다고 해도 불편하게 해드릴 수는 없는 일이었다.

"예, 형님. 그렇지만 자주 온다는 약속은 해주셔야겠습니다. 그렇지 않으면 형님이 뭐라 하셔도 제가 자주 찾아뵐 겁니다."

"하하, 알았네. 내 일봉이 자네가 무서워서라도 자주 들르도록 하겠네."

그렇게 말한 장무위는 유소백을 돌아보며 물었다.

"소백이는 좀 더 있다가 간다고?"

"예, 형님. 한 열흘 뒤에 저도 떠날 생각입니다. 산동 옥함산의 불욕사에 한번 가볼까 하고 생각 중입니다. 그리고 저도 고향으로 돌아가야죠. 본 문의 사형제와 교대할 겁니다."

유소백은 가정이 있는 사람이니 오래도록 집을 비울 수가 없었다. 조선에서는 불욕사에서 해동검객이 풍백을 발견하였다는 이야기가 전해지지 않았다. 유소백이 명나라에 와서야 그 이야기를 듣고 마지막으로 불욕사에 들러서 자세한 내막을 알아보려는 것이었다.

"그래, 안동으로 돌아가면 최광 노사께 안부 전해 드리게. 그리고 내 도움이 필요하면 연락하는 것 잊지 말고."

"예, 형님."

장무위는 조일봉 부부와 유소백을 죽 돌아보았다.

"자, 그럼 다음에 보세들."

장무위는 더 있으면 인사가 길어질 것 같아서 서둘러 말을 몰았다. 뒤에서 뭐라고 하는 소리가 들렸지만 못 들은 척하고 북쪽으로 말을 달렸다.

그러나 천진에 이르러 한 가지 소문을 들은 장무위는 대경실색해서 말마저 버리고 북쪽으로 전력을 다해 조화구법을 시전하여 몸을 날렸다. 말로 달리는 것보다 조화구법을 전력으로 시전하여 달려가는 게 더 빨랐다.

'오이랏트와 명이 손을 잡고 동몽골을 치고 있다.'

아무리 동몽골이 무섭게 성장하고 있다고 해도 아직은 오이랏트보다 약세다. 더욱이 오이랏트가 명을 도와주기라도 한다면 당연 동몽골은 세불리였다. 잘못하면 동몽골의 북부 지역도 전화를 입을 수밖에 없을 것이다. 장무위가 전력을 다해 하루에 두 시진 이상을 쉬지 않고 조화구법을 시전했다. 그러나 그렇게 급하게 서둘러도 키리코롬은 가까운 곳이 아니다.

장무위는 5일이 지나서야 간신히 전쟁이 벌어지고 있는 곳으로 갈 수 있었다. 이미 동몽골의 남부는 쑥대밭이 되어 있었다. 서쪽으로 진공하는 오이랏트는 전황을 관망하는 듯한 태도를 취하며 하나하나 지역을 복속하고 있지만 남으로부터 진공하는 명은 인종 청소라도 하려는 듯 지나치는 모든 지역의 사람들을 깡그리 몰살시키며 전진하고 있었다.

명의 30만 대군이 지나간 자리에는 시체들만이 널려 있었다. 몽골의 기병들이 아무리 강하다고 해도 모든 백성들을 다 보호할 수는 없는 일이다. 피난을 가지 못한 백성들은 모조리 명군에게 도살당했다. 그리고 명군은 이미 동몽골의 중심인 헤를렌강을 넘어서 진군하고 있는 실정이었다. 소문이 장무위의 귀에 들어올 때까진 이미 시간이 많이 흐른 뒤였던 것이다.

장무위는 명의 잔혹함에 치를 떨었다. 명의 침략군은 노예로 팔아먹으려고 잡아놓은 사람들 외에는 모조리 다 죽이는 잔인함을 보였다. 여자고 어린애고 노인이고 병자고 구별이 없었다. 끌고 가지 못하면 모조리 다 죽이니 시체가 넓은 평원에 가득했다.

장무위는 왕정문 노인과 왕혜정을 찾아 보호할 생각으로 전력으로 이동하고 있어서 처참하게 널려 있는 시체들을 보고도 묻어주거나 할 수는 없었다. 다만 마음속으로 명복을 빌어줄 뿐이었다. 장무위는 더욱더 힘을 내 조화구법을 시전했다.

장무위가 몽골에서 천진으로 내려갔다고는 하지만 급히 가다 보면 길을 찾지 못할 수도 있다. 그래서 장무위는 길게 늘어선 명의 보급로를 따라서 이동했다. 보급로를 지키고 있던 명의 후속 부대들이 자신들을 지나치는 장무위를 보고 저지하려 했으나 그들로선 그냥 지나치는 장무위를 막을 방법이 없었다.

왕정문은 안타까운 마음을 금할 수 없었다. 왕혜정이 피난을 거부하고 아이들과 같이 남겠다고 하는 것이다. 전황이 무척 불리하게 돌아가고 있다는 소문이 들려서 왕도의 사람들이 모두 피난을 떠났지만 아룩타이는 동몽골의 충신이었다. 전황이 불리하다고 해서 아룩타이의 가솔들이 먼저 피난을 갈 수는 없었다. 그래서 아룩타이의 가솔들은 모두 피난 갈 시기를 놓쳐 버렸다.

"혜정아, 우리도 피난을 가자. 지금 명나라 군사들이 20여 리 앞까지 쳐들어왔다고 한다. 여기에 있다간 우리도 죽음을 면치 못해."

할아버지의 뜻을 모르는 것은 아니지만 왕혜정은 받아들일 수가 없었다. 아이들을 이끌고 단순히 피난시키는 것은 가능할지도 모른다. 그렇지만 의붓아버지 아룩타이의 도움이 없다면 아이들을 이끌고 피난을 가도 얼마 되지도 않아 다 굶어 죽을 것이다.

왕혜정이 돌보고 있는 아이들은 무려 400명이 넘었다. 아무리 적게 먹는다고 해도 많은 식량이 필요했다. 아룩타이가 아다이칸이 제일 신임하는 신하였기에 그 많은 인원을 돌볼 수 있었던 것이다. 그렇지만 전쟁이 벌어져 아룩타이도 군대를 이끌고 참전했기에 어떻게 도움을 기대할 수 있는 상황이 아니었다.

아룩타이의 저택에는 적지 않은 가솔들이 있지만 400의 인원을 안전하게 보호하며 피난을 갈 수 있는 정도는 아니었다. 피난을 간다면 50명의 아이들도 제대로 보호하지 못할 것이다. 그래서 왕혜정은 이곳에서 동몽골이 전쟁에서 이기기만을 기도하고 있는 실정이었다.

할아버지의 말씀은 아이들을 버리고 피난 가자는 뜻이었다. 그렇지만 사람의 탈을 쓰고 어떻게 아이들을 버리고 갈 수 있겠는가. 할아버지의 마음을 모르는 것은 아니지만 그렇게 할 수는 없었다.

"할아버지, 그렇지만 우리끼리 빠져나가면 아이들은 어떻게 해요? 의부께서도 지금 전장에 나가셔서 아이들을 피난시킬 병력을 부탁드릴 수도 없어요."

"음… 아이들을 살리자고 너까지 죽을 수는 없는 것이 아니냐? 이 할아버지의 말을 들어라."

"명나라 군사들도 사람들인데 설마 아이들까지 죽이겠어요? 그냥 이곳에 있는 게 좋을 것 같아요."

왕정문은 속이 답답했지만 자신도 아이들을 버려두고 떠나야 한다는 것은 내키지 않았다. 자신이야 살면 얼마나 살겠는가? 아이들을 지키고 있다가 죽어도 별 여한은 없으리라. 그렇지만 손녀는 달랐다. 손녀는 어떻게든 살리고 싶은데 말을 듣지 않으니 어떻게 할 방법이 없었다. 지금 소문에 의하면 명의 군사들은 잔혹하기 그지없어서 지나온 지역을 완전히 초토화시키고 있다고 한다. 남아 있다가는 필경 해를 입을 것이다.

"얘야, 내가 여기서 아이들을 지키고 있으마. 그러니 너는 어서 피신

하도록 해라. 제발. 이 할아비의 부탁이다."

눈물마저 글썽거리며 자신의 안위를 걱정하는 할아버지의 모습에 왕혜정도 가슴이 뭉클해지며 눈물을 흘렸다. 진정한 가족 사랑이었다. 왕혜정이 혈랑단에게 붙잡혀 갔을 때 이후로 받아보지 못했던 그런 사랑이었다. 그렇지만 아이들을 버리는 것도 할아버지만을 남겨놓고 혼자 떠나는 것도 왕혜정이 할 수 있는 일이 아니었다.

"할아버지, 저는 죽음이 두렵지 않아요. 할아버지와 아이들을 버리고 저 혼자 도망쳐서 살길을 찾느니 이곳에서 같이 죽음을 맞겠어요."

왕정문은 그렇게 말하는 손녀가 불쌍해 보여서 미칠 지경이었다.

"평생을 고생만 하고서 여기서 이렇게 죽으면 너무 억울하지 않느냐. 그리고 네가 피신하지 않고 죽는다면 다시는 무위를 볼 수도 없잖느냐? 제발 할아버지의 말을 들어라."

왕혜정은 무위라는 말에 그만 가슴이 떨려와 도망을 쳐서 살고 싶은 욕망을 강하게 느꼈다. 그러나 할아버지와 아이들을 버리고 혼자서 도망쳐 살아난다면 장무위는 자신을 욕할 것이다.

"할아버지, 우리 동몽골이 꼭 전쟁에서 진다고 볼 수는 없어요. 더욱이 이곳은 카라코롬(왕도)입니다. 칸께서도 이곳은 꼭 보호해 주실 거예요."

왕정문은 어떤 소리를 해도 왕혜정이 피신할 생각을 않자 억장이 무너지는 듯해서 눈물을 흘리고 한숨만 토할 뿐이었다.

'무위, 어서 와서 우리 혜정이를 구해주게.'

왕씨 조손이 있는 곳은 칸의 왕도다. 오이랏트와 명이 아무리 강하다 해도 일세의 영걸인 아다이칸과 아룩타이가 힘을 합쳐서 막고 있으니 괜찮을 것이다. 아니, 그렇게 믿고 싶었다.

그러나 그 시간 오이랏트와 명의 합공을 막지 못한 동몽골의 정예들은 후방으로 퇴각하고 있었다.

남으로부터 헤를렌강을 도하하여 북상하던 명은 동몽골의 기마병과 접전했다. 그동안 선봉군들의 접전은 있었지만 이번에는 본진이 동원된 대규모 접전이었다. 한마디로 운명을 건 한판이 벌어지는 것이다. 대규모 군세에 밀려 산발적인 기습전을 하던 동몽골은 더 이상 물러설 수 없는 벼랑 끝에 몰려 정면 대결을 하지 않을 수 없게 되었다. 이곳이 뚫린다면 바로 카라코롬이 함락되는 것이다.

오이랏트와 명, 그리고 몽골의 부대가 서로를 마주 보며 전투를 하니 무려 50만 가까운 인원이 몽골의 평원을 가득 메우게 되었다. 시야가 닿는 끝까지 살기 가득한 병사들로 가득 차 있었다.

펑! 펑! 펑! 쐐―아―아―악!

화포 소리가 천지를 진동하는 가운데 불꽃이 튀고 연기가 솟아올랐다. 하늘을 까맣게 덮은 화살의 비가 곧 이어 전장을 뒤덮었다. 몽골의 기마병들이 화포가 터지고 화살이 쏟아지는 전장을 바람같이 질주하면서 명의 선봉들과 부딪쳤다.

챙! 챙! 챙!

"크아악! 큭! 악!"

비명 소리가 끊이지 않고 울려 퍼지며 전장은 순식간에 피바다가 되었다. 몽골의 기마병들은 세계를 정복한 강병들의 후손이다. 명의 기병들이 막을 수 있는 상대가 아니었다. 현란한 빠르기로 움직이면서 명의 기병을 들이치니 순식간에 명의 기병들이 흩어졌다. 그 여세를 몰아 죽음을 각오하고 명의 본진을 그대로 짓쳐드는 동몽골 기병들의 기세는 장엄하기까지 했다.

그러나 7만의 기병들이 넓게 포진한 명의 본진을 덮치는 사이 서쪽으로 오이랏트의 대군이 몰려왔다. 동몽골의 본진에 대기하고 있던 2만의 병력이 즉시 쏟아져 나가며 막았으나 워낙 숫자가 차이났다. 순식간에 양면에서 협공을 받게 된 동몽골의 철기(鐵騎)들이 수없이 죽어 나갔다. 옆구리를 맞으며 싸울 수는 없다.

동몽골의 본진에서 즉각 후퇴하란 신호가 울려 퍼졌고 명의 본진을 유린하던 동몽골의 7만 기마병들은 후위를 지키며 재빨리 후퇴했다. 들고 남이 마치 물처럼 유연했다.

명의 군병들이 필사적으로 한 명이라도 더 잡기 위해서 활을 날리고 예비로 남아 있던 명의 기병들이 후위를 노렸지만 동몽골군은 물러나면서도 진영이 흐트러지지 않았고 연신 화살을 날리니 추격하던 명의 기병들이 오히려 큰 피해를 입을 지경이었다. 그러나 후퇴하는 몽골의 기병을 따라 오이랏트와 명의 본진이 공격해 오고 있었다.

평원과 이어져 있는 산에서 전장을 살피던 당금 몽골의 칸 아다이가 불리해지는 전황을 보면서 침통한 표정을 지었다. 3일 동안 서로 물러서지 않고 정면으로 부딪치는 전투를 하고 있었다. 간신히 승기를 잡는가 했는데 적극적으로 나서지 않고 방관하는 듯하던 오이랏트가 명이 밀리자마자 전군을 동원해 협공을 하는 것이다. 본진에는 아직 1만의 정예들이 남아 있지만 다 투입한다고 해도 오이랏트를 막을 수는 없었다.

설마 오이랏트가 정말로 자신들을 상대로 해서 싸움을 걸 줄은 몰랐다. 이 상태론 상대의 병력이 너무 많아서 세불리였다. 이대로 있다가는 몰살을 당할지도 모른다. 27만의 명군과 10만의 오이랏트군이 동몽골의 9만 병력을 남, 서에서 위협하고 있다. 이미 4만의 명군과 1만의 오이랏트군을 죽이는 동안 2만의 동몽골의 정예가 죽었다.

"아룩타이, 이 상태로 붙어서는 승산이 없을 것 같아."

"칸이시여, 원통할 따름입니다!"

아다이칸을 보좌하고 있던 아룩타이와 주변의 제장들은 마치 피를 토하듯이 울부짖었다. 몽골의 기병들은 강하다. 그러나 워낙 압도적인 병력의 차이로 인해 승산이 없었다. 더군다나 오이랏트의 강병들은 동몽골의 정병들보다 강하다는 평을 듣고 있는 무적의 기병들이다. 아다이칸은 침통한 표정으로 말했다.

"명군은 보급이 여의치 않아서 전쟁이 장기화되면 물러갈 수밖에 없다. 명이 물러가면 오이랏트도 우리와 일 대 일로 대적하려 하지는 않을 것이다. 우리는 다달솜을 최후의 방어진으로 삼아 넓은 초원에서 적을 분산시켜 공격한다. 살아 있어야 빚을 갚을 수 있다. 여기서 몰살당하면 우리의 미래는 없다. 후퇴하라!"

아룩타이는 지금 후퇴하면 왕도에 남아 있는 백성들이 전멸할 것을 알았다. 그러나 후퇴하지 않고 정면으로 붙어서 적을 이길 확률은 없다. 지금은 아다이칸의 명령대로 상대를 끌고 다니며 분산된 적을 공격하는 방법만이 유일하게 승리를 얻을 수 있는 방법이었다.

'미안하오! 미안하오! 나를 용서해 주시오.'

아룩타이는 자신들을 믿고 왕도에 남아 있는 백성들을 생각하며 피눈물을 흘렸다. 그러나 이곳에서 계속 접전을 벌인다면 몰살을 각오해야 했다. 동몽골의 모든 정병들이 이 전쟁에 투입되고 있다. 몰살한다면 동몽골은 끝장인 것이다. 어쩔 수 없이 아다이칸의 명령을 받아 소리쳤다.

“후퇴하라!”

아룩타이의 저택에 밖의 소식을 알아보라고 내보냈던 하인 하나가 엎어지듯이 뛰어들며 소리쳤다.

“명의 군사들이 쳐들어왔습니다! 빨리 피하십시오!”

그 소리가 들리자마자 아룩타이의 저택은 큰 소란에 휩싸였다. 몽골의 제일 충신 아룩타이의 가솔들은 이제까지 피난을 가지 않고 버티는 자존심을 드러냈었다. 그러나 그러한 자존심도 죽음이 눈앞에 다가오자 아무런 소용이 없었다.

“큰일이다! 달아나자!”

“목숨이라도 건지려면 도망쳐야 한다!”

순식간에 대저택이 아우성으로 뒤덮이고 다들 제 살길을 찾아 저택을 빠져나와 도망갔다. 그러나 곧 비명 소리가 들리고 도망을 치던 사람들이 오히려 뒤로 밀려왔다.

“다 죽여! 포로는 필요없다! 모조리 죽여라!”

하는 소리가 들리더니 금세 비명 소리가 줄을 이었다.

“아악! 큭! 으악!”

아이들과 함께 고아원에 모여 있던 왕씨 조손의 얼굴도 핏기를 잃고 창백하게 변했다.

“으앙! 으—와—앙!”

400명 가까운 아이들도 두려움에 휩싸여 울음을 터뜨리고 장내는 울음바다가 됐다. 왕정문은 커다란 한숨을 토해내고는 손녀를 바라보았다.

“혜정아, 이제 우리도 죽을 때가 됐나보다. 불쌍한 것.”

"할아버지······."

말이 끝나기도 전에 쾅! 하는 소리가 들리며 피 범벅이 된 명군의 복장을 한 병졸들이 문을 박차고 들어왔다. 그리고 안을 쓱 훑어보더니 소리쳤다.

"여기 몽골의 아이들이 모여 있다! 다들 이리 와봐!"

순식간에 20여 명의 병졸들이 들어와서 왕씨 조손과 아이들을 밖으로 몰아내려고 했다. 그 광경을 보고 있던 정백호(正百戶) 갑주의 한 무장이 소리쳤다.

"너희들, 뭐 하는 짓이야! 그것들을 끌어내서 뭐 하려고? 너희들이 데리고 갈 거냐?"

한 병사가 무장의 소리에 기가 죽었는지 더듬거리면서 물었다.

"저, 저… 그러면 이것들은 어떻게 할까요?"

"다시 몰아넣고 불 질러!"

그 소리를 듣자 명의 병사들도 얼굴이 핼쑥하게 변했다. 아무리 지독하게 인종 청소를 하면서 오고 있었지만 아직 열 살도 안 되어 보이는 400명가량의 아이들을 태워 죽이라는 명령이 어찌 사람으로서 내릴 수 있는 명령인가. 그렇지만 상관의 명령에 불복종했다가는 즉결 처분을 받을 수도 있다.

"옛!"

병사들은 울부짖는 아이들을 다시 고아원으로 밀어넣고는 문에 못을 박아버렸다.

왕정문과 왕혜정은 저들이 무슨 짓을 하려는지 몰랐다. 말귀를 알아들을 수 없어 뭐라 살려달란 말을 하고 싶어도 못하고 적들이 하는 대로 고아원으로 밀려들 뿐이었다. 혹시 살려주는 것이 아닌가 하고 생각하고 있는데 연기가 무럭무럭 피어올랐다.

왕정문은 대경실색했다. 자신과 손녀는 죽을 것이라고 생각했지만 아이들은 어쩌면 살 수도 있지 않을까 생각했었다. 그래서 왕혜정 혼자만이라도 탈출하게 하려고 그렇게 노력한 것이었다. 아무리 잔인하다 하더라도 아이들이 400명이나 있는데 모조리 밀어넣고 불을 지를 줄이야 꿈에도 몰랐다.

"헉! 이 악독한 놈들이 우리 모두 불에 태워 죽이려는구나!"

"와앙! 앙! 아버지! 으앙!"

아이들은 난리가 났다. 초원의 기후는 건조했다. 순식간에 온 건물에 불이 붙었다.

"으악! 뜨거워! 살려주세요!"

그러나 그런 소리들은 금세 처절한 비명 소리로 바뀌었다.

"끄—으—악! 으—아—악!"

마치 화염 지옥인 듯 아이들의 비명 소리는 처절하기 짝이 없었다.

왕정문은 멍하니 넋을 놓고 있는 왕혜정에게 급히 다가가 온몸으로 왕혜정을 감싸 안았다. 불길이 치솟더라도 자신이 몸으로 감싸서 어떻게든 살려보고자 했다.

'장 공, 이제 다시는 못 뵙겠군요.'

멍한 표정의 왕혜정의 눈에는 말을 타고 나서다 자신의 외침에 돌아서서 미소 지으며 읍을 하던 장무위의 얼굴이 선했다. 곧 이어 온 건물을 휩싼 지독한 열기가 왕혜정에게도 전해졌다. 왕혜정은 자신을 감싸 안고 눈물을 흘리고 있는 할아버지의 등 너머로 환상처럼 떠오르는 장무위의 얼굴을 보며 흙으로 된 바닥에 있는 힘을 다해서 손가락으로 글을 썼다. 단단한 바닥이라 제대로 글이 써지지 않았지만 손가락이 부러지도록 눌러서 글을 썼다. 한 손가락이 부러지면 다른 손가락으로 썼다. 손가락이 부러지는 고통은 아예 느끼지도 못했다. 곧 닥쳐올 죽음을 생각하니 장무위의 얼굴만이 유난히 또렷이 보일 뿐이다. 가슴을 가득 채우고 또 채워 넘쳐 나는 사랑의 감정. 자신의 처지를 생각하여 차마 고백하지 못한 사랑.

지옥의 불길이 마치 악마의 그림자처럼 너울거리며 왕혜정을 감싸고 있는 왕정문을 덮쳤다.

장무위는 미친 듯이 카라코롬을 향해 달렸다. 동몽골의 왕도인 카라코롬은 이미 화마의 흔적이 지나간 듯 폐허가 되어 있었다. 이미 명의 병사들은 살인, 약탈, 방화를 끝내고 빠져나갔는지 장무위가 아룩타이의 저택에 도착하자 곳곳에 널린 타다 만 시체들과 이제는 다 타서 잔해만 남은 집들이 보일 뿐이었다. 눈앞이 캄캄해진 장무위는 아룩타이의 저택 쪽으로 몸을 날렸다. 호흡이 턱에 닿았지만 멈출 수가 없었다. 거대한 저택이 있던 곳은 무너진 벽돌만 남아 있었다. 온 천지에 시체 타는 냄새가 진동했고 살아남은 것은 아무것도 없었다.

"어르신! 왕― 부―인!"

미친 듯이 소리 지르며 왕정문이 살던 집으로 가봤으나 역시 다 타고 잿더미만 남아 있었다.

"이럴 수가?! 이럴 수가?! 어찌 이런 일이?!"

어찌할 바를 모르던 장무위는 문득 생각나는 게 있어서 다시 아룩타이의 저택 옆에 있는 고아원으로 몸을 날렸다.

'제발, 제발 살아만 있어주시오.'

"헉!"

그러나 장무위가 가서 본 것은 다 탄 건물의 잔해와 타다 만 수백 구의 아이들의 시체뿐이었다. 장무위는 순간 온몸이 굳어버렸다. 세상에 이렇게 끔찍한 광경은 없을 것이다. 무려 400여 명이 넘는 아이들의 시체였다. 완전히 타서 재만 남은 것도 있었고 반쯤 타다 만 것도 있었다. 할 말을 잃고 멍하니 시체 더미를 둘러보던 장무위의 눈에 아이들의 시체보다 큰 어른의 시체 두 구가 보였다. 한 사람이 다른 한 사람을 감싸고 엎드려 있었던 듯 아래위로 겹쳐져 있었다.

주춤.

장무위는 그 시체들을 보자 불길한 예감에 주춤거리며 뒤로 물러섰다. 수백 구의 아이들의 시체를 보아서 더 이상의 충격은 없어야 하는데도 불길함에 온몸이 불구덩이 속에라도 빠진 듯 움츠러들었다.

"설마?!"

장무위는 멈칫거리며 다가가서 시체를 조심스레 뒤집어보았다. 시체 탄 냄새가 진동했다.

"헉?!"

위쪽의 시체는 형체를 알아볼 수 없었지만 남자의 시체가 분명했고 아래쪽의 시체는 반쯤 타서 죽었는데 얼굴은 위쪽의 사람이 감싸서 반쯤만 탔다.

'아닐 거야! 아닐 거야! 아닐 거야!'

장무위는 속으로 수천 번을 그렇게 되뇌이며 얼굴을 살펴보았다. 장무위는 순간 하늘이 노랗게 변하는 것을 느꼈다. 왕혜정이었다. 고통이 얼마나 심했는지 타다 만 입술 사이로 악문 이빨이 다 부서져 있었다.

장무위는 온몸의 힘이 다 빠져 뒤로 털썩 주저앉았다. 멍하니 두 구

의 시체를 바라보았다. 머리 속은 텅 비어버렸고 자신이 지금 어디 있
는지도 몰랐다. 그러다 왕혜정으로 보이는 시체의 손이 있는 부분에
글씨가 적혀 있는 것을 보았다. 얼마나 강하게 눌러 썼는지 타다 만 손
가락의 관절은 부러져 있었고 화마가 지나간 후에도 글의 흔적이 남아
있었다. 글은 알아보기 힘들 정도로 흐트러져 있었지만 혼적만으로도
알아볼 수는 있었다.

　글을 본 순간 장무위의 눈에서 눈물이 끊임없이 흘러내렸다. 스승의
죽음 이후로 20년 만에 흘리는 눈물이었다.

　'아애장무위(我愛張武威)…….'

〈제2권 끝〉